TEMPO DE ESPALHAR PEDRAS

ESTEVÃO AZEVEDO

TEMPO DE ESPALHAR PEDRAS

1ª edição

EDITORA RECORD
RIO DE JANEIRO • SÃO PAULO
2018

CIP-BRASIL. CATALOGAÇÃO NA PUBLICAÇÃO
SINDICATO NACIONAL DOS EDITORES DE LIVROS, RJ

A986t

Azevedo, Estevão
 Tempo de espalhar pedras / Estevão Azevedo. – 1ª ed. – Rio de Janeiro. Record, 2018.

 ISBN 978-85-01-11452-5

 1. Romance brasileiro. I. Título.

18-48390

CDD: 869.93
CDU: 821.134.3(81)-3

Leandra Felix da Cruz – Bibliotecária – CRB-7/6135

Copyright © Estevão Azevedo, 2014, 2018

Todos os direitos reservados. Proibida a reprodução, armazenamento ou transmissão de partes deste livro, através de quaisquer meios, sem prévia autorização por escrito.

Texto revisado segundo o novo Acordo Ortográfico da Língua Portuguesa.

Direitos exclusivos desta edição reservados pela
EDITORA RECORD LTDA.
Rua Argentina, 171 – Rio de Janeiro, RJ – 20921-380 – Tel.: (21) 2585-2000.

Impresso no Brasil

ISBN 978-85-01-11452-5

Seja um leitor preferencial Record.
Cadastre-se em www.record.com.br
e receba informações sobre nossos
lançamentos e nossas promoções.

Atendimento e venda direta ao leitor:
mdireto@record.com.br ou (21) 2585-2002

Para meu irmão Cacá

1

Pedra, palavras de pedra. E agora era como se lhe arranhassem os ouvidos cada vez que imaginava a fala do marido. Cascalho e diamante, cada uma com sua maneira particular de ferir. Vitória expulsava com a vassoura de palha alguns restos de lama antiga da cozinha para o quintal e mastigava o oco da própria boca, que trazia ainda o gosto de terra que nela se impregnara após a queda. Sabia — e por isso, na sala, o pequeno altar em que nunca se apagaria a vela, mesmo que há dias não visse chama o fogão, por garimpo fracassado —, sabia aonde a busca pelo diamante os levaria. O marido não. A filha só queria saber de outros trabalhos. Cada vez que o solo se abria e os presenteava com pedra suficiente para algumas moedas, mais se aproximava o momento, Vitória vaticinava, em que as fendas sempre mais e mais profundas acabariam por abrir uma fresta para o inferno. A novena, não, nem o terço então, nada, nenhuma oração nessa hora. Quem rasga um ventre não tem medo de intestino. Com a terra, então, o que distingue? Diamante: convite do coisa-ruim. Trilha de farelo de pão para galinha. Destino, o facão.

Com o piso varrido, Vitória foi para o quarto da filha e deitou-se em sua rede. Sentia-se melhor ali que no quarto onde dormia com Gomes. Não sabia se em razão das paredes do cômodo erguidas em madeira, um capricho. Os pioneiros haviam deixado seu delírio de riqueza escolher o local onde se estabeleceriam e por isso em tudo ele se assemelhava às paisagens em que os diamantes costumavam existir: surgia um vilarejo assentado em pedra e de pedra erguido. Num desejo de cuidar, a raiz da extravagância: um dia, fazia tempo, Gomes chegou mais tarde, espalhando atmosferas de bar pelo hálito, circundou a casa até encontrar a mulher e segurou-lhe o pulso:

— Não é hora de trabalhar. Vamos pra dentro — disse, puxando-a pelo braço, a rudeza do gesto agredindo a galhardia da voz.

— Se apresse não que ainda tenho pano pra esticar — respondeu Vitória, enquanto depositava os panos na bacia e seguia-o, para que ao hábito da submissão se sobrepusesse uma encenação de vontade.

Quando Gomes chegava daquele jeito, Vitória costumava ver o amanhecer em uma rede esticada ao lado da rede da filha, recuperando-se das pancadas. Naquela noite, no entanto, os gestos rudes de Gomes é que eram movidos pelo hábito, mas o hábito ferido em suas repetições por uma pedra que encontrara e vendera por bom preço, pela rodada de aguardente que pagara a todos, pelos sucessivos tragos e pela forma como se enredaram, ele e Vitória, e deixaram no quarto odores de álcool e suor.

— Vamos aumentar a casa. Desta vez de madeira.

Vitória desejava a penteadeira, mas um cômodo novo era uma boa ideia, ideia que ela não teria, o marido sim, era quem tinha pedras nas ideias e, se fazia, era o bem-feito. Um quarto era mesmo necessário, Ximena esticava a rede na sala e aquilo a constrangia, a Gomes não, que arfava e até dizia coisas terríveis, de fazer Vitória rezar para dentro, umas imundícies, a rede esticada a dois palmos da porta, só uma cortina de tecido a separá-los da filha. Vitória se continha: fosse dor que ele provocasse, fosse suspiro, não carecia de Ximena ouvir. O quarto era o melhor a fazer, havia o pedaço de espelho partido apoiado lá fora, em um pedaço do quintal que em noite boa tinha luz de festa, quando ela se via mais viçosa do que era. Ademais, o quarto novo era um espicho, com ela na nova janela as mulheres da vila iam era invejar, o quarto todo de madeira, as tábuas luzindo, e dentro até um retrato pregado, sim, Jesus pintado em tinta. No dia seguinte, Gomes acordou a filha com um beijo nos cabelos e prometeu:

— Pro domingo teu quarto novo tá de pé, não durmo se precisar — e o esgar no rosto de Vitória transformou-se em intenção de sorriso ao ver o abraço e o beijo que o pai ganhou da filha após empenhar naquele instante o que restara da venda da pedra.

Nos dias posteriores, quem cresceu foi Gomes, inflado pelos chamegos que a filha lhe sussurrava enquanto ele começava a posicionar as enormes tábuas. Nesse seu serão — o primeiro trabalho era nas falhas dos entornos em busca de diamantes ou carbonatos —, ganhava um soldo que nenhuma pedra poderia render. Era o que Gomes sentia enquanto as marteladas retiniam. Mesmo a pedra com que sonhava o companheiro de garimpo Silvério, que de tão grande nem sequer poderia existir, daria tanta satisfação a Gomes quanto a que ele experimentava naquele instante. A recompensa a que o amor de Ximena se prestava durava muito mais na memória do velho, no entanto, do que o tempo que ela dedicava a entregar-lhe. Mal o primeiro prego se cravava nos desenhos circulares da própria madeira, Ximena já desaparecia pelos matos ou ruas. Uma vez terminado o trabalho do dia e guardado o material que sobrara, observando a parede que começava a se esboçar ainda do lado de fora da casa e orgulhoso com o que a imaginação completava, Gomes se dava conta do sumiço da filha:

— Onde é que foi a sem-vergonha?

— Eu que sei?

— Se atenta. É tua filha, diabo.

— Depois que aprende a diminuir a barra da saia, menina carece de mãe mais não.

Gomes levantou o punho e Vitória se encolheu, mas o movimento, desviado talvez pelo cansaço, foi dar num trecho da parede recém-erguida. Desmentindo sua idade e destoando da retidão de parada militar das vizinhas, a tábua se envergou como um velho. Vitória foi para seu quarto e deitou-se, mas o ruído de Gomes e de suas ferramentas removendo a tábua corcunda não a deixou dormir. Quando o barulho cessou, Gomes deitou-se e então foi a vez de as lembranças do dia tornarem-se ruído na cabeça de Vitória, alimentadas pelo contato ainda molhado da pele do marido. Como as vigas que sustentavam alinhadas o telhado, o corpo de Gomes imitava o outro corpo sobre o catre, seus joelhos se encaixavam nas pernas dobradas de Vitória, e suas mãos, cuja pele já se metamorfoseara em arenito, arriscavam carícias na pele da mulher. Vitória remexeu-se, soltou um suspiro e tentou desvencilhar-se, fingindo dormir. Confiara na eloquência do suspiro, mas não atinara para a do movimento: Gomes concluiu que Vitória acordara e puxou-a com força, feliz pela aprovação desnecessária que a mulher acabava de oferecer-lhe. Por prudência ou gosto, não sabia mais, agora que já não havia outra opção, Vitória relaxou o corpo e auxiliou o marido. Para Gomes, o gesto de Vitória ratificava a aprovação antes demonstrada, e ele sentiu-se viril. Enquanto se apertava a Vitória, vangloriava-se por dentro de como fazia feliz a companheira, mesmo depois de tantos anos, e àquele regozijo interno somou-se o contentamento pelos mimos que ofertava à filha.

Na manhã seguinte, Gomes acendeu o candeeiro do quarto e percebeu que o outro lado da cama estava vazio. Vitória se levantara sem fazer ruído, como de costume, e o cheiro forte de café dava pista de sua ocupação. Algumas vezes, Gomes tinha o sonho: despertava e não havia nem candeeiro nem luz vindo da janela. Levantava-se, tateando, e não conseguia encontrar a mulher e a filha. Saía ao quintal e ali estavam alguns garimpeiros tomando liberdades com as duas. Acordava assustado. Por isso o cheiro que subia do coador e passeava pela casa, ainda que fosse o cheiro de todas as manhãs, o tranquilizava. Um dia simples e previsível como todos os outros. Vestiu a calça e sentiu cair sobre os pés os farelos de terra seca do dia anterior. A camisa, gostava de tê-la limpa. Deus não diz quando é dia de bambúrrio. Há quem diga por Deus, mas aí são outras artes, pensou. Quem quer crer que creia. Por isso se daria bem. Não era como os outros: pensava. Os olhos não tardaram a acostumar-se à penumbra da sala, iluminada por uma vela. Ximena estendia-se na rede sem notar Gomes e Vitória. Em momentos como aquele, não havia nada que Vitória ou Gomes pudessem oferecer um ao outro além do que a rotina comandava — ela, a caneca de café, ele, os passos para dentro de mais um dia —, por isso nenhuma palavra se dizia e os grunhidos, mais frequentes que as palavras, não perturbavam o sono de Ximena. Que tampouco acordaria se elas existissem, pois não fazia muito que se deitara e o cansaço e o álcool protegiam-na do movimento que começava muito cedo em todas as casas, para evitar desperdício da luz do dia. Gomes guardou um pedaço do pão no picuá, buscou no quintal a bateia e o carumbé e iniciou sua jornada. A trilha para o serviço começava do outro lado da vila. Na escuridão, destacava-se nas janelas com panos à guisa de cortina apenas o amarelo bruxuleante das velas ou da lenha ardendo nas trempes em que a água fervia para o desjejum. No início do trajeto, Gomes avistou Silvério. Logo iria alcançá--lo. Até que cada um tomasse seu rumo, Gomes gostava de se distrair trocando as palavras de sempre — a possibilidade de tromba-d'água, o cabra que encontrara a pedra, gastara o recebido e terminara louco, as mulheres-damas. Mesmo assim, ao avistar Silvério, irritou-se e retardou o passo, pois o companheiro não era chegado a conversa. Caminhava todo o tempo rezando e só sabia fazê-lo em voz alta, senão se esquecia dos versos, o que era pecado. E dos graves, defendia-se o crente. Para sorte de Gomes, antes o alcançou Rodrigo, com quem também não simpatizava, mas que pelo menos sabia dar a devida importância às trombas-d'água, ao afortunado desvairado e às fêmeas.

— Dia.

— Bom dia, seu Gomes.

O pai de Rodrigo, Diogo, tinha o mesmo tempo de garimpo que Gomes, e por isso Rodrigo, embora notasse a antipatia do velho, não conseguia deixar de tratá-lo com o mesmo respeito que dedicava ao pai.

— Diogo?

— Vem não... doente.

— Deus ajude. Não há de ser. Garimpeiro só passa em desabamento ou subida de rio... Mire, Silvério vai logo aí adiante — aliviou Gomes, oferecendo ao companheiro a chance de um chiste.

— Achei que era zumbido de abelha... era ladainha! — tripudiou Rodrigo.

— Deixe estar que Deus um dia se cansa de tanta tagarelice e manda uma pedra pro pobre. Das grandes. Mas não diamante. Uma lapa sobre a cabeça. Pra aprender a não querer ser melhor que os outros nos ouvidos de Deus.

2

De dia, com a virilidade toda da vila ocupada nos arredores, não havia quem a visse. Ximena até passeava, porém os olhares que obtinha não justificavam o consumo de suas alpercatas. Ainda assim, passeava. Quarar a roupa ao lado da mãe, quarava, e às vezes ajudava com o roçado, mas o sol tardava a sumir e o tempo sobrava. De detrás do balcão da farmácia, Carvalhal acenava, mas o gesto não aprazia à moça porque o braço era moleirão, de quem nunca carregara enxada ou fuzil. Zé do Peixoto, da porta do barracão onde os garimpeiros compravam os mantimentos, nem fazia menção de galanteio, e Ximena, que acreditava não dar trela para empregado — fosse o coronel e veria se não olhava, ô se olhava —, pensava que se o negro corresse atrás de sua saia não a alcançava, porque era coxo. Mas não podia pelo menos sacar o chapéu, o excomungado? E desviar os olhos, claro, para não arriscar cobiçar as pernas, pois seria ofensa a Gomes. Ela resmungava.

Zé do Peixoto se distraía das vontades quando uma filha de trabalhador passava para não arriscar o pescoço: honra de mulher de família se defendia na ponta afiada. Mesmo das solteiras. Isso de dia, porque de noite mulher que cruza a soleira esquece os seus, e aí crime cometido não se apura. Era o que os movimentos nas penumbras ensinavam. E, para ajudar os olhos a não lamber o que não deviam, havia também o receio de o coronel desconfiar das contas, caso o empregado se amigasse com alguém aparentado de devedor. Contra garimpeiro, não fosse emboscada — sombra portando faca, curva disparando bala —, havia a chance de duelo. Já se o coronel suspeita, nossa própria mão esgana a gente, basta ele mandar. Ximena não valia o risco da faca e o perigo da vala. Tinha pernas de pombo, desamparadas das carnes, e o porte de quem carregara muito cascalho em um só ombro. Aos demais homens da vila, no entanto, pouco importava que Ximena, indo, fosse mais bela do que vindo, não porque ostentasse um traseiro farto, que não ostentava, era escavado, côncavo, como garimpo já há muito trabalhado, mas sim porque se afastava, e a distância é a maior produtora de belezas, mérito que lhe devem também as paisagens, inclusive a dos chapadões da região, que tanto encantavam os viajantes, mas muito pouco a Ximena, mais afeita aos becos, às vielas, aos cantos. Não era bela, era mulher, e isso bastava. Bela era a família do coronel nos elogios que um desgraçado lhe atirava, "Sua bela mãe, com todo o respeito", "Sua bela senhora, com toda a admiração", na intenção sempre frustrada de amolecer-lhe as sentenças. E havia as que mereciam elogios não pela cútis, coberta de artimanhas, nem pela pele que, se se mostrava mais, não era nem pior nem melhor que a de Ximena, mas igualmente desgastada pelos fulgores do sol. As que mereciam os elogios faziam-no porque divertiam os homens, elogiavam-nos, tratavam-nos — sem exprimi-lo, que exprimir seria quebrar o acordo tácito que mantinha a possibilidade de ordem — como coronéis, enquanto lhes restasse alguma das moedas obtidas na lida: as mulheres-damas. As belas, as mulheres e as mulheres-damas. Era a divisão que o entendimento da vila permitia.

— Dia, Bezerra.

Ximena acenou com o braço quando viu o jovem no alpendre. Parece um doutor, pensou ao ver o garimpeiro no meio da tarde preparando fumo diante de casa, quando todos os outros homens que não tinham o privilégio de falar olhando nos olhos estavam cavando como cães em busca de um osso que lhes permitisse passar alguns poucos dias deitados coçando-se. No seu modo de ver aquilo era pouca-vergonha, proceder de senhor ou mulher. Pelo menos era o que o pai pensaria, e Ximena sentia-se tentada a segui-lo: era o homem que admirava; fossem os outros como ele, aí é que não se segurava e amaria muitos. E, achou engraçado, o pai ralharia. Ora, se era culpa dele! Ainda bem que não eram assim, eram trastes. Trastes. Palavra dura para a boca, palavra do pai. Em seguida, no entanto, estimulada pelo olhar de Bezerra, que ainda a seguia, logrou afastar os pensamentos para longe de sua casa. Que deleite, passar a tarde pitando por conta de um bom garimpo no dia anterior. A notícia circulara rapidamente, como acontecia quando os homens, muitos carrancudos, alguns tagarelando, surgiam um a um das trilhas e se reuniam na praça sem ter tocado em nada ao longo do dia além de cascalho. No dia seguinte, ou quando as moedas se acabassem, o que não tardaria a acontecer, Bezerra estaria entre eles. Naquele momento, porém, e porque não costumavam, Ximena e os outros dali, pensar além do que lhes determinasse a sede, a fome, a doença ou o sexo, ela sentiu-se tentada a compartilhar daquele banquete de tão poucas iguarias — uma rede no alpendre, um cigarro, o ócio — mas de tão atípico sabor, e Bezerra pareceu-lhe mais garboso do que fora no dia, na semana, na vida anterior que vivera sem fartura e que tornaria a viver no dia posterior, no seguinte ou ainda no outro, a depender da quantidade de aguardente que bebesse e que pagasse aos outros e da perspicácia das mulheres com quem dormisse. Ensaiou voltar atrás, mas a imagem de Gomes reapareceu em sua imaginação e desfez a meia-volta, temendo trair os desígnios do pai. Além disso, fosse ela seguir o ditame das pernas, não dominasse os pensamentos que as pernas lhe incutiam, dedicava-se daí em diante somente ao querer que alimentava por Rodrigo.

Vitória queria que casasse, o pai, não. "Você tá velha, Vitória, e a filha te ajuda." Vitória queria que casasse não pelo cômodo mais nobre da casa, erguido em madeira boa, mas já com algum cupim, que ficaria vago. O quarto novo contentava Vitória, mas como benefício insignificante diante do alívio de saber a filha encaminhada. Benefício muito pequeno. Felicidades de fresta, como seria essa, Vitória já havia aprendido a nem perceber: catecismo da resignação. Fosse de outro jeito e as infelicidades quase invisíveis, mas abundantes e alvas como as flores da gabiroba, também teriam de ser sorvidas. Não sabia se suportava. E ajudava nada, a filha! Vitória ficava brava, arriscava querer virar bicho, mas aí sossegava e tocava a galinha para o cercado porque não era momento para festa no pó do chão, tanta coisa na cabeça. Ela ajudava um pouco e logo se bandeava para o lado dos descrentes. Para onde e com quem ia, Vitória não tinha como saber, mas imaginava sempre o pior, o meia-praça que viera de Deus sabe onde e que se dizia ser um fugido, por morte que cometera. Queria a filha encaminhada. E o quarto novo de madeira, chamando a atenção de quem fosse para aqueles lados, era isca: prosperidade atraía mais que cabelos compridos e saias curtas. Fazia laço com Gomes também quem escolhesse a filha, não fazia?

Ximena sonhava com Rodrigo, mas não no interior da moldura ansiada pela mãe, a da porta do casebre que poderia ser erguido no fundo do terreno de Gomes, demarcado não por renda ou delegação, mas por pioneirismo, e ainda com muito mato intocado. Ximena tinha era fervores pelo garimpeiro. Quarar a roupa, não sabia se quarava se ele mandasse, nem se esganava a galinha e preparava a comida. Não mesmo. Nem pensava, porque se Gomes soubesse a matava; aceitaria a filha partindo com o judeu errante, mas não com Rodrigo.

Sentada sobre um toco de árvore no canto da praça, ao lado da casa do coronel Aureliano, Ximena tentava erguer o tronco levemente arqueado. Como um galho daquela árvore abortada, Ximena exibia suas folhas com pouco viço para os garimpeiros que retornavam e começavam a formar pequenos grupos. Até onde a vista alcançava, o céu começava a tingir-se de vermelho. O coronel iria recebê-los, o burburinho informava, para acertar as contas. Sancho, um velho que fora garimpeiro e que aparentava ter mais idade do que a que as pernas carregavam, saiu da casa do coronel.

— Vou chamar um por um. Respeito aqui fora.

E tornou a entrar, o homem que o coronel elegera dentre os mais respeitados para gerir a garimpagem. Pouco depois, reapareceu.

— Felício! — chamou. — Venha que é hora.

De um dos grupos, um homem se destacou e caminhou em direção à casa, já tirando o chapéu e segurando-o contra o peito. A pequena multidão excitava-se, apesar do pedido de Sancho, e Ximena já não podia distinguir palavra alguma vinda daquela algazarra.

Quando a porta se fechou, Felício sentiu um ar fresco, tão diferente do ar denso e quente que os sufocara ao longo do dia, e arrepiou-se. Tentou recompor-se antes de se apresentar. O coronel acostumara-se a olhar os números sem se importar com seu significado matemático. Parecia entendê-los, todos, suas adições, subtrações, suas vírgulas, e isso bastava, a ele e aos outros. Se fosse sua vontade, poderia compreendê-los, tinha algum estudo, enquanto a maioria dos outros nas muitas léguas ao redor não tinha nenhum. Mas acostumara-se também, e isso sim lhe era exigido, a ter sempre a seu lado quem o eximisse de todo esforço, mesmo o mental, se assim o quisesse. E, na maior parte das vezes, o queria, por preguiça e para manter as aparências. Quem prospera tem empregados. Quem tem sobrenome não aperta o gatilho. Tampouco faz as contas, mas desconfia de quem as faz e, nesse caso, ou por outros motivos quaisquer, manda apertarem o gatilho, modo de fazer crer que entende os algarismos e de evitar que o próximo lhe passe a perna. Aureliano via aquela sequência interminável de prestações de contas, de transações com garimpeiros e com representantes dos estrangeiros, de dívidas de barracão, não como cálculos, mas como partes de uma lenda. Diziam-lhe, aquelas linhas: assim como seu bisavô, seu avô e seu pai, e como o filho que ainda não fora capaz de fazer, Aureliano de Brito Gondim é dono de todos os lugares que, partindo da sede da fazenda, pode alcançar um cavalo sem ter de pastar, lugares onde se escondem os diamantes que fizeram, fazem e farão a riqueza de toda a família. Era a lenda em que acreditava, ainda que os diamantes parecessem estar acabando.

Como os seixos nos conglomerados, a certeza de que a bonança era imutável estava tão arraigada nos sucessivos senhores que uma mudança na mensagem trazida pelos números tardaria a ser percebida, e por isso Aureliano pouco se afligia quando o sobrinho Antônio lhe dizia que o trabalho dos garimpeiros não rendia mais como de hábito e que era preciso endurecer o tratamento a eles dispensado. Ignorava-o Sabia que a ambição poderia levar o sobrinho, se ele considerasse o momento oportuno e o ganho sustentável, a conspirar contra o próprio tio que o criara. O que, por um lado, o orgulhava: não haviam sido poucas as demonstrações de violência que o haviam obrigado, desde criança, a assistir, na boa intenção de mostrar-lhe que o mando se sustenta sobre o rígido pedestal do nome, mas só se equilibra sobre ele esticando os braços que carregam os revólveres.

— Isso que você me trouxe não é pedra, Felício — disse o coronel. — Infelizmente não vai dar para aproveitar. Pequena demais, mal se vê, e muito ponteada.

— Quanto pesa?

O coronel respondeu em voz alta e imediatamente, desautorizando qualquer tipo de questionamento.

— Menos de meio quilate! Não vale nada — informou, diminuindo o peso em três ou quatro vezes. — O que eu lhe der por ela é presente, saiba disso.

— Por Deus e por sua família, senhor, que está complicado de achar pedra boa por aqui — suplicou Felício com sinceridade, uma vez que rareavam os dias em que os serviços rendiam.

— A terra é que é ruim, que não presta? — gritou o coronel, enquanto batia com o punho na mesa, embora soubesse que o meia-praça tinha razão, e por isso já pensasse em como aumentar os rendimentos com outras atividades, como o gado. — Ingratos, uns ingratos...

O garimpeiro não arriscava palavra. Sancho compadecia-se, mas sabia que o coronel estava certo, pois cumpria sua função. Tantas vezes o ouvira ralhar daquele jeito, mas em época de mais fartura e em que os diamantes se pegavam com as mãos no leito dos riachos, bastava estar atento a onde se pisava. O coronel buscou o livro de papel pardo do barracão, correu com o dedo e acrescentou:

— E ainda tem sua conta no barracão, Felício. Mesmo se eu lhe pagasse por esse pedregulho, você ainda me devia, e muito.

O garimpeiro apertou ainda mais o chapéu contra o peito. O coronel ficou em silêncio por alguns segundos. Reparou que a ausência de algum decreto provocava ainda mais tremores em Felício e viu as abas de seu chapéu balançarem. Disfarçou o contentamento que essa descoberta lhe causava e passeou o olhar pela sala. Sancho também sofrera o impacto do silêncio, talvez por compadecer-se do companheiro. Antônio, que ele preparava para sucedê-lo e que, ansioso para mostrar-se à altura, costumava se exceder na brutalidade, acompanhava tudo encostado ao batente da porta, e seus olhos de predador não desviavam da cena, certos de que o silêncio imposto pelo coronel só poderia significar punição extrema para a insolência que nem sequer ocorrera, mas que ele já fora capaz de inventar em sua imaginação.

— Vou ter que tomar sua bateia como pagamento — decretou Aureliano, depois de longo tempo, considerando-se benevolente.

— Faça isso não, senhor, que eu não tenho outra ferramenta, pelo amor de sua bela esposa — choramingou Felício, abalado com a decisão.

Na sala havia, no entanto, um olhar de decepção ainda maior que o do garimpeiro. Antônio, na expectativa da crueldade, não conseguira disfarçar um suspiro, e continha-se para não punir ele mesmo a desobediência lacrimosa de uma determinação que ele achara tão clara quanto fraca e que o tio tolerara.

— Sancho, busque a bateia dele lá fora. É bom que todos na praça vejam que nesta vila quem deve sempre paga.

As rugas do velho eram fundas e sinal algum de piedade — ele mesmo vivera, muito tempo antes, cenas parecidas — ou de hesitação pôde escalá-las e mostrar-se na superfície enquanto ele partia para cumprir as ordens do chefe.

Na praça, Ximena notou as recriminações em uníssono quando Felício, Sancho e mais outros quatro empregados do coronel caminharam até uma pilha de ferramentas guardada por alguns companheiros e carregaram um par delas para dentro da casa. Rodrigo, ao perceber a moça sozinha a assistir à cena em um canto, afastou-se do grupo e aproveitou a ausência de Gomes, um dos poucos que ainda não haviam voltado do serviço, para aproximar-se, cumprimentando com a mão na aba do chapéu.

— Lástima, não? Se sou eu, juro que perco a cabeça, não aguento desaforo, pode ser jagunço, coronel ou o diabo.

A moça iniciou um sorriso, mas deteve-se antes de mostrar os dentes. Vai que pensasse que duvidava! E duvidava. Mas o riso não era de dúvida, era de cócega que a fala do homem fizera no seu adentro, por sintoma de galanteio. Porque, ela sabia, Rodrigo, se nunca se passara por covarde nas vezes em que lhe fora exigido — as histórias corriam pela vila e ela estava atenta principalmente às demonstrações de força —, tampouco costumava produzir faísca com lâmina ou com a voz: mesmo quando trovejava, relâmpago dali não partia que ferisse um abusado. Dá nó com a palavra, dizem. E assim o respeitavam, por ser homem sem recorrer com tanta frequência ao punho ou à faca. Aquela declaração de bravura, Ximena percebera, era voo de gavião-pé-de-serra com as asas abertas em toda a envergadura para exibir a plumagem.

— Arre! Você é que tá certo, tem que aceitar mesmo não — respondeu a moça aprovando, ao que Rodrigo respondeu com um leve meneio de cabeça, incentivando-a a prosseguir no diálogo insincero, sem nenhuma relação com a injustiça vista na praça e repleto de intenções —, que tirar de pobre é sem-vergonhice. E mais, é pecado — Ximena concluiu franzindo o cenho, externando braveza e, ao mesmo tempo, satisfeita no íntimo com o arremate que, além de bonito, conferia-lhe uma camada de pureza.

O voo de Rodrigo prosseguia ainda mais alto, cercava-a. "O próximo", gritava Sancho, e em seguida o nome de um dos trabalhadores era cantado. João do Pé, Alcilino, Seu Isaías, Pedro Macaco, Silvério, Mariano, Antonino Grande... O céu acobreado como os rios da região era sinal de que uma etapa da vida diária da vila estava prestes a se concluir: em breve, quem fosse temente a Deus e, mais ainda, à ira da esposa estaria em casa sob a luz do lampião; quem não o fosse ou quem, talvez até mais crente que os primeiros, acreditasse no alcance infinito do perdão divino, porque o das mulheres, nesse nem era preciso fazer força para crer porquanto fosse garantido, quem quisesse dar à rotina uma aparência tão mais alegre quanto menos promissora estaria nos bares ou nas casas das mulheres-damas. Rodrigo, acostumado a voltar para casa muito depois de a última vela ser soprada, enxergou do outro lado da praça um grupo de garimpeiros que retornava. Não viu que Gomes estava entre eles.

O pai de Ximena andava distraído, falando da dureza do dia, dos parcos resultados das últimas semanas. Quando mirou o outro lado da praça, onde os homens se aglomeravam à espera de algumas migalhas vindas da única casa pintada — além dela, só a igreja de São Sebastião —, viu a filha e Rodrigo conversando. Apertou o passo. Se de manhã tolerara o tratante, agora não o perdoaria: ser um traste odioso, vá lá, trabalhava duro como ele e, além do mais, o pai, Diogo, era mole, mas sempre fora direito; na frente de todos os outros, porém, despejar conversa fiada em Ximena, isso não iria suportar.

Rodrigo viu o olhar de Ximena desviar-se e percebeu que as palavras vazias que dizia, e que até então a haviam hipnotizado, não eram as culpadas pelo desvio. Os olhos, antes sorridentes, agora aflitos, fixaram--se para além dos ombros de Rodrigo, que se voltou e acompanhou a seta disparada pela mirada da mulher. Encasquetou-se: Gomes vinha seguido por alguns outros homens. Sem nem reparar que um deles se apressara, todos exigiram mais das pernas para acompanhar o ritmo do mais veloz. Naquela manhã, Rodrigo suportara com dificuldade a conversa de Gomes e a repulsa natural que o velho garimpeiro lhe provocava, e agora seria obrigado a ficar ali para não dar a entender que o temia ou que a conversa com Ximena era de intenções. Durou pouco a espera. Sem poder olhar para trás e temeroso de dar as costas a alguém em quem não confiava, o jovem calculava pela expressão da mulher a distância que os separava. Não estivesse se esforçando por parecer à vontade, Rodrigo teria notado a habilidade de Ximena em controlar seu cenho, que rapidamente deixava de transparecer a aflição de ser pega ao lado dele e passava a exprimir a alegria pelo encontro com o pai.

— Que tá fazendo aqui, tua mãe deve de estar precisando de você em casa — ralhou Gomes, empurrando a filha, sem ainda dirigir o olhar para Rodrigo.

— Tá feia a coisa aqui hoje, Seu Gomes. Felício ficou sem bateia.

Rodrigo lançou o comentário no espaço vazio entre eles, antes que Ximena partisse ou retrucasse. Gomes pareceu não ouvir. Ximena, com um movimento brusco de braço, desvencilhou-se do pai e partiu depressa para longe dali.

3

Diogo convalescia já havia alguns dias, e a preocupação de Rodrigo começava a amainar. Isaldina, mais habituada às enfermidades que o filho, não se assustara tanto, e agora se arriscava a cantarolar enquanto fazia a comida e varria a sala. Não deixara um só dia de cumprir suas obrigações, mas, por respeito, se esforçava para dar a impressão, quando estava no quarto em que o marido ardia em febre, de não ter disposição e tempo a não ser para os cuidados que a doença exigia dela. Por isso não cantara nos dias anteriores. A perceptível melhora de Diogo, que já era velho e não tinha mais a força de antigamente, aliviava Rodrigo. Não só pelo apreço e admiração genuínos que sentia pelo pai, mas também porque postergava o dia em que só lhe restaria a mãe e as obrigações recairiam todas sobre seus ombros. Embora fosse o mais jovem dos três irmãos, era de Rodrigo que se exigia mais. Menos pecasse, maior sua pena. Mais contribuísse, seria pouco. Os mais velhos, Joca e Inácio, não estranhavam, e nem ele mesmo: o errado percebe-se a partir do vizinho, e não eram muito de conviver com outras famílias; não tinham amigos, bastavam-se. Tampouco Isaldina percebia que se esperava mais do menor. Menos ainda Diogo, cujo vínculo com os filhos se resumia a neles aplicar as penas decretadas pela mulher.

Presos à parede da sala, bem no centro, em destaque, estavam os retratos dos três filhos, com o cinza dos rostos atacado por algumas manchas amareladas do tempo. Um viajante, seu Chalita, de bigode branco e longo, que falava de um jeito engraçado que ninguém compreendia, passara por ali com sua máquina de tirar retratos. Diogo achara tolice, mas Isaldina exigira que ele pagasse ao homem que arrastava o fim das palavras a quantia solicitada em troca do registro da prole. Joca fora correndo chamar Inácio e Rodrigo em casa, mas voltara sem o último. A mãe se enfureceu, porém poupou Rodrigo das pancadas do pai, por avaliar que a ausência de seu retrato na parede seria punição dolorosa o bastante. No íntimo, no entanto, quem mais sofrera por não ter à disposição a imagem do próprio rosto — maltratado pelo sol abrasador, pela poeira que subia quando os cavalos passavam ou as crianças corriam e pelas picadas de inseto — imune a novas erosões fora Isaldina, que só após a partida do estrangeiro percebera-se vaidosa o suficiente para ser retratada. Anos depois, o desejo arrefecera. No pedaço de espelho que escondia entre os vestidos no baú, a mulher que via a entristecia. Como envelhecera! Por isso, quando o guizo pendurado às orelhas do burro do senhor do bigode branco e agora ralo anunciou seu retorno, ela gritou de imediato:

— Rodrigo, peste, demore não que chegou sua vez.

E na parede não faltava mais nada. As feições castigadas dos meninos tornavam as idades difíceis de distinguir. Um dos retratos, o de Rodrigo, pela diferença de alguns anos com que fora tirado, trazia um menino mais velho do que os das molduras vizinhas e já com os primeiros pontos pretos no rosto. Os três escorando a parede eram uma forma de sustentar a casa. Um dia, quando lá ainda estavam apenas dois deles, uma rachadura que poderia fazer ruir a família surgiu:

— Eita, é bastardo o menor? — sussurrara-lhe uma comadre em sua primeira visita, interessada em segredos de alcova e surpresa com a descoberta inspirada pela ausência do retrato de Rodrigo entre o dos irmãos.

Isaldina, muito ofendida, engoliu a poeira do ar e encarou detidamente os rostos de Joca e Inácio, para evitar que seus últimos dentes se manchassem com as sujeiras que pensou em atirar na outra senhora. "Bastardo é o seu filho com o capeta, quenga!", pensou e arrependeu-se. Era boa, a comadre, e quando lavavam roupas Isaldina também lhe fazia, entre risadinhas, perguntas maliciosas sobre os homens da vila com quem havia se deitado.

— É não, é que, quando o homem do retrato veio, Rodrigo estava no serviço... — explicou, envergonhada.

Desse dia em diante, como não pudesse retirar os retratos da parede, sonhava com a nova vinda do homem ruim de palavras.

Mãe dos três meninos e de outros quatro que não tinham vingado, era difícil para ela precisar em que sequência os que restavam haviam soltado o primeiro choro. A memória, agora fraca, não prestava. Ou talvez o tempo não importasse. O único sinal inegável de alguma cronologia na casa humilde eram os retratos na sala. Por essa razão, como a água na cachoeira moldando a rocha instante a instante, imperceptivelmente, Isaldina, cada vez que entrava ou saía da sala e mirava o rosto dos filhos, convencia-se, sem o perceber, de que Rodrigo era o primogênito: tinham a idade que exibiam na parede. À medida que essa certeza nunca pronunciada sedimentava-se no entendimento desatento da velha, aumentavam as obrigações e os afazeres que, primeiro ela e, em seguida, por imitação, o pai outorgavam a Rodrigo. Ele as cumpria e orgulhava-se, no início, mas não se gabava: apanharia dos irmãos. Joca e Inácio, porém, rapidamente haveriam de dar-se conta de que mais valia, em matéria de trabalho, serem os preteridos e, efeito inverso, dessa maneira se sentiam até mais queridos pela mãe, que os poupava das tarefas domésticas, e pelo pai, que consentia que garimpassem por menos tempo e com menos empenho que o irmão mais jovem.

— Rodrigo, venha cá — chamou Diogo, pigarreando.

Rodrigo apressou-se.

— Quanto esta semana?

Rodrigo tergiversou por um instante, mas logo começou a explicar que nenhum dos garimpeiros encontrara pedra que lhe rendesse o suficiente para comprar mantimentos. Antes que dissesse que ele tampouco tivera sorte nos últimos dias, Diogo o interrompeu.

— Um fresco, um mão frouxa! E eu aqui doente... Deus nos livre de passar fome.

Rodrigo abaixou a cabeça, deixou o quarto e, em seguida, a casa. Sentia-se culpado, ainda que em alguns dias houvesse saído muito antes de o sol despertar para começar o trabalho sob a luz da queima do candombá.

Caminhou até a vila. Lá, encontrou Bezerra, que saudava a lua, apontando para a dama de branco o fundo esverdeado de uma garrafa, prestes a transferir o pouco que restava do conteúdo inflamável para sua barriga de boa-vida. Alegre após tantas homenagens, Bezerra convidou o companheiro a sentar. Ofereceu-lhe o último gole e ergueu o fundo da garrafa para que a bebida deslizasse mais depressa pela garganta seca de Rodrigo. Súbito, de um salto que fez o corpo cambalear rente ao solo, Bezerra levantou-se e partiu correndo, sem explicar-se. Rodrigo sentiu aumentar a temperatura de seu estômago vazio e desanuviou-se um pouco. Carregava consigo a frustração e, como de costume, a cachaça lograva diluí-la. Mal ela lhe tocava a língua, por algum atalho perigoso o sabor comunicava ao seu entendimento que o importante era beber em companhia de mulheres e que, com uma garrafa na mão, elas se transformavam em abelhas e rodeavam a doçura que vem da cana; e dá-lhe cana. Tão desengonçado quanto partira, Bezerra reapareceu com uma nova garrafa, capaz de sustentar ainda inúmeros cumprimentos a astros ou outras entidades menos celestes como mulheres, diamantes, ou ausência de mulheres e diamantes.

4

O rumor era que boa coisa não podia ser. Como homem sem sobreno-me fazia do trabalho o descanso, e do descanso o trabalho de todos os dias? As pedras eram raras, vá lá, mas por isso mesmo o esforço deveria era ser dobrado. Bezerra ora passava o dia no alpendre, fumo na boca, pernas esticadas, ora desaparecia a tarde toda por aquelas matas. Buscar cachoeira nova, dizia, e espairecer. Espairecer, palavra de garimpeiro? Nem não. Roubava. Mas não havia queixa; houvesse, e o capataz do coronel castigava. Diziam que o tal homem cortava o dedo, se na ponta de um dedo o roubado se sustentasse, como pedra pequena. A mão, se ela fosse necessária para ocultá-lo. Diziam tudo isso, mas até hoje não tinham visto ninguém que cumprimentasse incompleto ou desse meio aceno de longe. Os que haviam cometido ladroagem estavam sob a terra, e os vermes não tinham sido privados de nenhum farelo de seu alimento, pois esses ladrões levavam suas duas mãos e nelas os dedos com que haviam nascido — o Zé Pinça nascera com apenas dois na mão direita e com os dois fora enterrado. Seria morto a bala, o olho--grande. A menos que estivesse, é claro, a serviço do coronel. Aí não era roubo, era serviço. Restituição. No caso de Bezerra, não devia de ser roubo. Se fosse, Bezerra já teria dado o definitivo adeus à família, que, por nunca ter dado as caras por ali, desmontava o argumento da parcela que não acreditava que ele fosse ladrão: o de que ele vivia às custas do trabalho de alguém próximo. Mulher não era, porque mulher, se ganha dinheiro, é com homem, e, se ganha com homem, não tem como dar a outro homem. Dar até pode, mas dá uma vez, dá duas, e depois — se são homens mesmo — um dos dois resolve a contenda enchendo de terra a boca do outro em sua última deglutição. Se for homem até demais da conta, enterra os dois juntos, para juntos serem pobres no inferno.

Silvério não pensava nesse mistério quando cruzou com Bezerra na trilha que ia em direção a uma região pobre em riquezas. Pensava em Deus. E orava em voz alta. Se pensasse nesse mistério, é certo que ainda assim pensaria em Deus porque, para manter ordenados os elementos no universo que erigira para si, fundamentado na predestinação e na recompensa pela fé, atribuiria a pujança que o companheiro ostentava e que o abstivera outra vez do trabalho árduo naquele dia a alguma premiação divina. Bezerra tocou com os dedos a ponta do chapéu quando viu surgir o caminhante e se enfiou no mato depressa, parando de quando em quando para assegurar-se de que o crente não o seguia naquele trecho sem trilha aberta. Com o facão, cortava os galhos e abria a picada quando a travessia era impossível, mas preferia esgueirar-se, agachar-se, rastejar ou atravessar sem deixar rastros na vegetação mais cerrada, fosse qual fosse — até capim-navalha, que lacerava as pernas —, para não descobrirem seus caminhos. Aquele lado dos gerais, oposto ao onde estavam o Cousa-Boa e o Califórnia, era como amor de mulher velha: nunca dará frutos, diziam os mais antigos e os pais dos mais antigos. Por isso era raro encontrar por ali garimpeiro ou aventureiro. No fiapo de água cristalina que escorregava sobre a rocha e que muitas léguas adiante ajudaria a compor o poderoso Paraguaçu, Bezerra encheu seu cantil. Bem perto, o solo se inclinava, um paredão nascia e ficava cada vez mais alto conforme se acompanhasse sua linha com os olhos até o horizonte. Bezerra aproximou-se, escalou os degraus que a própria rocha fornecia e de uma toca puxou alguns instrumentos escondidos: a bateia, a peneira menor, a picareta, a pá. Seguiu ao lado da grande formação por mais algum tempo, até o ponto em que o filete de água se alargava um pouco, formando uma pequena piscina, onde descobrira seu tesouro particular: um sítio ainda inexplorado, algo raro naqueles dias em que os diamantes, mesmo nos serviços mais promissores, ou não existiam mais ou haviam aprendido a se disfarçar de granito. De lá extraíra algumas ótimas pedras. Não vinha até ali todos os dias por prudência ou preguiça, que era outra forma de manter-se longe de problemas; o preguiçoso morre de fome, mas não de bala ou faca, se permanece em sua rede e procrastina toda atividade, pois mesmo as mais banais podem resultar em tropeção, encontrão involuntário, discussão e crime. Tampouco garimpava com os outros homens, pois que sentido teria ser o afortunado se, modo de disfarçar, não pudesse dedicar algumas tardes à aguardente, às mulheres ou ao ócio e tivesse que acompanhá-los no infrutífero e penoso trabalho? Se encontrasse uma pedra, vendia-a aos intermediários que de tempos em tempos visitavam a vila para negociar com o coronel, mas que não se fartavam de comprar diretamente dos garimpeiros, se esses se arriscassem, porquanto o risco não fosse nunca seu. Não podia o coronel punir os intermediários, ainda que lhe atravessassem os negócios, pois eles eram necessários à cadeia que fazia os diamantes chegarem aos estrangeiros.

O esforço que o despiste exigia roubava-lhe tempo de trabalho: a partida somente horas depois de os outros homens saírem para os garimpos, a caminhada pelo mato intocado e sempre por trajeto diferente para não deixar pistas que um bom mateiro reconheceria. Tinha poucas horas de luz para revolver o cascalho em busca de um brilho especial. Isso lhe custava a tranquilidade, uma vez que o dinheiro que ganhava não era suficiente para muitos dias. Fosse ele dois ou tivesse quatro braços, o que em algumas semanas poderia encontrar talvez lhe permitisse até deixar aquela vida, o que não faria, já que se contentava com o que um garimpeiro em tempos de fartura poderia obter na vila: mulheres, bebida e respeito.

Nesse dia, antes de anoitecer, tivera tempo para apenas um carbonato pequeno. Já lhe valeria algum dinheiro, porém não fartura. Além disso, era preciso ter cuidado na venda. Tinha que aguardar pacientemente a chegada do homem que comprava suas pedras sem perguntas desnecessárias. Se tivesse um companheiro... Mas a quem confiar o segredo de sua vida? Até então só havia se aberto com mulheres. Nunca com as que frequentara sem pagar, por gosto ou afeição, pois, quando a afeição por elas esfarelasse — nunca o gosto, arre —, essas correriam a contar o ouvido na alcova a outras mulheres, por maledicência, e a outros homens, por paixão maior que a anterior. Nas do ofício, nessas sim podia confiar. Amavam as moedas mais do que amavam os homens, e não era o certo? Ele mesmo se via assim, e por isso as aprovava. Ademais, macho no leito lá quer ouvir falar de outro? Nunca, não. Se a trama pesa na boca e a dama a deixa escorregar língua afora, é risco: agride-a por ciúme quem a ouve, porque o montante pago é para que naquele quarto ela seja sua senhorinha perfeita em devoção e perversão; ou a mata o cabra de quem ela fala, porque traição de dama é traição pior que a de um barbado, visto que a dama trai, além da confiança, as moedas que embolsou para que se calasse. Trai um vivente e uma coisa, os dois muito importantes, um tanto quanto o outro.

Devaneava. Mulher era lá opção? Tivesse dois braços lisos ao seu lado naquele escondido em que descobrira o garimpo, dava-lhe enxada? Dava-lhe beijos. E aí piorava: não brotava mais pedra nenhuma, mas filho sim, e filho se alimenta de leite só no início, depois é de ouro do pai. Precisava de um companheiro com quem dividir o trabalho pesado. Enricariam os dois, dividiriam. Dividiriam? Mas e a descoberta, não era um trabalho já feito? Tantas dúvidas faziam doer-lhe as têmporas. Era coisa pra doutor refletir sobre, questão tão delicada. Dividir não. O amigo ganharia a parte menor. Amigo, já pensava nele de tal modo, pois amigo deveria de ser. Caso contrário não confiava. Começou a repassar e descartar os nomes um por um, mas sem critério, apenas por considerá-los de antemão traidores. Media-os com a régua de que dispunha, o seu próprio pouco mais de metro e meio, e neles via as suas próprias atitudes — fosse ele, não aceitaria menos que a partilha por igual, já que o risco de serem castigados com a morte era o mesmo; assim não o fosse, quisesse alguém ser chefe e ganhar mais, primeiro aceitava, mas tendo oportunidade acertava-o com a picareta na nuca. Daí faria o que quisesse com o segredo, talvez até chamasse companheiro e lhe oferecesse um terço dos ganhos. O Mariano? Esse lhe salvara a vida. Os explosivos numa fenda já estavam prontos a abrir a cratera quando Bezerra se aproximava, distraído, vindo do meio do mato, onde fora aliviar a barriga. Mariano saíra de trás da proteção de uma pedra distante, arremessara-se contra o corpo de Bezerra e ambos rolaram pelo chão, Bezerra ainda sem entender nada e, num átimo, achando que morreria não pelo estrondo provocado pela pólvora, que ainda nem havia acontecido, mas pelas mãos de quem esperara na tocaia para assassiná-lo. Em seguida, a explosão acontecera, e ainda assim Bezerra demorara um pouco para entender o que se passava, pois o ruído machucara seus ouvidos e ele ensurdecera antes mesmo de tudo acabar e a poeira densa baixar. Recobraram-se, e Bezerra partira de volta para a vila sem agradecer a Mariano, com medo de que lhe cobrasse o favor em dinheiro. Mariano não, portanto. Salvara-o só para poder tirar dele algum rendimento. E cobraria, ah, se cobraria, soubesse o safado dos diamantes que Bezerra encontrava em seu refúgio intocado. "Eu cobraria", pensou.

Ruim era não ter família. Irmão era o que resolveria. Pensava em Rodrigo, Inácio e Joca, que algumas vezes garimpavam juntos. Nem ali, nem em outro lugar de onde pudesse mandar vir, ele os tinha. O único não vingara. Ou melhor, vingara — sua mãe ouvisse aquilo, admoestava —, mas não por tanto tempo: viveu menos de meia dúzia de anos e, quando se tornava companheiro para as brincadeiras de Bezerra, esse um tanto mais velho, adoentou-se. Verme, decretou a mãe. Verme, decretou o pai, mas a respeito do caráter do filho, que considerava manhoso. A barriga inchou um tanto, a mãe ferveu as folhas, cozeu as raízes, preparou os unguentos. E nada. O bichinho permanecia deitado no couro forrado com palha e ora dormia, ora gemia e delirava. Ele gostava de segurar a mão de Bezerra, mas criança pequena, mesmo sã, já olha no olho da gente com olhar espetado, de quem percebe o que de ruim o outro esconde, e fala o que quer sem medo de cometer pecado, imagine então se acalentada por febre. Bezerra tinha medo de seu balbucio não ser cristão. E morreu, o pequeno, dali a um tempo. Estivesse vivo, Bezerra o traria para ser próspero com ele, e poderiam usufruir juntos do que a sorte lhe entregara. Porque sozinho, menos graça, parte boa era falar, ter com quem. Cumprisse o maior feito, fizesse o maior gesto: ninguém soubesse, não usufruía. Fizesse ele mesmo saberem, era mentiroso. E falava por experiência, pelo caso do famigerado Rosário, que tinha fama para muito além dos gerais, e que — azar primeiro, depois sorte dentro do azar, depois azar de novo — fora dar justo com ele, Bezerra, numa picada afastada do vilarejo, próxima a uma corredeira. Azar, primeiro, pelo encontro. Quem de Rosário tivesse ouvido falar preferiria encontrar o próprio anjo caído pisando com seus pés de bode o caminho. Era lucro: Rosário entregaria invariavelmente ao comandante das profundezas o desafortunado — bonzinho ali não se conhecia —, após roubar seus pertences e, fosse dama, insistir na tarefa impossível de encomendar filho à morta, mas antes judiaria um bocado, de modo que o encontro direto com o capeta seria mais desejável. E o azarado Bezerra topara justo com quem? Pois então.

A sorte dentro do azar foi que, enquanto Bezerra se afastava devagar, andando de costas e imaginando que daquela não escapava, que ia ter com o diabo, e Rosário caminhava em sua direção, numa mão punhal longo, de lâmina de mais de meio metro, na outra colt cavalinho, no rosto sorriso e cicatriz, enquanto Bezerra, que renderia ao facínora algumas moedas e mais um risco na contagem em sua bota, afastava-se, Rosário decidiu não sujar a lâmina, afiada e lavada havia pouco na água corrente, e por isso elegeu — contra suas convicções, porquanto o homem estivesse desarmado e não oferecesse risco — um tiro como forma de liquidar o assunto. Tivesse Bezerra mil e uma vezes aquele encontro, em todas, menos em uma, depois que a pólvora espocasse, Bezerra sentiria um calor no peito, e não viria, o calor, pelo menos no primeiro momento, do aperto de mão infernal de boas-vindas, mas sim do sangue que lhe empaparia a camisa e que brotaria do ferimento que, aí sim, iria despachá-lo sem delongas para o inferno. Em uma única vez, no entanto, e justo naquela, eis a sorte dentro do azar, foi acontecer o improvável: um desacordo entre gatilho, martelo e agulha, talvez pela fadiga dos frequentes e bem prestados serviços, fez a bala, ao contrário das predecessoras, que daquele útero mecânico foram todas expelidas em explosivo nascimento e, uma vez dadas à luz, desconfortáveis no contato com o ar, como se desistissem, em uma espécie de desparto, pode-se dizer, logo encontraram novo corpo em que se aninhar, o desacordo mecânico fez essa bala, a dessa única e precisa vez, não entendendo que deveria deixar o cano e desnascer em outras carnes, incendiar-se ali mesmo, dentro da arma, não vingar e explodir. O estouro lastimou a mão de Rosário e, por causa da dor e do susto, ele deixou cair punhal e revólver no chão e o próprio corpo sobre os joelhos. Bezerra vislumbrou a intervenção misteriosa do acaso e não teve tempo de pensar se fora Deus que decidira salvá-lo ou o Diabo que achara por bem convocar justo naquela hora o matador para suas hostes. Apanhou uma grande pedra, correu em direção ao homem caído e, antes que Rosário terminasse de exprimir seus primeiros e passageiros ais — era cabra escolado em ferimentos — e decidisse terminar a tarefa com punhal, mãos ou com nada, que o inimigo não era assim tão difícil de subjugar, Bezerra golpeou-lhe a cabeça com a força que o medo, agora aliado, lhe fornecia. Os gemidos findaram como findaram o sopro e a fagulha nos olhos do famigerado Rosário.

Um sortudo, no fim. Isso se fosse o fim. Bezerra acreditava que era. Com as pernas ainda bambas, tratara de empurrar o corpo do outro para dentro do rio, para que a correnteza o levasse dali e um cupincha, se viesse atrás, não o encontrasse. O corpo era pesado e o pavor amolecera seus músculos, por isso a tarefa o deixou cansado. Ou era leve o corpo e o que o deixara cansado fora só o medo? Não importava. Tarefa cumprida, a força das águas arrastou o corpo, mas numa pedra adiante ele se prendeu de forma cômica, como se Rosário a abraçasse, pernas de um lado, braços de outro. Logo o abraço cedeu à força das águas, que logrou arrastar o lado mais pesado, o da cabeça, e desencalhar o pacote que se tornava mais e mais rígido. Bezerra escafedeu-se. No caminho, sentiu-se besta: não havia cupincha, o homem era conhecido por trabalhar sozinho. Dizia-se que era tanto o gosto por matar, talvez pela contagem na bota e a fama, que quem dele se aproximasse, comparsa, mulher ou amigo, por mais que acreditasse havê-lo conquistado, que bandido também tem coração e de amigo e mulher ninguém prescinde, acordava um dia com a lâmina no pescoço ou com o cano nas ventas. Isso se acordasse. Viesse a vontade durante a madrugada e ele nem esperar, esperava, evitava o grito e o choro e a reza e a súplica — se bem que disso gostasse, às vezes. Não carecia tanto esforço para esconder o corpo. Melhor mesmo era Bezerra arrastá-lo dali, colocá-lo no lombo da mula e entrar no vilarejo, ele montado a cavalo, a mula atrás, anunciando o feito. Capaz que o coronel até condecorasse. Não tinha, porém, forças para carregar o corpo, cavalo para montar e mula para o transporte. Um sortudo: vivo e com fama. Só, porém, se fosse o fim. Bezerra entrou no vilarejo, a glória preenchia novamente o corpo que o pavor esvaziara, como se um espantalho murcho fosse recheado de palha e parasse outra vez em pé. Correu direto para o bar. Chegando ao balcão, anunciou:

— Pois os amigos não sabem: o homem que aqui acaba de chegar livrou suas famílias do perigo. Eu estava na estrada e... — Bezerra contou como havia cruzado seu caminho o famigerado Rosário, a quem descreveu como um gigante, filho da mistura do mais alto dos escravos com o mais forte dos índios. — Ficamos por muito tempo olhando um nos olhos do outro, eu de cá, Rosário de lá, eu desarmado, ele, punhal numa mão, revólver na outra, no cinto, facão e outro revólver, a avaliar na mirada alheia os perigos oferecidos, e eu não me movia, nem piscava, e em Rosário não escorria nem gota de suor, nem cabelo balouçava, nem cílio, só tremelicava mesmo a cicatriz, que cicatriz!, dava praticamente a volta no rosto todo, saía de um canto da boca, cruzava a bochecha, contornava a nuca, riscava a outra bochecha, e chegava ao outro canto da boca. Ele apontou a pistola e eu disse: acerte, porque se errar não tem outra chance, e digo mais, é covarde, tem medo de me enfrentar sem a arma — Bezerra relatou para os homens do bar, que haviam deixado de conversar e de beber e não intrometiam nem um suspiro na narrativa. — Rosário respondeu, pois bem, largo minha arma, que tu eu mato com uma só mão. E colocou os dois revólveres, o punhal e o facão na terra. Dito isso, correu em minha direção. Eu deveria era ter corrido, já que ele estava desarmado, mas chega uma hora na vida do sujeito em que ele opta entre ser um frango ou um homem de verdade. Pensei que tinha a chance de livrar estas veredas de um sangue ruim dos diabos, e quando me dei conta já corria na direção dele. Que peleja! Não sei quanto tempo durou. Era chute pra lá, soco pra cá, nós dois rolando na terra, ele tentando furar meus olhos, eu segurando os dedos mal-intencionados, e no fim, quando na trairagem ele tentava alcançar o punhal com o braço esticado, antes dele eu peguei um pedregulho e sentei-lhe no crânio. Fez um barulho de ovo quebrando, e o danado caiu de lado, mortinho. Joguei o corpo no rio e corri pra cá pra contar a novidade. Pois é, foi assim.

Bezerra calou e esperou os comentários, que não vinham. O dono do bar, atrás do balcão, virou-se e voltou aos seus afazeres. Os demais continuaram a olhar para Bezerra, demoraram-se um tempo, depois trocaram olhares e, em seguida, o que Bezerra pensou ser, em cada um dos presentes, admiração e surpresa transformou-se em riso, primeiro abafado, depois já a escapar do meio da barba, conforme o ruído de uma boca contagiava a outra, para por fim se converter em gargalhada, acompanhada de tapas na mesa, de dedos apontados para seu rosto, de mãos na barriga e falta de ar, de troças, gritos e balbúrdia generalizada. O azar de Bezerra foi que, como ele aumentasse demais os feitos — ou ainda que não os aumentasse —, ninguém era capaz de crer que ele, que não era conhecido como valente, tivesse realmente enfrentado e matado Rosário. Daquele dia em diante, Bezerra fora obrigado a ouvir gracejos, e também por isso a descoberta de sua jazida secreta fora conveniente: além dos ganhos, livrara-o da companhia constante dos homens que insistiam em lembrá-lo da fama de mentiroso.

5

A riqueza era um tanto quanto aborrecedora, Bezerra pensava. Não era rico, mesmo se naquelas poucas tardes agisse como se o fosse. O dinheiro da última pedra já se acabava e ele teria de voltar ao seu garimpo particular. O intermediário — cabra safado — pagara menos pela última, decerto porque sabia que a Bezerra não cabia reclamação ou regateio. Dissesse o homem meia palavra ao coronel, estava Bezerra pobre e, pior, morto, que é um modo de estar pobre, só que de vida. Mas que eram aborrecidas as tardes longas, isso elas eram. Diversão é comer, beber, dormir e fornicar. Comer e beber sozinho, que graça? De dormir sozinho até gostava, as mulheres pareciam ter demasiados cotovelos e joelhos e calores quando se deitavam sem intenções, ou melhor, com intenções de esposa, ao seu lado em cama pequena ou rede, e ele, que não parava quieto enquanto sonhava e que os finados pais, amigados dos pretos, desconfiavam ter dons de cavalo de entidade, pelo tanto que entoava prosas ininteligíveis e se entortava enquanto dormia, preferia era estar com as mulheres quando desperto e mandá-las para outro colchão na hora do sono. Se quisessem acordá-lo na manhã seguinte com carícias renovadas, aí não tinha cotovelo ou joelho ou calor ou mesmo bafo que o incomodasse, elas que viessem, e uma banqueta tornava-se grande o suficiente para abrigar duas pessoas — mesmo que fosse gorda a mulher, não fazia distinção, pelo contrário, segurava com gosto suas dobras. Mas o catre para o descanso, queria-o só para si. Para fornicar, as do ofício eram as preferidas. De graça ninguém dá, e daquelas ele pelo menos sabia o preço, as enamoradas costumavam cobrar mais caro, ainda que de formas enviesadas. A questão era que a ida à casa das mulheres-damas não era o suficiente para preencher todo um dia, o que dirá os dias consecutivos que podia ficar sem ir ao serviço, depois de uma boa venda de diamante. Uma vez lá dentro, entre um gole e outro, retardava um pouco a escolha para deixar que as interessadas em levar seu misterioso ouro o disputassem com malícias. Era uma parte agradável do ritual. Esse adiamento não durava muito, já que suas vontades cresciam muito depressa e, a partir de certo ponto, tornava-se doloroso não satisfazê-las. Aí, escolhia a sortuda, sem preferência para não criar vínculos, não era de namorar quenga, e corria para dentro. Teria então, se estivesse inspirado, seus três quartos de hora da maior felicidade. Passado o auge, no entanto, advinha o momento detestável: aquele em que, após o gozo, a mulher por quem não nutria mais querer algum se metamorfoseava em horrendo ser sem qualidades e, pior, tagarelante, na desonesta intenção de retê-lo por mais alguns minutos e muitas moedas, com palavras e carinhos que, enquanto molengão estivesse, seriam aborrecedores. Não ocupava muito do dia, mesmo quando Bezerra cedia a tais apelos, a ida à casa das mulheres fáceis.

O que lhe faltava? Homens. Não confessaria com essas palavras, porque veriam desvios onde não os havia, mas sentia falta mesmo era de homens. Para a prosa, deixava claro para si próprio, em pensamento repetitivo, de homens para uma boa prosa. Comia sozinho, bebia sozinho. Vez ou outra conversava com Carvalhal, na farmácia, mas como ele trabalhasse para o coronel, Bezerra media as palavras a ponto de elas saírem curtas demais, incapazes de se sustentar no ar. Numa tarde, Bezerra avistara Joca, filho de Diogo, sentado na praça. Como Bezerra, Joca e seu irmão Inácio costumavam ficar alguns dias sem trabalho. Rodrigo, o mais novo, era quem acompanhava o pai, dia após dia. Os irmãos mais velhos, Bezerra observava, vez em quando passavam o dia todo sem entrar em trilha. Ajudavam a mãe ou perambulavam. Já embriagado, Bezerra sentou-se ao lado de Joca e desafiou-o com uma adivinha. Joca não só respondeu à adivinha como emendou outra, ainda mais divertida, que versava sobre a diferença entre a mulher e a cobra, cuja resposta Bezerra não foi capaz de acertar. Raras vezes Bezerra dera trela aos filhos de Diogo e, para sua surpresa, daquela vez a presença do outro fez a noite apressar-se a vir. Nos dias posteriores, Bezerra reencontrou-o. Como Diogo estava fraco, ordenara que Inácio fosse ao serviço com Rodrigo, e Joca quedara-se sozinho na vila. Bezerra pagava as rodadas de aguardente e, conforme os copos se esvaziavam, mais os chistes vindos do cabra a quem ele se afeiçoava tornavam-se frequentes, mais ruidosas as próprias gargalhadas. Recobrado o fôlego, Bezerra mandava que enchessem novamente os copos.

Cerca de uma semana depois, remexeu o alforje e nada tilintou. Era a hora de buscar novas pedras. Durante o serviço, pesado para um só homem e tedioso por haver só a voz da água nas pedras a repetir sempre as mesmas frases, lembrou-se de Joca e pôs-se a matutar: seria bom se trabalhassem juntos. Dariam boas risadas e, se tivesse ganhos, Joca era quem sabe capaz de pagar uns tragos a Bezerra, que pai de ninguém esse era. Pensava por brincadeira. A sério, o que lhe vinha à mente era a companhia e, sobretudo, a possibilidade de tornar o lucro proporcional à quantidade de braços empregados. Mas Joca era filho de Diogo, garimpeiro velho, e irmão de Rodrigo, que trabalhava como poucos. Bezerra não o considerava homem o suficiente para assumir o próprio destino e compartilhar um segredo que poderia tornar mais fácil sua vida ou abreviá-la, se chegasse aos ouvidos errados. Apesar de ter afastado a ideia tão rápido quanto ela apareceu, Bezerra não se furtou a apreciar a companhia do novo amigo sempre que o encontrou desocupado. E dois acontecimentos inesperados fizeram-no reavaliar a imagem de molecote inofensivo e divertido que lhe atribuiu.

O primeiro deu-se no bar, como sói passar: a bebida lubrifica as engrenagens do cotidiano e, ao permitir que elas girem mais depressa, acaba por trazer também com menos tardar para o presente os eventos que se estendem ao longo da linha do destino. As goelas já estavam encharcadas, e Bezerra emendava pedidos de novas doses sem preocupar-se com as moedas. À amizade sincera, ainda que desconfiada e incipiente, que as muitas tardes compartilhadas fizeram brotar entre os dois somava-se, naquele momento, aquela que o álcool, havendo brasa, alimenta. E havia brasa, davam-se bem os dois vagabundos. Embriagado, Joca sentia-se mais próximo do que nunca de Bezerra e, preocupado com o futuro, confidenciou-lhe:

— Bezerra, nunca perguntei de onde vem seu ouro. Desde que pinga não me falte... — disse, enquanto dava no peito do amigo murro que seria convite à peleja estivesse o atingido sóbrio; anestesiado como estava, pareceu-lhe tapa nas costas em abraço de cúmplices. — Se meu copo nunca fica vazio, não devo nem quero saber. Mas a amizade — Joca agora gesticulava, imitando, sem o perceber, os bajuladores com ares de doutor que ele tantas vezes vira ao redor do coronel — e a estima me obrigam a aconselhar: ouvi meu pai e Rodrigo comentando que, mais dia, menos dia, o coronel desconfia de sua boa vida e manda arrancar seu couro.

Bezerra fechou a cara, tentando torcer o discurso do amigo e livrá-lo do álcool em que vinha embebido, álcool que também encharcava seus ouvidos e afetava sua compreensão. Joca prosseguiu.

— Homem, me ouça. Pra escapar da faca, cobra é capaz de latir e fingir que é cachorro. É pra ontem você arrumar uma justificativa pra vida que tem levado, se pensam que é fruto de roubo ou trambicagem, aí... — e Joca correu a mão espalmada como uma lâmina diante do pescoço.

Não era surpresa que desconfiassem. Bezerra muitas vezes já esbarrara naquele pensamento, mas todas as vezes um estímulo mais imediato convenientemente lhe recomendara procrastinar a preocupação: o calor o obrigava, sob risco de piripaque, a um mergulho nas águas escuras do rio; a garganta seca, a uma dose; a solidão, às mulheres. O conselho de Joca, porém, deixou-o angustiado. Agora tinha medo e sentia-se injustiçado: era destinado à pobreza? Ofendiam alguém seus confortos? Traçou um plano: trabalhar dias, semanas se fosse preciso, sem interrupção, até juntar tal quantidade de pedras que lhe permitisse deixar a vila para viver como merecia e onde ninguém perguntaria a origem de sua riqueza.

Alguns dias depois, um novo ocorrido encurtou a distância que a cautela obrigava Bezerra a manter de Joca. O primeiro fumava em sua casa, ao anoitecer, quando bateram à porta. Bezerra levantou-se da rede, lembrando assustado do alerta do amigo, pois havia peso no punho que anunciava a presença. O calafrio quase o fez aliviar a bexiga ali mesmo. Por que não comprara uma arma? Tinha receio de que a simples posse de um instrumento de morte — crendice — trouxesse a morte para perto demais de si. Como quando matutara de forma inusitada sobre a mancha que trazia no tornozelo. "Se um dia — Deus me livre — derem de me cortar a cabeça como fazem com os que perambulam pelo sertão e deixarem meu corpo largado, é nessa manchinha que vão se fiar pra dizer: pois o finado é Bezerra, Deus o tenha, quem mais carrega nas canelas esse borrão?" A partir daí, a mácula deixara de ser inofensiva e passara a incomodá-lo, pois era certo que dela se serviriam para reconhecer seu cadáver se deslizamento de pedra, desabamento de mina ou maldade lhe desfigurassem as fuças. Uma noite, com a sensatez afastada e a imaginação alimentada pela bebida, Bezerra percorrera o pequeno mapa infernal que trazia no couro com a ponta da faca, cada vez com mais força, até arrancá-lo. A mordida no punho da camisa abafou os gritos. Semanas depois, onde houvera a mancha estava uma cicatriz e onde estivera uma esperança de alívio continuava o mesmo prenúncio do dia em que seu corpo seria reconhecido por uma marca inconfundível.

Bezerra não tinha uma arma e por isso buscou dentro da cumbuca a faca suja da carne de fruta, ao mesmo tempo que a batida na porta ganhava a companhia de uma voz a chamar seu nome. Nesse instante por pouco o intestino não ultrapassou a bexiga em rebeldia. Antes, porém, reconheceu: era Joca. Deixou a faca de lado, recompôs-se e abriu a porta. Joca precipitou-se para dentro e, sentado no primeiro tamborete que encontrou, prostrou-se com a cabeça entre as mãos, ofegante.

— Que é isso, homem, que susto. Que bicho te mordeu?

Para mostrar-se forte, Joca ergueu a cabeça, e o movimento denunciou olhos injetados e um tremor nos lábios. Primeiro com a fala entrecortada por imprecações, depois numa prosa mais tranquila, Joca contou a Bezerra que apanhara dos irmãos em briga injusta. Porém, o que mais lhe doera, continuou, fora a intervenção do pai.

— Devagar, homem, do início — Bezerra interrompeu.

Joca respirou por alguns segundos e reiniciou o relato. Inácio e Rodrigo tinham voltado da rua já noite alta. Isaldina dormia no quarto. Diogo cochilava na cadeira de balanço, na sala, e despertou quando os irmãos chegaram embriagados. Joca estava nos fundos, no quintal.

— Joca, faça um prato pra nós — gritara Rodrigo.

Joca só recebia ordem do pai e da mãe e por isso não se mexeu. Inácio, sorrindo no escuro, vislumbrou oportunidade de diversão.

— Se mexe, Joca, que eu tô com fome.

Joca resolveu participar, mas não da maneira esperada.

— Por mim podem morrer de fome, vocês dois.

Rodrigo, que ordenara por troça, agora se enfurecera de verdade.

— Quem fica o dia inteiro em casa é mulher, e mulher serve os homens da casa. Anda logo.

Joca manteve-se em silêncio, sem saber ainda se os irmãos estavam brincando.

— Pois Rodrigo tem razão, quem vive do suor dos outros é mulher, e mulher é quem mexe nas panelas.

Inácio adentrou na picada aberta por Rodrigo. De seu pai e de Rodrigo, Joca até aceitaria pilhérias daquela natureza, mas de Inácio, que fazia tanto quanto ele, quase nada, era demais.

— Já que você tá com fome, Inácio, vou fazer você engolir essa sua dentadura podre.

Inácio costumava controlar a extensão do sorriso para esconder as lacunas que tanto o envergonhavam na arcada, por isso enfureceu-se e partiu para o quintal. Joca não se surpreendeu com o golpe, que o derrubaria se não tivesse se esquivado. O movimento abrupto do corpo impediu a preparação do revide, e Joca não pôde mais que atracar-se ao irmão, agarrando-o pelo pescoço. Enquanto os dois se empurravam e tentavam, entre rosnados e grunhidos, derrubar um ao outro, Rodrigo se aproximara, preparando-se para intervir. Joca, porém, dominado pelo furor que fornece força ou agilidade para a violência ou para a fuga, viu na chegada do irmão a aproximação de mais um adversário e com o cotovelo atingiu o maxilar de Rodrigo. Isaldina, despertada pela algazarra, demorou a entender que seu quintal era o local da disputa, ao passo que Diogo, atento desde o início da discussão, esperava que Rodrigo impedisse a violência. Quando ouviu o grito de Rodrigo, o velho levantou-se a custo e da soleira ordenou que Joca e Inácio se soltassem e que Rodrigo se calasse. Os irmãos separaram-se e alinharam-se, cansados. Joca comprazia-se por ter resistido ao assédio dos irmãos e mais ainda pela intervenção do pai. Naquela disputa, triunfaria na força e na lei.

— Rodrigo, muito me envergonha que Inácio, e não você, tenha de ensinar lições a Joca. Que pecado eu cometi para ter filhos assim, um dia hei de saber. Inácio, saia daqui — ordenou, apontando para fora do quintal, e o filho obedeceu. — Joca, ajudar o irmão que vai atrás de sustento pra casa é como servir pai e mãe. É dever, obrigação. Se você considera indigno, pode fazer sua trouxa e...

Joca não esperou que o pai terminasse. Deixou o jardim, sumindo por entre as árvores antes de os irmãos decidirem sair em seu encalço. Não iria à vila com o choro estampado no rosto, por isso batera à porta de Bezerra

6

Foi na noite em que Joca o procurou para destilar o ódio que sentia da família que Bezerra, com os ouvidos cansados, tomou coragem e decidiu contar ao amigo que havia descoberto o último lugar em que era possível encontrar diamantes na região. No início, Bezerra ficou nas beiradas da revelação, nos "e se" da questão. Se tirasse a sorte grande, o que faria Joca com o dinheiro? Aproveitava para fazer a vida em outras paragens, longe dos seus? Joca se embriagava do sonho, bom sinal, pensou Bezerra. Se a cada peneirada Joca visse um novo brilho no local nunca explorado, entregava o novo serviço de presente ao coronel ou tentava comprador melhor para os diamantes? Não pestanejava, "fazia dinheiro e partia, coronel nem sentia nas mãos o peso das pedras". Aí era Bezerra quem se entusiasmava, farejara logo de cara os odores da amizade e acertara: era Joca o parceiro que buscava. Nessa mesma manhã, Bezerra levou o amigo até o local secreto, depois de ele ter jurado por Deus e todos os santos — pela mãe não valia, pois na noite anterior Bezerra ouvira da boca do filho muitos maldizeres a respeito dela — resguardar o segredo como o próprio traseiro. Se era assim, assim era. Confiava.

Dois dias depois, foram juntos outra vez ao lugar. No caminho, Bezerra estranhou, mas de uma forma boa — novidade inesperada em tarefa absolutamente rotineira —, que uma simples conversa agradável fosse capaz de tornar as subidas menos íngremes. Começaram o trabalho duro e ele percebeu que a gargalhada fazia a picareta mais leve. No começo, nada acharam que prestasse, mas e daí, se o tempo nem havia custado a passar? Já no segundo dia, a recompensa, e que bom que não tardara demais. Não queria que Joca duvidasse de sua palavra, alguma fama injusta ele já carregava consigo. Tentaram por três dias até encontrar comprador confiável e dividiram por igual o dinheiro da venda. A primeira pedra não vinha para o futuro, mas para celebrar o encontro. Do segundo diamante em diante, aí sim começava a luta por uma nova vida de fartura longe daquela vila. E por isso entornaram mais e mais garrafas, pitaram do melhor fumo disponível no barracão, exigiram as melhores mulheres e, modo de evitar brigas na divisão — que nunca ocorreriam —, decidiram por compartilhá-las no mesmo aposento, cada uma delas ora com um, ora com outro, e assim noite adentro. No dia seguinte, azia e ócio foram os resultados da comemoração.

Retornaram ao garimpo depois de três dias, Bezerra o tempo todo a pensar que amizade daquelas nenhum diamante comprava, porque era rara, raríssima. E Joca, a seu modo, concordava. Amigo era irmão por escolha, e nisso uma grande surpresa para ele, que nunca tivera outros além dos irmãos. Bezerra sabia aproveitar a vida, por isso Joca o admirava. Aceitava dar duro, mas só por boa causa: não concordava com que seu suor escorresse apenas para evitar que o açude do tédio permanecesse sempre no mesmo nível. Não sabia, mas, por trás de todos os motivos, o que mais o encantava no amigo, e isso de um modo que a razão não captava, era o fato de que Bezerra o tratava como alguém com quem se podia compartilhar uma decisão. Alguém valoroso o suficiente para arcar com o que dizia, vivido para além das infâncias. Algo que Joca até então não havia experimentado.

E assim a vida prosseguia, o trabalho precedendo a farra, o estrago a sucedendo, e um novo dia de trabalho reinaugurando o ciclo. Não tardou para se darem conta de que a prodigalidade mais que nunca poderia custar-lhes o pescoço, e daí por diante começaram a racionar as farras e adequá-las ao padrão da vila — a pobreza como parâmetro e a riqueza como exceção. Diogo estranhara a nova amizade do filho. Para quê, se nos limites de sua propriedade tudo podiam encontrar? Isaldina fingira concordar, mas no íntimo aprovara, pois era um a menos — agora, em casa, só Inácio — a incomodá-la o dia todo enquanto fazia o trabalho doméstico. Joca era habituado à família, dela dependia, e o rancor que nos últimos tempos sentia era prova de que o cordão umbilical invisível que o atava a ela ainda estava longe de romper-se de vez. Muito diferente de Bezerra. A confiança era um hábito e nela Bezerra não havia sido treinado. Por isso, quando retornou do mato onde fora fazer suas necessidades e viu Joca esconder com pressa a mão dentro da calça, para Bezerra uma pequena fissura se abriu no pilar que sustentava seu apreço pelo parceiro. Fora apenas um átimo, um corisco de desassossego, apenas a injeção de vitalidade que possibilita a reação de quem vislumbra o sacar de um revólver e um instante depois vê o suposto inimigo tirar do bolso apenas um cigarro. Tão rapidamente quanto viera, o susto causado pelo vislumbre do amigo escondendo um diamante se fora, expulso pela razão. Se até agora sempre lhe fora fiel, se para Bezerra Joca se queixava até da própria família, se tanta palavra amistosa lhe dissera nos momentos em que a aguardente semeia a sinceridade, por que diabos iria traí-lo? Uma desnecessidade, a desconfiança. Convenceu-se e deixou o dia seguir em seu passo veloz. Decretado pelo crepúsculo o fim da lida, dessa vez infrutífera, Bezerra achou por bem, no entanto, só para modo de dar corda na prosa, inquirir:

— Nada hoje, hein, Joca. E quase todo dia pelo menos unzinho. Azar, né? — e buscou, sem ter planejado, tropicões de gagueira na resposta do outro.

— Amanhã é dia, deixe estar.

O que dizia a brevidade? Nem sim nem não, mas, como não houvesse indício, Bezerra afastou a suspeita, fruiu de sua companhia naquela noite, até se esquecer do assunto no dia seguinte. Mas não por muito tempo. Três dias depois, Bezerra aguardava Joca para juntos começarem a caminhada, mas o amigo não apareceu. Esperou o quanto pôde, mas o dia já tomava corpo e o movimento da vila começava a ficar perigoso para quem tivesse algo a esconder. Partiu sozinho, e a ausência de Joca abriu espaço para que o temor de ser enganado ressurgisse como uma febre terçã, o que fez com que no mato cada estalar de galho soasse a emboscada. Enquanto peneirava, muita vez fabricara ruídos e voltara-se assustado, sem nada encontrar. Nesse dia, ao contrário dos últimos, sentiu nas mãos a textura áspera e agradável de um diamante de tamanho considerável. O lugar era propício, não era possível que ele e Joca tivessem passado em branco tantas jornadas.

Outro dia e nada. Aí não deu mais. Bezerra, a ruminação da suspeita a envená-lo, decidiu investigar. Zé do Peixoto não tinha notícia de Joca, menos ainda Carvalhal. Não era de ser visto por aí, esse filho de Diogo era muito de casa. O outro, Rodrigo, esse sim tinham visto, estivera a prosear com a filha de Gomes pela vila. Bezerra foi até a casa de Diogo buscar Joca. Bateu na porta com receio: se Joca o havia traído, ir até ali seria como visitar por vontade própria as hostes subterrâneas em busca de um amor, o amor à riqueza, naquele momento tão próxima de desposá-lo e que ele receava perder antes mesmo das núpcias. Inácio foi ver quem era e, como se lhe amargasse a boca, desgostou da presença de Bezerra. Na borra de sua inquietação, no começo, um zelo, que, como se em seu espírito em poucas semanas se encenasse a evolução secular da palavra, transformara-se em ciúmes. Bezerra era um intruso nos assuntos da família. O ciúme, porém tem vergonha do próprio rosto, e por isso só se dá a conhecer portando uma de suas inúmeras máscaras, algumas sutis, delicadas, outras tão assustadoras quanto sua própria imagem, mas menos ultrajantes e mais valorosas. Naquele caso, o ciúme disfarçara-se de indiferença.

— Agradecido — disse Bezerra ao entrar, após aceitar a permissão que Inácio lhe havia concedido ao abandonar a porta aberta e apontar um dos quartos.

Quando Bezerra apareceu, um sorriso débil assumiu o rosto antes crispado de Joca. Bezerra também sorriu, mas graças a motores distintos. O que o movia era vergonha, culpa, alívio ou um amálgama disso tudo. Desconfiara de quem o apoiara. Fosse o que fosse, para compensá-lo, Bezerra buscou água e ajudou-o a aplacar a sede, como se o outro mãe não tivesse, fez troças e imitações desajeitadas, como se o outro irmãos não tivesse, e ralhou, em voz baixa, pelos dias em que o amigo havia se ausentado do trabalho, como se o outro pai não tivesse. Enrolou o pano umedecido ao redor do pescoço do amigo, relembrou a receita dos mais estranhos chás e comprometeu-se a encontrar as folhas. Mas, porque na raiz da presteza — mais que apreço, que ele efetivamente sentia, mas não naquele momento — havia vergonha, culpa, alívio ou um caldo de tudo isso, quase nada tinham de genuíno os cuidados e pouco durariam. Ainda assim, Bezerra excedeu-se no papel, e Joca, que sentia falta de sua companhia, considerara aquilo tudo a maior demonstração de estima que jamais recebera.

A enfermidade não tardou em se despedir do jovem corpo de Joca, assim como depressa havia se escondido a conjectura no fundo dos miolos de Bezerra, que não sabia ter recebido em troca da migalha ofertada uma adesão quase incondicional, dissesse "mata", o outro matava, dissesse "trabalha enquanto eu aproveito", o outro trabalhava, dissesse "me sirva como mulher", o outro ainda não havia se dado conta, mas servia, e era nesse ponto que a adesão corria perigo, no sustentar-se em sentimento inconstante como o nível do rio. Tudo assim submerso demais para ser enxergado, a água ainda turva, o medo de descobrir o que se escondia no fundo. Por isso Joca só se deixava correr, sem se preocupar, e vivia uma felicidade só sua, que não carecia de compartilhar por razões de sangue. Nas semanas seguintes, a admiração pelo amigo começou a transformar-se numa espécie de filtro ou anteparo através do qual os estímulos do mundo exterior deviam passar antes de chegar aos olhos, ouvidos, boca ou pele de Joca. Assim, o que de interessante houvesse só o seria depois de proferido o veredito de Bezerra, as opiniões mais diversas só seriam avaliadas em comparação com as dele, até mesmo a beleza das coisas banais como o rio, o morro, a flor, a árvore tinha agora um novo juiz, e isso aprazia, pois era o recurso de que a afeição dispunha para manter sem cessar seu objeto colado nele.

7

"Vou ali e já volto." Logo depois de terem encontrado uma pedra daquelas?, Bezerra pensou. Buscou a faca e a escondeu na cinta, pois Joca demorava. Ninguém se torna irmão do dia para a noite, Bezerra encafifava, tantas certezas de amizade eram dissimulação, nada mais deviam de ser, falsas como jura de amor de rameira. Com medo de que possa faltar, ninguém faz só o justo, o mínimo, o necessário. Três convidados, comida pra quatro. Contorna a cobra bem de longe mesmo que por mais que deslize velozmente não voe. Vai vender, o preço lá em cima, vai comprar, só vê defeito. Nunca só o que carece, o na medida. Daí tanta generosidade, demais, tanta palavra amiga, nenhuma desperdiçada no banal ou no desagradável, cuidado de irmão de sangue, mesmo. Ou de quem precisa parecer irmão. Era como Bezerra se convencia de que estava certo em desconfiar de que Joca sumira para voltar acompanhado e mal-intencionado. Para seu azar — ou sorte, porque conspirava consigo — a apreensão fez do segundo, minuto, e do minuto, hora, e Joca pareceu nunca mais vir. E então foi demais para Bezerra, o pânico assumiu o controle quando acreditou ouvir conversa vinda lá do mato. Jogou o alforje onde guardara o diamante sobre os ombros e escalou a árvore mais próxima, pronto para saltar, faca em punho, no pescoço de quem se aproximava. Logo que se ajeitou, viu Joca aparecer na clareira, sozinho, cantarolando. Arapuca na certa, concluiu enquanto empinava o ouvido e esticava os olhos para tentar descobrir onde se escondiam os demais. Mas nada. Joca também olhava para todos os lados, procurava por Bezerra, cujo nome acabou por gritar. Como não recebesse resposta, Joca sentou numa pedra, mas não se aquietou, torceu o pescoço para lá e pra cá, tapou o sol com a mão para enxergar melhor o mato ao redor. Meia hora depois, Joca começou a recolher as ferramentas, coisa demais para um só homem, e então Bezerra, mais calmo, concluiu que não poderia ser armadilha: quem estivesse em vias de malignidade não se preocuparia em organizar as ferramentas daquele jeito. Bezerra saltou lá de cima e Joca com o susto que levou deixou cair tudo o que carregava. Sem ter como explicar o que fazia em cima da árvore, Bezerra gritou ao ver a cena:

— Deixa de ser desastrado, sua besta.

Aliviado pelo fim do sumiço, Joca nem respondeu e, sem atinar para a estranheza do gesto do amigo, apenas estendeu os braços e apertou com força suas mãos.

Uma pedra pequena, mas cristalina e não muito ponteada, passada adiante na tarde seguinte, lhes rendeu confortos que relegaram o episódio ao passado. Como a rotina tivesse feições agradáveis — trabalho contado, ganho considerável —, a ambição de abandono de uma vida sem perspectivas rapidamente desvanecia, e cada moeda conquistada era trocada por algum prazer imediato. Para Joca, mais do que para Bezerra, mesmo as partes do dia que eram de puro esforço, as escavações, os explosivos, as pesadas bateias, a limpeza dos instrumentos, mesmo esses momentos, e talvez esses até mais do que os outros, continham uma espécie de contentamento difuso, uma inédita impressão de que os grãos de areia da ampulheta escoavam sem arranhar o vidro. Era o simples: suar, prosear, contar com a mão firme do amigo para movimentar o bloco de rocha, oferecer a sua para ajudá-lo a galgar o barranco. Mais simples do que saber o que, nos alcances da amizade, tornava-se desmedida numa mesa do bar, na conversa das praças, no quarto das putas. No bar eram muitos a oferecer a Bezerra uma dose, e muitos mais a aceitar que Bezerra a oferecesse a eles. A bebida de Joca, mais amarga. Na praça, ouvidos novos, ou menos condescendentes, eram mais atraentes do que os de Joca, e para eles dirigiam-se os feitos aumentados pela lupa da memória e da vontade de agradar de Bezerra. Joca a mendigar um sinal de cumplicidade, um pedido de confirmação, "não é que foi assim, Joca?", ao qual ele responderia com exaltações da galhardia e novos detalhes valorosos que aumentariam a admiração de todos pelo amigo. Excedia-se no desejo pelo brinde, pela reciprocidade do apoio? Não sabia, por isso era bom quando estavam só os dois no meio do mato, trabalhando, o simples da amizade. As garrafas iam e vinham e os copos dos homens, Bezerra entre eles, tocavam-se ao som de loas aos deuses mais mundanos. Joca bebia calado e devaneava, embriagado, quando sentiu Bezerra bater em seus ombros.

— Vamos, a sede já foi, hora de matar outra coisa.

Joca acompanhou-o para longe do bar e alegrou-se: só ele seguia Bezerra em direção à casa das damas. Lá, como de costume, esbaldaram-se. O mais mandão ordenou que viessem de duas em duas, de surpresa, a sequência elas que decidissem, que ele tinha água demais no sangue para se preocupar com isso àquelas horas da noite. As duas primeiras entraram e ficaram, mas não as duas seguintes. Bezerra mal dera conta de sua primeira, bêbado que estava e convencido das próprias mentiras de bar, dos dizeres de faço e aconteço. Joca terminara antes e assistia sonolento e com os pensamentos embalados pela aguardente aos estertores teatrais da quenga que, sobre o corpo do amigo, suportava puxões de cabelo e apertões que deixavam em seus braços as marcas vermelhas dos dedos. Assim que ela deixou o quarto, puxando o vestido para cima para cobrir os seios arranhados, duas outras entraram. Com um gesto de mão e um grunhido Bezerra se fez entender, e as duas saíram depressa. Os dois amigos ficaram deitados de costas no piso, lado a lado, em silêncio, os olhos de Bezerra no teto, os de Joca, em Bezerra. O rosto suado e vermelho, o cabelo desarrumado e de fios encharcados cruzando-se sobre a testa e a respiração irregular deram a Bezerra ares febris, e Joca, movido pela associação vertiginosa e instantânea de imagens que podem levar o embriagado tanto a sujar os próprios pés com o chorume de seu estômago como a feitos só alcançáveis pela completa ausência de medo, reflexão prévia e avaliação dos perigos, movido pelo combustível que ingerira nas horas anteriores, estendeu o braço e num mesmo gesto misturou cuidado — a palma da mão verificando a existência de febre — e carinho — a ponta dos dedos empurrando para longe dos olhos alguns fios de cabelo.

8

Num bar perto dali, Rodrigo enrolava a corda de sua prosa no pescoço de todos e a puxava, não fosse alguém fazer menção de entortar a postura para outro lado do salão ou a orelha para outra boca. O ruído do trovão até poderia se confundir com o do explosivo. Também as consequências: ou homem arrastado pelos mil cavalos de água que galopavam da cabeça da serra, se lá chovia, sem haver arbusto ou ponta de pedra em que se segurar, porquanto a massa furiosa também os arrancasse; ou distraído ou valentão feito em pedaços pelo estouro temporão. Valentia contra dinamite era estupidez. Dissessem que era covardia, ria, porque era mesmo estupidez. E o dizia, ao que os outros — os espertos — consentiam. Contra tromba-d'água, igual. Não era valente, era prudente, e o prudente guarda a vida para perdê-la em briga, que dá escoriação, ferimento grave e até morte, mas também dá fama e honra. Esperteza é saber a hora de ser valente. Rodrigo falava da ameaça de chuva que os fizera, os prudentes, deixar o serviço e retornar ao vilarejo. Era chuva de afogar boi no alto dos gerais, imaginem quanto garimpo não cobriria. Ai de quem. Quem o ouvia pensava que contava vantagem. Contava, mas o que fazia mesmo era descontar desvantagens. Desvantagens — afrescalhamento, moleirice, frouxidão — que o pai lhe atribuía, por mais que trabalhasse por todos da casa. Dava aos outros as justificativas que não teria coragem de dar ao pai, que ralharia se o visse longe do garimpo em pleno dia, ainda que as nuvens gordas de cinza o absolvessem e os frutos do serviço não estivessem compensando, porque pedra boa ninguém mais encontrava.

Laçava-os, e por isso não reparou que uma corda mais sutil e delicada, mas não menos firme, enrodilhava-se ao redor de seu próprio pescoço.

— Esperteza é saber a hora de... — e cortou o refrão que já havia entoado algumas vezes entre um gole e outro de aguardente, de modo que cada um naquela sala completou a frase em seu entendimento e aliviou-se, pendendo a cabeça ora para um lado, ora para o outro, entre estalos do pescoço, e diluindo o sorriso forçado das bocas na indiferença costumeira de suas bochechas. — ... Ser valente — sussurrou Rodrigo para dentro, enquanto buscava com o olhar, através da janela do bar, a risada vulgar e sedutora que atraíra sua atenção e embaralhara os fios de suas palavras, risada cuja dona seus ouvidos haviam reconhecido antes mesmo de seus olhos reagirem.

Encostada ao adobe do casebre do outro lado da viela, Ximena conversava com a Botocuda — louca e com traços de índia, que havia surgido anos antes, ninguém sabia de onde. Chamavam-na de Botocuda e ela atendia, assim como atendia a qualquer ruído mais alto. De conversar com homens ela não gostava, só com outras mulheres, e a sós. Tinha fama de não dizer coisa com coisa. Dissesse o que dissesse, pensou Rodrigo, a desvairada divertia Ximena, que se dobrava e perdia o ar com as gargalhadas que só ele, no bar, parecia ouvir, dados os copos que seguiam indo às bocas e os cigarros que continuavam a balouçar entre os dedos dos homens que tagarelavam e gesticulavam indiferentes.

Como a ascendência sobre os demais lhe houvesse escapado, Rodrigo aproveitou para fixar o olhar no vivo quadro emoldurado pela janela do lugar e atentou alguns instantes ao corpo da mulher que fazia Ximena rir. Como quem compara duas gemas, valorava uma e depreciava a outra a partir das arestas do que via. Um corpo devastado, o da índia que naquela vila se sentira em casa o suficiente para abandonar sua jornada. O que a fizera deter-se? Eram como ela, os dali, ruins das ideias? Por isso perambulava, sumia, reaparecia, mas seguia sendo acolhida e encontrando com quem trocar seu quinhão de conversa desatinada?

Voltou às minúcias do corpo, que inspiravam sandices de outra natureza, mais compreensíveis e que se esgotavam uma vez satisfeitos os desejos por elas inspirados. Um corpo devastado, mas que, como um morro, permitia aos de imaginação fértil ou suscetíveis à nostalgia entrever a silhueta do que ele fora antes da ação feroz da natureza, do tempo e do homem. Alguém extraíra o que de valor naquele corpo existira e abandonara, qual dejeto ou resquício de refeição que empanturra, as superfícies erodidas; a argamassa do desejo humano — ou da carência — cobriria, porém, as imperfeições, devolveria ao monte o cimo que a dinamite arrancara, emprestaria aos seios uma nova curvatura feita de ar e pensamento, impalpável, mas estimulante: sorver com volúpia o sumo extinto de dois cajás ressequidos.

Esses pensamentos levaram-no ao velho Sancho, que havia muito abandonara a bateia e tornara-se administrador do coronel. Agora o compreendia. Em sua propriedade, num arremedo de caramanchão coberto por ervas daninhas, dormia frequentemente a filha de bugres que naquele momento distraía Rodrigo da visão de Ximena. Dizia-se que Sancho vivia amancebado com a louca. Talvez fosse maldade de quem, como ele, considerava o velho um traidor, e por isso espalhasse pela vila a maledicência. A visão da pele das coxas que os farrapos da índia deixavam escapar, no entanto, transformou, na cabeça de Rodrigo, o vitupério em glória: queria aquela quenga para si. Velho de sorte. Talvez fosse a cor que a ascendência índia lhe legara, diferente da de todas as outras mulheres, brancas, mas que o sol cozera longamente, ou pretas. Tão diferente quanto ela, mas ao contrário, por ser parente de assombração — diziam —, só a Maria Farinha, que tinha o couro de um branco avermelhado de quem viera ao mundo andando de costas: iniciara a existência em temporada no inferno, ganhara da quentura as tonalidades, e só então chegara à terra dos vivos. E os pelos? Também de espectro, de aparição. Sobre cada olho, uma lagarta alvíssima. O buço de quem bebeu leite e não limpou. E, Bezerra gostava sempre de contar depois de muitas goladas, até ali, nas partes, "não que eu tenha visto, me disse o desgraçado do Antônio, uma vez", a Maria Farinha tinha tudo branquinho. Do ventre polvilhado de branco, o apelido. Aí era demais. Rodrigo já as vira de muitos tipos, mas tudo branco só era capaz de conceber se fosse velha, mas em velha — já o provara — a pentelheira se despregava muito antes de embranquecer. Mentiroso duas vezes o Bezerra. O sobrinho do coronel não lhe daria trela para essa raça de conversa e mulher com aquela pelugem branca não era capaz de existir.

Queria aquela quenga de cerâmica para si. Mas não ousava: em mulher de quem trabalha para o coronel, sã ou abilolada, ratifique o juiz de paz ou consuma-se o ato em madrugada de chuva, sem lua, atrás de mato alto, ninguém, ninguém além do dono — ou do coronel —, ninguém toca os dedos, sob risco de justiçamento. E, por isso, quem sabe, ou talvez por competição de atrativos ou da falta deles, Rodrigo desviou o olhar do corpo da Botocuda novamente para o de Ximena, que agora parecia entediar-se com o nhe-nhe-nhem sem siso que ele supunha vir da índia. Não era mais, entretanto, o olhar de Rodrigo um olhar repentino, recém-conquistado pela presença feminina e, portanto, oco e virgem de intentos. Era um olhar inseminado pelo tempo que permanecera sob os andrajos da louca que acompanhava Ximena e, por conseguinte, já prenhe das mais variegadas lascívias.

Ximena não se entediava, nesse ponto Rodrigo se enganara. Havia, isto sim, percebido o olhar do peixe molé, que tinha fama de ser afrodisíaco. Pelo arrepio que sentira, Ximena, ao ver o olho sem pálpebras do macho, o confirmara: dava mesmo calores tal peixe. De par com os calores, no entanto, enfurecera-se. Era a índia troncha que ele admirava! Qual o quê! Descabimento. Revidava. Fazia comer terra, matar onça-pintada, subir corredeira a nado, atravessar caverna sem tocha. Só aí desfrutava dela. Fazia? Fazia nada, pois não queria ela também o que ele queria, e loguinho? Até mais, queria. Pelo menos assim se sentia. A vida-lazer. Um pouco, vai, um pouco o fazia sofrer, que não era mulher de ser preterida, ainda mais por doida que da chuva foge e no rio não se banha, e nem não é capaz de espichar, elogiando, o modo de se ver do homem, seja ele um gigante de verdade, seja gabiruzinho que, por hábito, por medo ou para obter vantagens a gente diz que faz, e faz bem-feito. A boca da desvairada, com menos dentes que a dela, só dizia: capim e bicho cru e água salobra e bile e resto de rancho e azia e cachaça babada de fundo de copo largado. Dizia com o hálito, porque palavra a homem ela não dava nenhuma. Desse palavra ou outras coisas a Rodrigo e se veria com ela, Ximena, que agora notava que o peixe finalmente se movera, transmutara-se em homem novamente, não um de se desprezar, e a olhava. Não acreditou ser tarde demais e resolveu pescá-lo: arremessara a linha de seu olhar com uma isca apetitosa, seu sorriso, e não precisou ter paciência, pois nos rios e bares da região pescador algum passava fome. Puxou a isca ao afastar-se do campo de visão de Rodrigo com passos de quem deseja ser alcançada. Tal era sua confiança no sucesso do feitiço que nem sequer olhou para trás. A Botocuda partiu para o lado oposto antes de Rodrigo aparecer na porta, parar um instante, descobrir o paradeiro de Ximena e recomeçar a marcha, movido pela migalha que a mulher lhe oferecera. Aproximou-se dela sem dizer nada, tentando conter o impacto dos passos na terra dura. Ximena o sabia atrás, fingia-se distraída e aguardava a abordagem. A mão pesada do moço finalmente segurou-lhe o ombro. Fosse um gesto inesperado e ela poderia acusá-lo de rude ou violento — a urgência faz pesar o gesto. Naquele instante, porém, ele só interpretava o papel que ela determinara. Ximena sorriu, satisfeita, enquanto girava o corpo para confirmar, demonstrando surpresa premeditada, que Rodrigo a seguira.

— Pra onde a moça vai, não vai melhor se acompanhada?

— Nem sei pra onde, mas agradeço o conselho. Quando souber, pergunto na praça quem faz a boa ação de me acompanhar.

Ximena viu Rodrigo franzir o cenho. Após o sorriso que havia recebido antes, ele esperava arrastá-la com facilidade para o que queria, e aquela resposta não lhe mostrava o caminho.

— Resolvo os dois problemas: digo um bom lugar pra ir e faço boa ação, vou mais você.

— Se a vontade é tanta de proteger mulher, lá vai a Botocuda no fim da rua. — Ximena apontou a mulher que ao longe se avistava. — Corre que alcança.

— Essa sabe andar por aí sozinha melhor que muito homem.

— E eu lá não sei?

— Deve de saber.

— Então me perdoe, mas eu vou andando, porque essa conversa está de dar nó.

Ximena acelerou o passo e deixou Rodrigo para trás. Seguiu sem mirá-lo porque se sabia incapaz de sustentar aquele jogo por muito mais tempo: abria mão de uma moeda para ganhar duas no dia seguinte, fazia marinar no caldo do desejo a carne do homem para prová-la mais saborosa depois. Além disso, vingava-se da traição que Rodrigo nem sabia ter cometido quando sustentara o desejo pela maltrapilha.

Rodrigo assistiu ao chacoalhar forçado das ancas que se afastavam. As nádegas, sob a saia apertada, subiam e desciam com tal violência, arremessadas pelo balançar desengonçado e intencional que a moça lhes impunha, que quem se preocupasse com sua saúde advertiria que os cambitos perigavam partir-se, não porque naquele traseiro houvesse polpa farta e consistente, mas sim porque pareciam, aquelas varetas, incapazes com o peso de duas mangabas. Em termo de frutas, porém, contente-se com as da estação. Se a preguiça é muita e a fome nem tanta, aceite a que caiu do pé. Rodrigo aceitava. E a raiva da desgraçada que mangara dele crescia junto com a vontade de se refestelar no vai e vem daquela rede puída, mas aconchegante, e em que naquele dia não lograria deitar-se. Ximena requebrou por mais alguns metros e em seguida desapareceu numa virada. O sol se recolhia ao seu refúgio no horizonte, após o dia todo de trabalho árduo — tentativas de perfurar o manto cinza escuro que insistia em se estender no céu. As primeiras gotas gordas começavam a despencar e a conversa ainda assombrava a imaginação de Rodrigo. "Fosse homem, quebrava os dentes", pensou. Deu-se conta do mal pensado e o refez: lá podia de ser com um homem conversa daquelas? Vixe. "Fosse minha mulher, quebrava os dentes da insolente." Aí se contentou com o pensamento. A conversa reviveu em sua cabeça, mas agora com menor poder de afronta, porquanto num prosseguimento hipotético dos acontecimentos ele já houvesse punido com o punho a língua solta da desgraçada. "Lá vai a Botocuda no fim da rua", ela dissera. Ele foi conferir: não ia mais. Estava era agachada, quase no sumir da vista, remexendo em algo perto de um muro. A previsão que os poupara do trabalho naquele dia finalmente se cumpria: o céu, ainda tingido de vermelho e amarelo, enegrecia depressa, antecipando a noite. Rodrigo desceu a ladeira. Não na direção em que desaparecera Ximena, mas rumo ao canto em que a Botocuda permanecia atenta ao seu intento inextricável. A chuvarada que finalmente começara expulsava as pessoas das ruas. Encharcado da água morna, que parecia aumentar o calor, Rodrigo observou a cena: a índia olhava um filhote de gato, esquálido, que se escondia num buraco do muro baixo. Rodrigo não tinha pensado nas razões que o levavam até ali. Só pretendendo ignorá-las era capaz de satisfazer a vontade que o conduzira, a de reunir o vislumbre de mulher desejável que experimentara na índia havia pouco, vendo-a do bar, ao comentário jocoso da mulher que o repudiara. Se Ximena desdenhara, azar. Aproximou-se. A índia ouviu o passo e virou-se, encarando-o. Em seguida, voltou novamente as atenções para o pequeno bicho. O alheamento da louca pareceu-lhe rejeição. Ao quê, ele não sabia ao certo — sabia, mas como podia a louca rejeitá-lo, se ele ainda nada havia dito ou feito, convite ou gesto? Punha-lhe palavras na boca, a doida que não falava com homens? Movimentos nos braços? Afronta. Se o acreditava capaz de obter pela força o que conseguia sempre com a lábia, com a boniteza simplesmente, então ia ter o que insinuava, ah se ia. De culpado era tachado, culpado seria. Rodrigo enlaçou-a por trás, com uma das mãos cobriu-lhe a boca, com o outro braço circundou-lhe a barriga. Arrastou-a, contornando o muro. Debatendo-se desesperada, ela mordeu-lhe a palma, e a mão, ferida, fez movimento para proteger se, cerrou-se e atingiu na fuga, com os nós dos dedos, os lábios e os dentes da mulher. Estava caída sob as poças, agora, e a chuva lavava o lábio lacerado pela ponta de um dente que se partira. A descarga que o irromper da violência liberara no corpo de Rodrigo o preparou para um novo golpe. No entanto, a imagem da Botocuda deitada em silêncio sobre as poças o fez desarmar o braço retesado que gestava o soco. A memória de antigas violências e da sobrevivência que só a submissão poderia garantir-lhe viera à tona, junto com o sangue que não cessava de esvair-se da ferida, e por isso ela desistia de reagir e se entregava? Rodrigo desconfiou. Parecia ardil de bicho, preparação de bote. Não entendia por que algumas mulheres preferiam tornar o amor tão bruto. Era ela render-se ao desejo que ele sentia e só. Se com o velho Sancho se deitava, com ele mais ainda haveria de querer. Como o homem devaneasse, Botocuda ensaiou afastar-se rastejando. O movimento, ainda que discreto, como para alcançar um objeto que lhe oferecessem em momento de preguiça ou cansaço, despertou Rodrigo de seus pensamentos. Mais ainda, confirmou que a mulher, enquanto permanecera quieta, tramava, e para impedi-la de realizar o que quer que planejava contra quem até então mal algum praticamente lhe fizera — apenas se protegera —, Rodrigo acertou-lhe outra vez o rosto. As costas da mulher colaram-se ao solo encharcado. Com as pernas afastadas e a cintura da mulher entre elas, Rodrigo ajoelhou e olhou mais de perto o rosto avermelhado pela pancada e lavado pelo que lhe pareciam gotas de chuva. Um pouco mais calmo, agora que a louca também se acalmara, Rodrigo pôs-se a pensar, enquanto a observava, em que diabos estava fazendo ali com mulher amancebada de Sancho. Poderia custar-lhe caro. Com o velho, ele podia. E fácil. Mas espingarda não tem ruga e mesmo as mais antigas cospem longe. Sancho não cobraria pessoalmente dívida ou honra, para isso se serviria das benesses de trabalhar para a casa de onde saíam todas as ordens. O pensamento meteu-lhe tremedeira nas pernas. Era corajoso, mas não queria morrer. Como um camaleão que troca a estampa da pele, os sentimentos de Rodrigo começaram a transformar-se, motivados pelo perigo. O medo converteu-se em ódio, por ela tê-lo tentado e colocado em risco — justo ele, que não se engraçava com mulher dos outros —, e segurou os punhos finos com força, como se pretendesse esmagá-los. Dos olhos delicados que se abriam e fechavam, talvez respondendo à dor que infligia aos braços, pareceram sair algumas lágrimas. Ou eram gotas de chuva, e os olhos apenas se protegiam cerrando as pálpebras. O acontecido é que a possibilidade de que fosse apenas fraqueza despertou no furioso Rodrigo uma ternura inesperada, e essa ternura fez o ódio virar desejo. Se já estava perdido, que aproveitasse. Soltou o punho direito da mulher e com a mão livre subiu a barra de seu vestido para muito acima da cintura. Sob a saia, nada, e ele se atentou para o que agora a chuva lavava. Para sua surpresa, a índia, que tantos e tão compridos cabelos carregava na cabeça, entre as coxas praticamente não os tinha. Artifício?, perguntou-se. O descuido da carcaça para afastar as intenções, o capricho secreto para premiar o maldito Sancho?

9

No quarto da casa de facilidades, o corpo prostrado de Bezerra recuperou-se num átimo do torpor, e seu punho precipitou-se com peso no rosto de Joca. Movera-o uma constatação sensata — mão de homem tão próxima de seu pescoço, só para esganá-lo — que servia para esconder o temor de uma ofensa menos perigosa, mas muito mais ultrajante. Os nós dos dedos cerrados de Bezerra atingiram o maxilar de Joca, que soltou um grito de dor. A mesma mão de Joca que tocara o rosto do amigo pressionava agora o vergão no próprio rosto e tampava os olhos que ameaçavam inundar-se. Por isso, Joca não viu Bezerra levantar-se apressado, vestir as calças e, camisa na mão, sair deixando a porta aberta e o amigo encolhido como uma criança e exposto à apreciação das mulheres e dos clientes que passavam pelo corredor em busca de um catre desocupado. Quando se acalmou e reparou na quenga a espiá-lo de uma fresta na porta do quarto logo em frente, mais do que vergonha, Joca sentiu uma espécie de contentamento. Passou por sua cabeça que na imaginação da mulher fofoqueira aquela cena — Bezerra deixando o quarto com o peito desnudo e abandonando-o estirado no chão —, aquele instantâneo de uma cena íntima só poderia significar exatamente a sem-vergonhice com que ele começava a sonhar e que o enchia de culpa e vontade. A desconfiança da mulher, que agora cuidava de outros desejos atrás da porta fechada, legitimara o sentimento de Joca. Ele vestiu-se e deixou a casa, aliviado.

No bucho de Bezerra, já longe dali, fermentavam delírios de traição. Por pouco, se não despertasse bem na hora, ai dele, adeus seus diamantes, ele repetia e repetia, travestindo de cobiça um sentimento que se mostrava de uma outra natureza, tão mais perigosa quanto mais bem-intencionada, tão mais fatal quanto menos permitida naquela terra de homens duros como pedra.

Dois dias depois, Bezerra bebia sozinho quando Joca, depois de observá-lo de longe por bastante tempo, ousou aproximar-se pela primeira vez desde a desavença. Joca foi até o balcão, pediu uma garrafa e timidamente foi se acercando de Bezerra. Ainda em pé, colocou a garrafa bem no meio da mesa e empurrou-a na direção do amigo, que não levantou os olhos. Bezerra pensou em quebrar a garrafa e rasgar o pescoço do abusado, mas conteve-se. Dar fim ao filho de Diogo significaria ter os olhos todos da vila voltados para ele. Enquanto Bezerra matutava, Joca afastou a cadeira da mesa e sentou-se. Aí era demais. Bezerra levantou-se e, como bobo não fosse e vislumbrando um ganho mesmo nas minúsculas oportunidades, antes de sair estendeu o braço e levou consigo a garrafa cheia — no gesto a restituição do que perdera em um roubo ainda não acontecido.

Tantas vezes Joca ensaiou essa aproximação, movido pela ausência de qualquer reação que se estendesse para além do desprezo e do silêncio, tantas vezes Bezerra preferiu sair de onde bebia a confrontar o homem que acreditava prestes a roubar sua única chance de mudar de vida. Não atinava, no entanto, com o efeito que a discrição de seu ódio produzia no odiado: no normal das coisas, pensava Joca, aquela era atitude de mulher, a de recusar sem dizer, a de deixar aproximar-se para então afastar-se, a de fazer parecer que, quem sabe, com insistência um dia a tempestade passa. É jogo que homem não joga, um homem não adia o ódio se o provocam. E, assim, a recusa de um alimentava o empenho do outro e a verdade talvez viesse à tona de forma violenta se esses encontros não tivessem cessado graças ao término das últimas moedas de Bezerra. Era hora de voltar à lida, que seria solitária como antes e tensa como nunca. Bezerra custaria a admitir, mas não fizera o que tinha de fazer — matar Joca para preservar o segredo — porque, por mais que negasse, sentia que seria dar cabo de seu único compadre.

A trégua imposta ao conflito não declarado teve efeitos distintos em cada um dos dois. Após alguns dias de trabalho duro no garimpo, durante os quais tantas vezes, ao imaginar ter ouvido ruído de passos, Bezerra correu para o mato para se esconder de Joca e seus comparsas, a certeza de que a traição ocorreria começou a amainar. Não o suficiente para que a amizade se restabelecesse, até porque das entranhas de Bezerra o que emergia para promover sua repulsa era um temor mal compreendido que relação alguma tinha com diamantes e moedas. Esse temor, talvez Bezerra intuísse e por isso seu medo de ser delatado diminuísse, não condizia com traição; ele era, isso sim, irmanado àquele tipo de bem-querer que faz mulher boa dar a vida por homem ruim. Nisso Bezerra tinha razão, mas na superfície. Era uma visão que não dava conta da profundidade do fosso. Quem gritasse por socorro nos vales esperaria ouvir uma resposta, mesmo que vinda de longe, ainda que incompreensível. Se ela não viesse, o que ouviria quem estivesse sem rumo nos intestinos daquelas serras de pedra? O eco — avesso de uma resposta, solidão cristalizada. Não tardaria, e disso Bezerra nem desconfiava, para que o grito surdo do amor de Joca ecoasse ódio. Desse momento se aproximavam todas as noites, quando Joca matava o tempo na praça, no bar, nas ruas principais, esperando Bezerra vir do local secreto em que haviam partilhado tantos bons momentos, sem que ele desse as caras. A indiferença provou-se mais afiada que o desprezo. Joca sentiu-se louco, quis livrar-se daquela angústia tão difícil de compreender experimentando quantas mulheres conseguisse pagar e para isso não hesitou em remexer as coisas do pai e roubar as poucas moedas que encontrou. Tentou satisfazer as heteras decaídas com tal intensidade que logo perdeu o controle da força, a mão que queria acarinhar embrutecia-se, lacerava as peles, desenhava danos, o corpo se chocava com o outro corpo como se quisesse esmagá-lo, reduzi-lo a nada, afeiçoara-se à gravidade esse corpo que se esforçava por pesar toneladas, que ensaiava estender ao máximo seu alcance, que tentava imiscuir-se por inteiro e para muito além das possibilidades, dos encaixes e dos quereres em outro corpo. Certa noite, ao ouvir gritos, mulheres abandonaram leitos e homens e invadiram o quarto de onde parecia vir a balbúrdia: Joca recuava e arremetia violentamente contra a dama de bruços, que tinha sangue a escorrer do nariz e pose de morta. Foram necessárias seis mulheres para afastar o homem, que parecia endemoninhado e tentou rasgar seus vestidos, que nem careciam ser rasgados, pois na pressa com que haviam sido colocados e generosos como haviam sido confeccionados eles nada escondiam. Duas delas carregaram dali a companheira desacordada. As outras saíram em seguida, apressadas. Voltaram logo depois empunhando lâminas, com as quais ameaçaram presentear o homem estirado e alheio a todo o corre-corre com uma fenda similar em profundidade, mas não em extensão, àquela que carregava, por natureza, a coitada que no outro quarto agora despertava e da qual ele tanto judiara. Joca não entendeu bem a razão daquela algazarra, mas levantou-se num salto e deixou a casa sob impropérios e o aviso de nunca mais voltar.

A casmurrice crescente de Joca logo se tornou motivo de rumores e troças. Inácio, principalmente, que havia algumas semanas não o via perambular pela vila na companhia do antes inseparável amigo, explorou todas as explicações para sua evidente perturbação, e, na humana intenção de, por meio do escárnio, quem sabe provocar reação que trouxesse o irmão de volta à sanidade, deteve-se nas mais ultrajantes e maliciosas. Rodrigo parava pouco em casa, tinha outras preocupações, mas quando podia se juntava a Inácio na galhofa. Joca pensou em abandonar a todos, já que mais nada o prendia àquele lugar. Distanciara-se dos irmãos e do pai quando descobrira um companheiro que vira nele o valor que acreditava ter, fizera tudo por esse amigo, dedicara-lhe todos os pensamentos, as melhores intenções, e agora o homem por quem aceitara matar ou morrer também se mostrara cruel e ingrato. Tornara-se mais motivo de vergonha para a família, que sempre tivera razão: ele valia pouco, muito pouco, menos ainda agora do que quando maldissera os seus para um estranho que conquistara sua afeição e provocara-lhe pensamentos que de Deus não poderiam ser. Quanto mais mastigava essa pasta de autocomiseração, mais lhe apetecia o sabor inédito da fuga. Mas e a coragem? Afeiçoara-se a Bezerra, entre outros motivos, porque pensara ser ele alguém capaz de demonstrar em seu lugar e na solução de seus conflitos a coragem que um covarde como Joca nunca teria. Como seria capaz de tomar, sozinho, a decisão de se afastar para sempre do abraço violento do pai e cuidar de si mesmo? Bezerra o atraiçoara: recusar sem motivo estima sincera e incondicional era desfeita das mais indecorosas, era insinuar o desejo de um duelo — transmitia seu toque o mal de lázaro, por acaso, ou o contrário? Espantava moscas, desinfetava chagas, eliminava nódoas, arrancava espinhos. Só podia estar ficando louco.

10

Quando via a índia, Rodrigo se afastava, temia reação descontrolada na frente dos outros, reação de mulher. Olhava de longe, esperando o momento em que ela, que nunca dissera palavra a homem nenhum, ia desembestar a tagarelar e complicar sua vida. Mas não. Parecia até que, depois daquele dia, a índia, que antes tinha a desvergonha das crianças e sustentava o olhar de quem quer que fosse, andava só mirando o espaço em que daria o próximo passo. De algo adiantou ter sido minha fêmea, pensou Rodrigo, superou a bobice. Que é natural de gente crescida o não encarar todo e qualquer um.

No outro lado da praça, no entanto, Rodrigo viu a Botocuda quebrar o silêncio: Ximena apareceu com um copo na mão e o ofereceu à índia. Ela ergueu o queixo para beber e o manteve assim para continuar a conversa com Ximena, que em seguida se recusou a receber de volta o copo vazio. Falavam dele? Empertigou-se. Andou para mais perto do centro da praça, modo de poder ser visto mesmo de longe. Se Ximena soubesse, capaz que enciumasse, o que era bom. No dia em que estivera com a índia, no entanto, a galega, só porque ele havia desperdiçado alguns olhares com a outra, deixara-se levar pelo ciúme. Em vez do ciúme, essa inveja mais introvertida, levá-la a querer roubá-lo da concorrente e arreganhar-se, ocorrera o contrário: Ximena vexou-se. E, agora Rodrigo percebia, o ciúme de Ximena injetara em seu entendimento as ideias que acabaram por fazê-lo submeter a índia. A filha de Gomes era perigosa, se era. E a índia ia contar à outra mulher, se devia era de ter gostado daquilo? Arriscava quem ouvisse querer provar, Rodrigo imaginava, fiando-se no próprio jeito de ser, ao mesmo tempo que desconfiava de que seu raciocínio começava a tresandar. E tresandou. Vinha-lhe à imaginação a imagem do relato minucioso deixando a boca desdentada da bugre, e de Ximena, que dele pegara ódio, sorvendo-o enquanto matutava no que faria com aquela informação que poderia causar contenda. Diria a Gomes, era certo, e ele usaria a atitude impensada de Rodrigo para prejudicá-lo. Rodrigo maldizia a sorte e, numa reviravolta imperceptível para sua cabeça confusa, maldizia agora também a recém-adquirida sabedoria da índia, que de louca já não tinha mais nada a seus olhos, já que se mostrara capaz de vingar-se com tanto engenho. Foi então que as duas mulheres se separaram.

— Mando encher o copo que a índia secou, vem. — Depois que a outra desapareceu, Rodrigo fez a Ximena o convite que semelhava ordem.

A moça apreciou: era mimo que costumava arrancar dos homens depois de demonstração de amizade, contrato de interesse assinado com um resvalar de ponta de dedo — assinatura de desletrado — e ratificado mais tarde com alguma tinta extraída do corpo. Nem sempre algo tão dado de graça. Oferta assim, mastigada, só de quem mulher alguma aceitava galanteio: os pobres de riqueza na cara ou os desprovidos de beleza no bolso. Menos proveitoso, mais dadivoso. Rodrigo era diferente, era até bem rascunhado e nunca passara fome. Merecia da mulher que escolhesse o de antigamente: dela receber o dote ou, fosse de poucas posses ou comprometida, o que lhe pudesse dar das abastanças do próprio corpo, em troca de matrimônio ligeiro consumado em quartinho ou quebrada.

— Vou, mas é um copinho pro moço quitar a dívida e só — Ximena respondeu e foi se sentar à mesa mais distante da porta.

Rodrigo aliviou-se. Temia a reação da mulher, que poderia ter ouvido histórias da boca da índia. Buscou dois copos e uma garrafa de aguardente. Ximena escondeu o sorriso e o estimou: não fosse ele donzelo de acreditar naquela dança de um copinho só. Queria era muito. A moça fez aquela lava deslizar com velocidade goela adentro, Rodrigo assustou-se, mas não o demonstrou. Antes, repetiu o gesto da moça, ainda que não fosse seu costume: entre homens, aquilo era demonstração que só tinha tino se seguida de pancada do copo na mesa, com intenções admoestatórias ou, se o candidato a inimigo não se alinhasse, belicosas. Se o vidro, pela força empregada, se desagradasse e como protesto se espalhasse em cacos pela mesa e pelo chão, fosse por inabilidade no controle do gesto, fosse por avançada embriaguez, fosse por furiosidade intencional, então aí não poderia haver mais aviso, estava decretado o início do quebra-quebra, as garrafas se solidarizavam com os copos, partiam-se na quina das mesas e, vestidas de saia cheia de arestas pontiagudas, sentindo-se vazias, buscavam penetrar nas carnes para onde haviam sido levadas suas almas líquidas. Contra elas erguiam-se facas, e elas, as garrafas fraturadas, manejadas como se facas fossem, não esmoreciam, porquanto tivessem mais lâminas, a faca só uma, ainda que aquelas fossem mais quebradiças e — não desmerecendo-as — improvisadas, no que redarguiam que as facas, muitas, também serviam mais às manteigas e aos queijos do que aos cortes de bucho, garganta e fuça de homem. Como não era o caso, Rodrigo bebeu um, dois, três copos de aguardente seguidos, sem respirar e sem bater contra a mesa depois de cada um deles. Menos que mulher, nunca. Ximena não quisera demonstrar força, antes desejara mostrar logo para o homem que um copinho só não lhe bastava, que a prosa e o trago seriam longos, ele que estivesse preparado. A moça era assim: num dia tira, noutro dá, num dia esnoba, noutro, esbórnia. Vendo Rodrigo entornar um, dois, três, quatro, cinco copos seguidos, Ximena acabrunhou-se: carecia de tanta cachaça para fins de encorajamento? Vinha agora Rodrigo com medo de mulher? Que a poupasse da decepção Santa Madalena, a que lavou os pés de Cristo com aguardente.

Mas não. Medo de mulher, só da língua, fiapo de carne que já acabou com muito valentão, peçonha mais letal que a da cobra. Se não mata, aleija a reputação, faz da honra cotoco, o que é pior que a morte. Rodrigo tinha medo de a outra ter contado. Aí é que não teria Ximena, de jeito nenhum. As quenturas do álcool tinham para ele outros fins. Queria que a moça se embriagasse. Mas nela, ou no que não fosse seu desejo projetado, não reparava o suficiente para notar que, após o início sedento, Ximena agora gotejava em sua garganta a aguardente e media preocupada a vazão do copo alheio. A embriaguez concedia a Rodrigo, ainda, poderes de outra ordem. Como se uma deusa se erguesse dos oceanos, da aguardente nascia, insuflada pelo túmido olhar de Rodrigo, uma mulher que, se deusa não era, tampouco trazia no corpo os traços distintivos das mortais que ali viviam e dela mesma — troncos encurvados pelo peso, seios gastos por mordidas de filho após filho, peles erodidas por sol e areia. O úmido mirar de Rodrigo embonitava Ximena.

— Vem mais eu — Ximena ordenou enquanto se levantava da cadeira e segurava o pulso de Rodrigo, que aquiesceu e levantou-se ao mesmo tempo que com a mão livre resgatava a garrafa. Atravessaram a praça e, guiados pelo passos da moça, tomaram a ruela que daria na propriedade de Gomes. Rodrigo assustou-se: urdia arapuca? Divisasse o cercado após a última curva, liberava as violências que pelo caminho ia gestando. Pois, se se confirmasse, estaria diante de artifícios de mulher-demônio e suas beberagens. Muito antes de lá, no entanto, nos limites de um terreno com uma casa sem telhados e de alguns muros desabados e de um matagal, Ximena fez a curva, para alívio de Rodrigo. A partir dali, afastaram-se mais e mais de toda preocupação. Tinha bem boa má intenção, a mulher-aparição que da bebida emergira com sua concha, comemorou Rodrigo calado.

Ximena era do mato. Em esteira ou rede também enlanguescia, que de perder oportunidades nem não era, mas se elastizava mais entre os capins, onde fincava raízes e se retorcia, feito ramagem ou galhada, e arranhava amantes, fêmea em vias de cacto. Da água é que não gostava, queria que sobre suas ranhuras os suores formassem regato, que o que em um fosse nascente, noutro fosse foz, e também o contrário. O que as corredeiras cristalinas — de que os homens gostavam, por bem dizer, e por isso ela às vezes o concedia — faziam era levar rio abaixo humores e odores do corpo: sexo com cheiro de banho, e, de banho, o sexo, só a imitação dos gatos, as lambeduras.

Rodrigo era de qualquer lugar, desde que dentro e sobre. Se a chance da combinação a ele se apresentasse, fosse a sala da casa, a praça lotada, o serviço do garimpo, qualquer lugar bom lugar se tornava. Agora, era isso que o enfurecia e atiçava: seguia aquela mulher pelo mato como um cão a seu dono! E aí Rodrigo, se fosse esperto, seria era até mais, porque poderia confirmar, naquela submissão despropositada aos desatalhos escolhidos por Ximena, que, quanto maior a força da presa para se desvencilhar do garrote, maior o regozijo do caçador. Tê-la debaixo de si depois de tantas pegadas que ele a contragosto reproduzira seria de se fartar.

E fartou-se.

Quando retornaram pela trilha já era noitinha, tantas as carícias que trocaram sem ver o tempo passar ou, assim ele pensava, tantas as que ele impusera à moça finalmente rendida aos seus desígnios. A noite não era das mais escuras e ambos — ele, na labuta desde rapagote, ela, na vida assim que finda a meninice — prescindiam de tocha para guiar seus passos.

11

Nem sempre a solução está no bom senso, como provava o caso de Joca, em que a mazela vinha mesmo é para o bem. Em tempos de trabalho raro e comida pouca, eram bem-vindas as angústias que sobrepujassem a fome e tornassem o sofredor capaz de recusar o mais suculento bife enquanto qualquer outro vivente verteria lágrimas agradecidas se tivesse à disposição um punhado de farinha mais de uma vez por dia. Nesse aspecto, e apenas nele, o estranho abatimento que tirava o apetite de Joca agradou a todos. Dividiam em quatro aquilo que deveria alimentar os cinco, mas que na realidade nem bem daria para três. No mais, desconfiavam que o jovem macambúzio só pudesse estar afetado por sentimento que vai e não retorna, imaginavam-no preso a algum laço de perna. Como não o tinham visto com nenhuma das mulheres honestas da vila, deduziram: quenga. E nisso a explicação para a confusão que chegara aos ouvidos de todos, inclusive aos de Diogo e Isaldina, em diferentes versões, algumas alistando o enfurecido Joca nas hordas do beiçudo, outras atribuindo a expulsão da casa das meretrizes à recusa de pagamento, e umas poucas espalhando pelas esquinas o boato de que o que Joca pedira à coitada mulher alguma, nem mesmo as da vida, tem coragem de dar por dinheiro nenhum, que de um corpo para outro corpo só o que deve passar numa hora daquelas é baba e gala, todo o resto é desvio demais até mesmo para a libertinagem.

— Qual delas é a sua sinhá? — Inácio perguntou a Joca. — A da tatarana peluda no pescoço, a banguela que abre a boca de um lado da praça e do outro a gente sente o bafo de pau, a que de tão feia mete medo até no capiroto...?

Joca saiu de casa antes de Inácio, Rodrigo e Diogo terem concluído a lista de mulheres, todas elas deformadas pelas palavras para mais bem servir aos estimados fins da chacota. Em realidade, afetava-o muito pouco a relação com a família, tal era a desordem que a distância de Bezerra provocava em sua cabeça e no restante do corpo. Nutria sentimentos. Era preciso acabar com aquilo, e por isso Joca buscava sem cessar, descartando desvario atrás de desvario, uma maneira de trazer novamente o amigo para perto de si. Se morresse de repente, o amigo sentia falta, se arrependia e chorava? Dizem que espírito volta e vê, mas vai que não volta, aí a morte seria sem recompensa. Foi imerso nessa tristeza que a ideia como que brotou do solo, como também do solo brotaria sua salvação, se fosse bem-sucedido. Joca esperou que a noite se estendesse sobre o cerrado e partiu sem dar satisfação a ninguém, levando muitas tochas e querosene. Seguiu pelo caminho que só ele e Bezerra conheciam e, lá chegando, sob a luz do fogo, começou a buscar febrilmente a pedra com que presentearia o amigo na intenção de trazê-lo de volta ao seu convívio. Não era fácil garimpar durante a madrugada, e ele devia sair dali bem antes de o sol nascer. Antes, era preciso ainda apagar todas as pistas, esconder as ferramentas. Por isso, mesmo trabalhando como um louco, as poucas horas não lhe rendiam nada. Mas, como a sorte favorecesse os sentimentos sinceros — ou fosse menos afeita ao tédio que às desgraças —, depois de muitas noites, uma pedra pequena finalmente afeiçoou-se às tochas e multiplicou de forma quase insignificante seus brilhos. Joca enrolou-a num pano com cuidado. Depois de varrer os traços de seu trabalho, deixou o lugar carregando a guaiaca como se levasse a mais frágil orquídea. A simples posse daquele regalo o acalmara. Se ainda devaneava e parecia alheio a todo estímulo social ou fisiológico, era apenas porque se deixava gozar na imaginação as cenas completas — os locais onde tudo aconteceria, as falas de um, as réplicas de outro, os abraços e as comemorações — que adviriam da existência daquela pequena e ponteada pedra. Os reinos criados pela imaginação, no entanto, também têm fronteiras, além das quais habitam os terríveis monstros do dia a dia: fracasso, ruína, ingratidão, tédio, frustração, desamparo e desespero. Como o encontro com Bezerra não ocorria, o percurso de Joca pelas veredas de seu mundo interior ia se aproximando mais e mais de uma dessas fronteiras, e isso começava a conspurcar com ansiedade o colorido daquelas cenas. Para a sorte de Joca, dar de cara por acaso com Bezerra na vila não era nada improvável, e um dia isso finalmente aconteceu. Mais sorte ainda a trombada ter ocorrido numa rua afastada, onde Joca poderia exibir de imediato e sem muito medo o argumento de que dispunha, a pedra. E foi o que fez, ao ver que Bezerra desviava o rumo e acelerava o passo para contorná-lo. Sacou o pano amarrotado da guaiaca, desdobrou-o depressa como quem abria um presente e mostrou o brilho do diamante para Bezerra.

Quando dobrara a esquina, Bezerra sentira, mais que susto, raiva. Estava sempre por um triz — pelo menos era o que queria crer — de sacar o punhal e resolver de vez a diferença. Como de praxe, movido pelas mais engenhosas explicações, adiara o plano e decidira sumir da vista do outro o mais depressa possível. Temia que o interceptasse soco, chute, punhalada ou tiro. Temia aquilo que só o medo da traição, criado pela própria predisposição à traição, faria prever. O que o detivera, no entanto, causava mais impacto que qualquer agressão: um diamante.

Joca não pôde conter o sorriso ao ver o amigo estacar. Seu plano de reconciliação funcionava. Bezerra sabia mensurar sem esforço em todas as grandezas — mulheres, garrafas, amizades e sangue derramado — o valor daquela pedra. Por isso Joca permaneceu quieto e apenas estendeu o pano sobre o qual repousava a pequena maravilha, como se lhe confiasse os cuidados da imagem de uma santa. Os movimentos se sucederam como se previamente combinados. Bezerra respondeu ao gesto de Joca com outro parecido, esticou os braços, com cuidado tomou nas mãos o pano que sustinha a pedra, dobrou-o outra vez, mantendo a pedra em seu centro, e guardou a trouxa miúda em seu bornal. Enfim, chegava o momento das palavras. Joca engasgou-se um instante porque buscava na memória alguma das muitas frases adequadas que ensaiara em seus devaneios. Por fim, quando pôde iniciar o balbucio desajeitado de quem pronuncia palavras expelidas não pelo ar vindo dos pulmões, mas pelos sentimentos vindos do estômago, quando logrou articular os sons que, interrupção não houvesse, formariam a palavra *amigo*, os dedos de Bezerra agarraram sem intenção de cafuné seus cabelos e arrastaram violentamente a cabeça em direção ao outro punho, cuja força afundou-lhe o maxilar. Esticado no chão e sentindo que sua boca havia sido arrancada do lugar, Joca esforçou-se para segurar o choro. Um violento pontapé no estômago ajudou-o, impedindo-o de respirar.

O salafrário esfregara-lhe na fuça uma pedra que havia escondido! Bezerra revoltou-se. Só não o matava porque era arriscado, carecia de passar a pedra adiante sem demora e deixar de vez aquela terra devastada e de aleivosos. Na vila, perguntou a uns e outros se sabiam do estrangeiro que comprava os diamantes, sem se preocupar com a discrição, uma vez que já se considerava jurado. O primeiro não quis conversa, o segundo tentou investigar que diabos faria na vila um comprador, se pedra não se via na região havia tempos e se não era mais possível encontrar na pele daquelas serras um único metro que não exibisse cicatriz de explosivo ou picareta. Com insistência, conseguiu a informação: dizia-se que dali a um ou dois dias, quem sabe. Pedisse então que o procurasse, pagamento do favor em fatiazinha do bom negócio que disso adviria, dizer agora posso de jeito nenhum, mas confie, pois quem nada tem, nada perde. Correu para casa e escorou portas e janelas com peças de madeira. Deixou a peixeira sobre a mesa e, com o bornal sempre a tiracolo, sentou-se para aguardar ou o homem que lhe restituíra a contragosto o diamante roubado ou o que o compraria

12

Agora Rodrigo via quando queria aqueles pedaços de pele de Ximena que o sol não costumava iluminar. Os homens do bar estranharam seu sumiço. Até então, sempre fora dos mais contumazes companheiros de copo. "Cuidando do velho em casa", pensavam. O velho tampouco dele sabia, porque em casa é que não ficava. Sumia mais Ximena pelos matos. Numa semana, Rodrigo dedicou algum tempo que deveria ter dedicado a infrutífera busca por pedras para ressuscitar uma antiga toca, em área já esgotada, próxima do vilarejo. Varreu o interior, que cheirava a carcaça de animal, refez com palha o telhado e pendurou uma rede. O buraco tornou-se seu ponto de encontro. Procuravam não caminhar juntos até lá. Se alguém os encontrasse, desconfiava. Gomes os unia na necessidade de não serem vistos juntos. Para Ximena, a questão era que o pai não tolerava a ideia de que ela estivesse — havia muito já estava — na idade de ter com homens. Não aprovava nenhum, e, quando Vitória devaneava um nome como par para a filha, aos olhos de Gomes nunca estava bom. Trabalhador virava ambicioso demais. Educado tornava-se afrescalhado. Valente, candidato a tocaia. O mais velho "tem a nossa idade". O mais novo, "incapaz de cuidar de família". O humilde levaria sua riqueza. O abastado, mangaria de sua pobreza. O dali, "todo mundo sabe que é safado". O de fora, "ninguém sabe do passado". E nessa toada Gomes desancava os concorrentes à afeição da filha. Para Rodrigo, o caso era que ele sabia que, por algum motivo misterioso, Gomes não o tolerava.

Não queria comprar briga desnecessária com um velho da idade de seu pai. Além disso, Gomes podia exigir que Rodrigo se casasse com ela. E lá ele estava disposto? Seu querer por Ximena era de um tipo raro: na maior parte das vezes, sentia odiá-la por seu jeito de conseguir sempre, como que por mandinga, devagarzinho, o que dele quisesse. Seu falar muitas vezes lograva fazê-lo parecer ignorante. Era como cacto encontrado em momento de sede: ele não podia se abster de sua água, por isso aceitava ferir-se em seus espinhos. O jovem teimoso não conseguia compreender como seria capaz de, por alguém por quem, no fundo de si, nutria um desprezo enorme, enfrentar duelos, realizar façanhas. Ou o compreendia, mas apenas nos segundos que antecediam o gozo e em que, se ela lhe pedisse a lua, a lua ele buscava. Sentindo-se amarrado por dentro, por fora falseava desdenhâncias quando provocado: "Se você não quer, vou outra vez atrás da índia, que não fica com conversinhas." Ximena se enfurecia, mas logo nele passava a perna outra vez. Rodrigo não conseguia pensar em deitar com outra mulher, tanta era a intensidade do que com essa experimentava. Numa noite, crendo-se vítima de feitiço das pretas, que alardeavam ter pactos com os aléns na arte de amarrar homem, se a mulher bem o pagasse, ensaiou uma visita às mulheres-damas. Uma vez lá, não pôde: ou Ximena era das aves a mais bela ou o feitiço que lhe tinham encomendado era tão poderoso que, modo de privilegiar a contratante, distribuíra entre as mulheres dali cicatrizes, rugas, pintas, verrugas, buço, pernas tortas, hálitos de mangue, lábios murchos, olhos vesgos, mãos ásperas, peitos despencados, vãos entre os dentes, pelos na barriga e outros detalhes nos quais Rodrigo nunca reparara.

Do outro lado, a visão não era tão distinta. Ximena mais gostava de Rodrigo quanto mais pudesse usá-lo para apagar seus incêndios. Porém, talvez por inexperiência — amar mesmo, como as outras diziam que era o amor, nunca tinha amado —, não nutria por Rodrigo afetos que não se relacionassem aos prazeres mais instintivos, dele não cerziria as meias, por ele não velaria nas noites de febre. Seu corpo, sim, esmoreceria se não usufruísse dos benefícios do dele. O entendimento, Ximena o sabia, esse o moço nunca havia capturado. Gostava até mesmo de tripudiar da valentia de Rodrigo, de fazê-lo menor diante dos outros homens, de exigir dele o que o coronel exigia de seus lacaios — nunca muito, mas o que bem quisesse. Quando Rodrigo arremedava galanteio em forma de palavrório, Ximena desdenhava e desdava. Agora, se segurasse seu pulso, furioso com alguma pilhéria mais cruel que escutara, Ximena amolecia, abrasava-se, concedia, dava. Se com uma palavra ele a agredisse, ela sem dó metia-lhe a faca no ventre. E se, entrelaçados, soco e chute viessem, ela até mesmo desejava que ele a machucasse, conquanto de seu corpo o dele não se afastasse. No início, não fora assim. Atrapalhados, ambos pensaram ser preciso representar a comédia: Rodrigo levara algumas velas para a toca, comprara garrafa de aguardente, Ximena encarregara-se de furtar em casa pedaços de charque, alguns pequis. Sem jeito, sentaram um diante do outro e começaram a comer e engasgar nas palavras. Aborreciam-se. Antes que a noite se tornasse insuportável, afastaram com um safanão o que havia sobre o velho pano e depressa se atracaram. A pouco e pouco, foram se dando conta de que menos se divertiam quando representavam e mais se gostavam quando só palavras de alcova diziam um ao outro. A toca, no início asseada, rascunho de lar, também se transformava conforme a verdade da relação ia chegando à superfície. Mais e mais se assemelhava a estábulo, o que nem de longe preocupava Ximena e Rodrigo. Era antes um luxo. Para animais, abrigo erguido com suor é desmesura: qualquer pedaço de chão é leito, qualquer copa de árvore ou noite nublada, teto.

13

Sem querer que o vissem com o rosto deformado, Joca usou as rotas menos acessíveis, cruzando o rio pelas pedras, distante da ponte, para afastar-se da vila. Só bem longe, onde as águas se acalmavam num poço miúdo, teve coragem de avaliar na superfície espelhada o estrago. A deformidade provocada pela surra não alcançara a pele, a dor enganara--o: era apenas moral a sequela, esmigalhara-lhe somente a imagem que tinha de si mesmo, macerara-lhe o querer de amigo-irmão por Bezerra — dele extraíra não sangue, mas lama. Era ódio a paga por amor puro e fraterno? Se era, então queria se versar no ódio também, ou em outro avesso daquele sentimento avassalador, fosse esse avesso qual fosse. Menos que muito era pouco, o outro ia ver, ô se ia, que fêmea ele não era para aceitar mãozada. Se não podia com Bezerra — menos porque fosse fraco, não o era, mas sim porque, ainda que não o admitisse, não era homem de fazer, mas de convencer a fazer —, ia dar um jeito de achar quem pudesse. Não seria difícil pensar em argumento caso o coronel já desconfiasse da índole do bruto. Era só contar tudo e pronto, escalpelavam-no. Antes de partir, mirou-se outra vez na água parada para assegurar-se de que sua figura ainda trazia os atrativos de antes, atrativos que Bezerra não só não reconhecera como tentara destruir. No caminho, aprimorou o pensado: para que contar ao coronel do local secreto? Como qualquer sujeira se prendia àquele pau de galinheiro, melhor faria se moldasse outro malfeito qualquer e guardasse aquele tesouro para si.

No casebre de Bezerra, o tempo escorria por entre as tábuas da janela. A sensação era de que o tempo galoparia se a escancarasse, mas aí ele não seria capaz de domesticá-lo, não daria conta de segurar firme suas rédeas — tão próximo do fim de um ciclo em sua vida, ele não queria levar tombo ou coice. O inesperado é sempre mais veloz, melhor se precaver. Se o tempo escorria pelas frestas, provocando um assobio quase imperceptível que contribuía para arruinar qualquer juízo, ele não permitia que pelo mesmo vão estreito o vento entrasse para arejar os cômodos. Fazia um calor dos diabos. Bezerra suava venenos. Dois dias haviam se passado e nada. Durante a madrugada, pesadelos embalados pela saparia, pelo estridular dos insetos. Ele ou Joca, ora um, ora outro, ora os dois, pesadelo após pesadelo. Parecia que a escuridão se comprazia em durar e, durante os momentos de vigília, para seu próprio bem, Bezerra não ousou abrir a janela, pois assim nem reparou que no céu a lua crescente tinha feição de sorrir de seus infortúnios. Tinha fome, ansiava por transformar aquela pedra em moedas e comprar mantimentos para a viagem. Melhor se conseguisse um burro ou cavalo, mas aí lá se ia todo o provento. Confiava nas alpercatas. E se roubasse um animal? Quem vai, vai, necessidade nenhuma de deixar boa reputação, de estar bem com coronel, padre, delegado, comerciante ou quem quer que seja. Burro, um burro. Burro seria se fizesse isso. Fugiria montado, mas com jagunço no encalço, seria dar mais motivo, tripudiar. Que aquela noite acabasse logo, pelo amor de São Sebastião, pois Bezerra não se aguentava mais. Chegou a desejar por um instante que Joca aparecesse mais um bando: pedia que não o matassem, perdoava o amigo por ter tentado passá-lo para trás, era o normal, ele também passaria se tivesse chance, e então seguiam a vida. Não, não devia fraquejar, era juntar as moedas e desaparecer.

Na manhã seguinte, os olhos estavam fundos. A pele ao seu redor, arroxeada. Ele dormitava na cadeira e acordava assustado, temendo não perceber a chegada de seu salvador ou de seus assassinos, mas muito depressa outra vez as pálpebras pesavam e o desgastante ciclo recomeçava. Mais de uma vez sonhou que batiam à porta. A impressão de algumas batidas fora tão vívida que ele chegou a se levantar e colar o ouvido à madeira. O queixo tendia novamente ao peito quando acreditou ter escutado três pancadas na janela e seu nome sussurrado. Munido da lâmina, Bezerra colocou todo o seu peso contra a porta de forma que ela pudesse se abrir só o suficiente para que visse quem estava do lado de fora. Era o atravessador. O alívio foi tanto que Bezerra quase chegou a mijar-se. Pediu que ele entrasse e escorou a porta. Como de hábito, a negociação prescindia de muita conversa. Era passar a pedra de uma mão à outra, ouvir um preço muito abaixo do razoável e exagerar a expressão sincera de indignação; replicar com um preço pelo menos duas vezes maior do que o sugerido e acrescentar, com firmeza, "ou isso ou nada feito"; aceitar um novo preço sem pular no pescoço do desgraçado que vivia às custas do suor de outros, preço ainda muito inferior ao que a pedra devia valer; tentar outra vez um valor mais alto, mas nem tanto, e ceder apenas quando o comprador, bufando, se levantasse, desse as costas e iniciasse o gesto de recolocar o chapéu. Não era ocasião, no entanto, de exercer com louvor esse papel, e por isso Bezerra sugeriu de imediato uma quantidade de moedas que o homem aceitaria pagar. Como não era ele quem estava com pressa e temesse por seu pescoço ou porque quisesse fazer a negociação parecer como todas as outras, é claro que o homem recusou. Em seguida, colocou sobre a mesa o tanto de moedas que Bezerra seria obrigado a aceitar, e ele aceitou.

Diamante devidamente guardado, o homem deu as costas ao garimpeiro e dirigiu-se à porta. A posse de riqueza, no curto tempo que ela costumava durar, fazia de Bezerra cavalheiro versado em gentilezas, e por isso, ainda que tivesse acabado de concluir uma troca que em condições normais seria considerada aviltante, levantou-se para se despedir do homem, que cruzou a soleira parecendo nem notar a reverência contida nas palavras de Bezerra. Tanto fazia. Amizade de quem não se veria nunca mais era de nenhuma serventia. A questão se resumiria a cortesia ou falta dela, no entanto, apenas se logo após a passagem do homem a porta tivesse se fechado. O empurrão com os pés — ainda tinha nas mãos em concha o punhado de moedas que nem fez questão de contar — havia sido mais do que suficiente, mas uma bota junto ao batente não só impediu que a porta se fechasse como a empurrou de volta, abrindo caminho para que Antônio e dois outros homens do coronel invadissem a sala de armas em punho. Bezerra quis correr, abrir a janela e saltar sem deixar as moedas caírem. Os dois homens nem se apressaram em perseguir o fujão, mas evitaram que Bezerra acrescentasse à vergonha da gatunagem o ridículo do tombo agarrando-o antes que tentasse a manobra impossível, e o tranco fez as preciosas moedas saltarem de suas mãos para o chão.

— Me dê cá o diamante — Antônio ordenou, e imediatamente o intermediário reapareceu à porta e entrou para entregá-lo.

Um dos homens amarrava os braços de Bezerra atrás do corpo enquanto o outro o prendia com o muque pelo pescoço. Os olhos de Bezerra estavam aguados. Antônio examinou bem de perto o diamante por um longo tempo. Em seguida, com a pedra entre o polegar e o indicador, esticou o braço, como o fosse mostrar bem de perto também a Bezerra, que começava a embaralhar pedidos de perdão e elogios à família do coronel. Antônio seguiu aproximando a pedra ponteada do olho direito do homem amarrado até que ele instintivamente o cerrasse, mas o movimento não foi detido: como se gravasse na madeira um nome, o nome de quem, naquelas bandas, punia os que enveredassem pelos caminhos da esperteza, ele pressionou a pedra na fina pele da pálpebra e riscou até o início da barba o rosto de Bezerra, que se debateu e gritou inutilmente. O sangue empapou os pelos e gotejou do queixo. Na ponta dos dedos de Antônio, também surgiram pequenos pontos rubros provocados pelas arestas afiadas da pedra.

— Em tempos de escassez, se dá bem quem poupa, não é? Pois lhe dou meus cumprimentos — Antônio disse, interrompendo o balbucio de Bezerra.

Em seguida, porque, apesar da ironia, os tempos fossem mesmo de escassez e as balas fossem custosas, ou porque o intercurso entre o corpo que expira e o que faz expirar por meio de uma longa lâmina presa a um cabo de madeira esclarecesse as questões de autoria que lhe eram caras, Antônio manteve no coldre o parabélum e serviu-se do facão para extrair das tripas do ladrão o sopro que animava suas furiosas imprecações contra o amigo Joca e seus últimos gritos desesperados.

— Enterrem ou joguem no rio — Antônio mandou e saiu, admirado com a tintura no metal.

14

"Ave Maria, que estais no céu, cheia de graça seja vosso nome, bendito é o fruto de vosso ventre", Silvério orava em pensamento. Mas tão grande era sua fé e tão obstinada que pensava alto e de sua boca escapavam as frases que ele costumava embaralhar. Não compartilhava sua crença com os outros senão como um murmúrio contínuo que afastava os homens na trilha. Lado a lado com ele, súbito sentiam-se cansados a ponto de diminuir o ritmo ou fortes o suficiente para acelerá-lo. Silvério disso não se dava conta, como não se dava conta das pilhérias, ensurdecido pelo burburinho sagrado.

Maria lhe daria o diamante. Ouvira de uns andarilhos que haviam passado por aqueles lados que a terra era mãe. O único fruto importante da terra, para ele, era o diamante, razão pela qual, sempre que chegava ao "bendito é o fruto de vosso ventre", vinha-lhe à mente a pedra que era predestinado a encontrar. A imagem da pedra, que em sonhos ele via sempre lapidada e envolta em um halo que não poderia ser outra coisa que a manifestação luminosa da bênção divina, era combustível para seu fervor.

Havia pouco deixara para trás Gomes e Rodrigo. Andava cada vez mais rápido, a sucessão de passos impulsionada pela de frases, ou o contrário. Quase corria. Doíam-lhe as solas dos pés descalços quando pisava em pedras ou espinhos, mas era como se esmagasse uma fraqueza, e a provação lhe agradava. Acelerava ainda mais, batia os pés contra o chão com força. Para sua sorte, estava sozinho nessas horas, pois quem o visse o imaginaria não mais devoto das trupes celestes, mas daquele que se escondia muito mais fundo nas entranhas das gretas, das minas e dos poços. Capaz que o amarrassem e o aspergissem com água benta, mesmo sob protesto do padre. Como protestou o padre quando carregaram seu Soropita e o obrigaram a uma ablução na pia batismal, a cabeça inteira afogada. Que autoridade tinha o padre para impedir, se se abstivera de exorcizar o velhote possuído que imaginava matar a vila toda com arma que nem empunhava, e que eles, os pecadores, é que tiveram de salvar? Quanto mais a marcha tresloucada ganhava em vigor, mais o homem se dedicava à reza, que se tornava contínua, as palavras dando as mãos umas às outras, sem pausas, como um repente sem diferenças na entonação e nem início e fim nos versos. O esforço das pernas, no entanto, cobraria seu preço. Os pulmões comprimiam-se e expandiam-se mais e mais rapidamente, e o ar que, antes, de passagem, dava vida à voz fina de Silvério, agora não mais se prestava a desvios, precisava entregar-se por inteiro ao corpo exigido além da medida. A oração então se embaralhava um pouco mais, atrapalhada pela respiração falha do andarilho. Quando, enfim, avistava o serviço, sentia-se bastante merecedor da graça. Encontraria a pedra. Silvério estava tão seguro e tão cansado que não raro deitava-se antes do início do trabalho à sombra dos galhos retorcidos de um pé de pequi. Se um garimpeiro que passava interrompia sua soneca com um comentário malicioso sobre sua dedicação, Silvério de um pulo se erguia.

— Senti uma leseira, uma queimação, um tremelique nas pernas — gritava, com uma das mãos sobre o ventre e a outra a recolher seus pertences. A alma era de Deus, mas a reputação era do homem.

15

Delator e assassino eram cúmplices não só no crime, mas também no júbilo: Joca lograra destilar da rejeição ódio sincero e concentrado, e por isso o rumor de que Bezerra recebera uma última visita na manhã daquele dia fizera-o crer-se poderoso como nunca antes; Antônio, por sua vez, sentia-se digno da estima do tio por ter executado com esmero a tarefa. Com esmero e mais rigor, ele acreditava, do que o próprio tio, que se excedia na benevolência, seria capaz. Era preciso ser temido para ser atendido, e os dois homens que o haviam acompanhado se encarregariam de fazer correr os relatos de sua frieza na estripação. Entre os homens do coronel, entretanto, o que circulava era a certeza de que sua bravura não se sustentava na inclinação natural à peleja, típica dos corajosos, aquela que faz homem desarmado, de olhos injetados e coração acelerado sentir-se mais forte que outros dois ou três munidos de lâmina. Fiava-se no mando do tio, esse sim homem tão destemido quanto justo, tão rígido quanto honrado — não que suas vítimas concordassem, era claro —, e, sem a segurança que advinha desse laço de sangue e a retaguarda dos que trabalhavam para ele, o fresco do sobrinho não teria a audácia de olhar nos olhos de uma dama armada de leque.

O contentamento que Joca experimentava tinha também outra fonte, mais secreta. Desaparecido para sempre o homem idolatrado a ponto de gerar devaneios que, declarados, fariam seu pai expulsá-lo de casa, experimentava também o fim do encanto que quase o levara a contestar natureza e religião. O exorcismo exigira um sacrifício, e, numa feliz conjunção, a vítima era também o causador do encosto, o desinfeliz que o perturbara para em seguida tratá-lo na base da bota, como um cachorro sarnento. Inflado pelo feito de conseguir, com apenas um mínimo de sagacidade e uma pequena dose de calúnia, eliminar o que o incomodava e fruindo o alívio de ter superado aquele lapso pouco viril, Joca perambulou pela vila, leve como havia muito não se sentia. Sentou-se num canto da praça e observou o movimento. Alguns garimpeiros sem trabalho vagavam de um lado para o outro, movidos pelo tédio e pela falta de perspectiva. Outros contavam histórias, riam alto da própria miséria, trocavam sopapos amistosos e provocações cordiais que algumas vezes descambavam para a contenda, assobiavam para as raras moças sem dono que por ali passavam, bebiam as poucas moedas de que dispunham. Homens embrutecidos pela faina desde sempre, e pela falta dela desde que as pedras haviam rareado. Corpos talhados pelo esforço, ponteados como muitos diamantes, sólidos e enegrecidos pelo sol. Joca os observava. Pouco a pouco, o espaço liberado em seu corpo pela extirpação do tumor que era Bezerra foi sendo ocupado pela imagem de um ou outro daqueles homens, uns cujas histórias ele conhecia bem, amigos ou desafetos de seu pai, garimpeiros ou donos de terras, recatados ou mulherengos, brutos ou pacíficos, honestos ou pilantras, sensatos ou tantãs, outros de quem ele mal ouvira falar, viandantes ou recém-chegados à vila, esses os melhores, os que mais cimentavam a cratera, os que mais duravam no estômago, porquanto pudesse com sua própria imaginação criar-lhes um caráter, um futuro e um passado e emprestar-lhes qualidades e defeitos que considerava admiráveis num homem digno.

Joca se perdia no exame dos homens daquela praça, paiol de desavenças antigas, quando a ela chegou a labareda capaz de fazê-la explodir. O coronel Aureliano e seu sobrinho Antônio, acompanhados de capangas, davam as caras pela primeira vez depois do ocorrido que já caíra na boca de todos: Bezerra pagara o preço — de que, exatamente, ninguém sabia. Ao notar a chegada, os que ainda acreditavam ter algo a perder mesmo em época de pobreza, na qual o esperado era o coronel desinteressar-se do destino da vila, esses preferiram sair dali a arriscar entrevero com um sangue ruim dos diabos como o sobrinho. Havia os que simpatizavam com Bezerra, apesar da indolência, e os que detestavam quem quer que detivesse alguma autoridade. Era o medo de que um desses mais destemperados ousasse palavra contra Antônio que fazia os prudentes ou os covardes deixarem a praça. Joca não se importava, pelo contrário, acreditava ter conquistado o respeito de Aureliano ao denunciar o amigo que tentara levar indevidas vantagens. A chegada de uma voz a ser obedecida, a quem os acontecimentos recentes ligavam-no, fazia Joca crer-se superior a todos ali — um protagonista, não um joguete. Para sua alegria, o coronel e seu sobrinho aproximaram-se assim que o viram.

— Joca, compadre, temos que continuar aquela nossa conversa — tomou a dianteira Antônio, orientando com o braço a que caminhassem juntos.

— É agora então, seu Antônio — Joca consentiu e levantou-se.

Saíram dali os três, seguidos de longe por outros dois homens. O coronel permanecia um passo atrás, calado, legando ao sobrinho a condução do caso. Antônio não entrou no assunto que Joca esperava, o único que compartilhavam. Não era hora para amenidades, mas da boca do homem nada saía que prestasse. Um afortunado daqueles perdendo tempo com um lamento falso sobre a secura das terras? Joca olhava para o coronel, buscando intervenção, e, como ela não viesse, consentia com tudo que era dito. Enquanto caminhavam, os casebres iam ficando mais raros, o acabamento das paredes mais pobre, as ruelas mais estreitas, até tornarem-se trilhas sinuosas, o mato que arranhava as canelas arriscando cobri-las. Aquela prosa se esgarçava demais, não aguentava ser desenrolada até tão longe, e Joca achou por bem escancarar as coisas.

— E então, soube que tem um trapaceiro a menos por essas bandas, é verídico?

Antônio estacou, surpreso por ter sido interrompido, mas não desgostoso, pelo contrário, dono de sorriso que se quer disfarçar, mas que escapa em sutis movimentos de bigode e sobrancelha. Olhou para o tio como se buscasse aprovação.

— Pois é, não só é verídico como é verdadeiro e é real. Fui ver seu amigo hoje cedo...

— Amigo que nada, um lazarento daqueles!

— ... e ele tinha uma baita pedra mesmo, você tinha razão. Reviraram tudo lá, mas não acharam mais nem umazinha. Esquisito... Você não sabe nada disso não, sabe?

— Deus me livre — Joca respondeu, persignando-se —, eu não sei de nada não, nem quis saber. Quando soube, fui logo contar ao senhor.

— Será mesmo? — Antônio respondeu, escancarando o sorriso.

Joca começou a gaguejar.

— Brincadeira, seu frouxo, você vai é ser recompensado, não é, tio? — perguntou e emendou uma gargalhada.

O tio não alterou a expressão. Joca suspirou aliviado e ia agradecer a bondade de Antônio, mas preferiu não arriscar irritá-lo. Naquele ponto a trilha era pedregosa e subia um pouco, e ele sentia bambear a perna que sustentava o peso para que a outra pudesse alcançar o degrau.

— Vamos por ali pra ir voltando.

Essa sugestão era o que faltava para Joca tranquilizar-se. Não tinham má intenção, os capangas estavam ali era para protegê-los, gente importante não se arriscava. Antônio mudou o rumo da caminhada e da prosa, que agora passava pela saúde de Diogo — não muito boa, mas com a graça de Deus há de melhorar — e a de Isaldina — essa vai enterrar nós todos. Não tardou, no entanto, para o nome de Bezerra voltar a frequentá-la.

— Com isso aqui eu abri o bucho do desgraçado — disse, apontando o facão preso à cintura. — O bicho chorou, viu, chorou como menina. Desconfio que era baitola, aquele lá. Não queria morrer não, tentou segurar as tripas, pôr tudo pra dentro de volta, como se fosse uma boneca rasgada. E ele devia de gostar de você, porque ia dizendo seu nome quando puxei a peixeira pra fora, antes da boca espumar sangue.

Joca pensou se não seria melhor correr, mas o mato ali não era muito aberto. A sua frente, Antônio bloqueava a passagem, enquanto seguia no relato da monstruosidade com a serenidade de quem se lembra da preparação de um guisado. Atrás, o coronel e seus homens pareciam desinteressados de tudo, mas só com um dos olhos: quem carece de ser dissimulado desenvolve providencial vesguice.

— Não nego que é deleitosa a sensação de meter uma lâmina bem afiada no bucho de alguém. É sábio quem exige resolver seja o que for na faca e não na bala, viu... e é diferente bucho de gente e bucho de bode, de boi, de cavalo... sacrifiquei um que quebrou a pata, era lindo, uma tristeza... é bem diferente — Antônio parecia falar para si próprio.

Então por que não deixava Joca prosseguir antes que acabasse se borrando diante deles todos? Joca estava prestes a botar as tripas para fora e se igualar a Bezerra, mas pelas vias naturais, quando Antônio suspirou e continuou, agora claramente dirigindo-se a Joca:

— Mas isso não é conversa pra eu ter com um cabra pacato como você. Vamos em frente.

Joca teve que se controlar para não ir às lágrimas e aos pés, tudo ao mesmo tempo. Seguiu Antônio, que se calara e voltara a caminhar, e a cada passo foi deixando para trás resquícios invisíveis, mas perceptíveis, do medo, e com eles a desconfiança infundada de que pagaria por algo que de modo algum eles tinham como saber. A menos que o desgraçado do Bezerra tivesse inventado alguma mentira antes de estrebuchar. Mas qual? Se quem começara com aquela trairagem toda, quem encontrara o local das pedras e, na verdade, quem mais usufruíra fora Bezerra? Ele havia feito o certo, contara tudo — o necessário — ao coronel. Nenhuma mentira ia fazer desaparecer o diamante que tinha sido encontrado com o ladrão. A trilha contornou as paredes de um chapadão, cruzou o rio, mais adiante atravessou de volta, e Antônio fazia aquela andança toda parecer ter algum sentido que Joca não conseguia descobrir, pois a débil conversa não morria. Desinteressasse a Joca o compadrio, não teria conseguido vencer o tédio causado por aquela ladainha. Como no amor, naquele caso os benefícios da relação alcançavam distrair os olhos dos defeitos do que se vê, e os ouvidos dos desafinamentos do que se ouve. Antônio prosseguia, Aureliano entabulava conversa mais fiada ainda com seus homens. Sempre chegava um ponto, no entanto, em que com o braço esticado Antônio detinha a caravana, como se uma coral os espreitasse da beira da senda. Em seguida, porém, tomado por espírito maligno, quem sabe, ou apenas transparecendo real intento, punha-se a lembrar da morte de Bezerra, a mencionar o companheirismo do finado e do sujeito que sem conseguir olhar em seus olhos começava a tremer e a ensaiar pedidos tímidos para que deixasse daquilo. Não só os pedidos não faziam Antônio parar como o convenciam a sacar a peixeira e reencenar sua última atuação: primeiro, firme na ponta do braço esticado, perfurando; em seguida, com a ajuda da outra mão no cabo, deslizando para o lado e vencendo a resistência dos miúdos; depois, uma pequena torção, para melhor remexer a maçaroca; e por fim um puxão, para fazê-la abandonar o corpo. A ponta da lâmina, talvez por acaso, talvez não, terminava essa dança quase encostada à barriga de Joca. Era demais. Joca ajoelhou-se e implorou ao coronel perdão por um crime que, tivesse ou não acontecido, não havia sido declarado. Um dos dois capangas, que também não entendiam nada do que estava acontecendo desde que haviam saído da vila, não se aguentou e riu. Aureliano acompanhou-o, mas só por um instante: cerrando o punho da mão vazia, exigiu que calasse e foi atendido.

— Deixe de choramingar e levante, diabo — o sobrinho do coronel ordenou.

Joca ergueu-se e limpou o nariz com o dorso da mão. Antônio quase não cabia em si. Muito melhor aquilo do que o planejado: era meter a botina com toda a força no lombo de um cão, esperar que parasse de ganir, oferecer-lhe um naco de carne, vencer sua relutância com um carinho na barriga, coçar-lhe a cabeça, livrá-lo de um carrapato, atirar um graveto e esperar que o buscasse para, outra vez, dar-lhe um pontapé e recomeçar, sem variações. O modo como num átimo a máscara de Joca se deformava, a maneira como o lambe-saco satisfeitíssimo e em plena bajulação convertia-se instantaneamente num ser dominado pela paúra e, cessada a ameaça travestida de brincadeira ou o contrário, como se recompunha para voltar a demonstrar o máximo de admiração e subserviência de que era capaz, tudo isso agradou demais a Antônio, muito mais do que se tivesse acabado com a vida do outro logo que se encontraram, como o tio havia ordenado. Regozijava-se com o direito que tinha de ditar o fado alheio e, nas linhas não escritas dessa lei, a violência constava apenas como a forma mais radical de intervenção na vida de outrem. Quanto a Joca, o relevo exageradamente irregular das sensações que experimentava naquelas últimas horas combalia suas energias: alcançava um pico de excitação ao perceber-se entre os poderosos e, em seguida, escorregava para a certeza assustadora de que seria morto e teria sua carcaça abandonada como a de um cão. Certeza que para sua sorte rapidamente se frustrava, o que trazia alívio, por um lado, e erodia um tanto mais sua sanidade, por outro.

De fato, Antônio retornava sempre ao mesmo ponto, mas não como se descrevesse um círculo. Era espiral, seu movimento: quando retornava ao terror, esforçava-se para nele embutir um delicado incremento na dose de tortura e, chegada a vez da distensão, elevava as demonstrações de afeto e reconhecimento a um novo patamar, na tentativa de ver a pele do rosto de Joca, obrigada a transformações drásticas e abruptas, rasgar-se. Tardava a cumprir a ordem do tio de punir o alcaguete mentiroso porque encontrara diversão naquela demora. O coronel e seus homens, que a alguns passos de distância assistiam ao jogo, reagiam de maneiras distintas: o coronel parecia entediar-se, o sobrinho complicava o simples; um dos capatazes tinha de estancar o riso antes que escapasse da boca cada vez que Antônio invertia o fluxo do tratamento; o outro, fatigado por tanta andança inútil, deixava transparecer nos vincos de sua testa algum nervosismo. Matar era do costume, judiar não, isso era modo de quem tinha índole perversa, de quem não valia a arma que empunhava, o mais ilustre dessa cambada Rosário, celerado como ninguém, mas que graças à proteção de Nossa Senhora do Livramento não aparecia havia tempos por aquelas bandas. Pior tipo de todos o daquele frangote, maligno e medroso ao mesmo tempo, e que por isso não dava conta da própria malevolência, carecia sempre de companhia como a deles. O coronel agia no justo, se castigava era porque o infeliz merecia o castigo, se antes do passamento machucava era porque o malfeito o justificava. Aquilo ali era diferente, revólver ou peixeira na mão de moleque malcriado.

Estavam já havia alguns minutos no turno do afrouxamento e a respiração de Joca ainda não voltara ao ritmo normal. Era tantã, o homem, só podia ser. Para seu alívio, naquele passo depressa chegariam à vila. Durou pouco a tranquilidade. Antônio parou diante de uma pedra enorme, arredondada, que algum impacto antigo, num corte perfeito, dividira em duas como uma laranja.

— Olha, não parece uma cabeçona rachada? — perguntou, e reproduziu no ar, na direção de Joca, o movimento descendente do facão, acompanhado de um zumbido.

Por impulso, Joca esquivou-se e não disse nada, só desesperava em sair logo dali. Antônio ainda estava calado, aguardando alguma outra reação antes de avançar, quando Joca correu. Um dos homens, talvez distraído, talvez desinteressado, nem tentou impedi-lo. O outro, porém, o que se divertia, esticou-se e conseguiu agarrá-lo. Aí era demais, o passarinho querer fugir da gaiola. O homem empurrou Joca para o meio da roda e ele caiu. O coronel fez um sinal de cabeça para Antônio, que tirou o facão da bainha e ergueu-o. Joca protegeu com os dois braços a cabeça, mas o golpe veio em uma das canelas. A força não foi suficiente para parti-la — o verdugo amolecera o braço no instante fatal — e a lâmina, incrustada no osso, teve de ser puxada com força para fora. Joca berrava. Tentou levantar-se, desabou e desistiu, mas não parou de gritar de dor. Revirava-se no chão, sob os olhares de Aureliano, de Antônio e dos jagunços, debatia-se como um peixe que é tirado vivo do rio, quando um estampido interrompeu suas convulsões: o outro capanga acabava por conta e risco com a patifaria. O coronel e seu sobrinho voltaram-se surpresos e viram o assassino de arma em punho, mas não em posição de ameaça. Antônio olhou para o coronel pedindo punição ao intrometido e, como ele não alterasse a expressão, procurou o capanga que se divertia, agora seu único cúmplice, esperando ver se e como ele reagiria. Porém, sem ousar levantar a arma para um companheiro que, no fim das contas, nada havia feito contra os patrões, apenas antecipara o fim de quem não durava mesmo muito mais, ele não se moveu. Aureliano aprovou com um tapa nas costas e um sorriso o gesto do homem que abreviara o sofrimento de Joca. A surpresa meteu medo em Antônio: falaria com seu tio depois, era o melhor.

— O que a gente tinha pra fazer tá feito, vambora — decretou Aureliano.

16

A devoção de Silvério vinha da infância. Na roça, sonhou primeiro com doces. Em dia de festa na vila próxima, caminhou com o pai calado, a mãe a resmungar a dor dos calcanhares nos saltos que só calçava uma vez por ano para a festa ou em caso de batismo — não mais, já secara — e a descontar a irritação com puxões na orelha da mais nova, quando essa se encantava com algum inseto e se distraía da marcha. Havia luzes, muitas luzes, e aquilo dava medo que só, pois os candeeiros de casa não eram capazes de intimidar a escuridão com que estavam habituados e dentro da qual já haviam aprendido a distinguir os bichos — cobra, calango, besouro. Silvério olhava para tanta luz e ficava cego, desorientado. Demorava a se acostumar.

— Mãe, que é isso? — perguntava.

E a mãe também não sabia. Não estava mais acostumada com a vila do que o filho e nem era mais sábia no que se referia aos inventos que chegavam às cidades e que os sertanejos poderiam passar a vida toda sem ver; era mais experiente no assombro e na vergonha, apenas, e por isso mais comedida. O menino ainda ousava apontar, soltava sua mão e corria em direção às barracas, aos cantadores e suas violas, à cigana que lia a sorte. Se só quem soprava o porvir era o diabo, como é que podia ser sorte? Desconfiava, fiava-se só no parolar do pároco, que tentava imitar em casa, mas errava; poucas vezes o ouvia na vila ou quando ele viajava de casa em casa, sobre sua mula, todo de preto. Como suportava o sol embaixo do vestido preto? Santidade.

— Não é nada, é um coiso — a mãe decretava em tom de fim de conversa.

Silvério soltava-se e aproximava-se do objeto que encantara seus olhos hábeis em distinguir pó de pó, chão de chão. Diante dele, no entanto, súbito postavam-se pernas, uma confusão de pernas, de todos os talhes. Compridas, com perneiras de couro de boi, pernas de moça, pernas com pele rendada, sujas de barro, como as suas, rápidas, lentas, empurrando-o, bloqueando seus passos curtos, ameaçando-o com os grandes joelhos inchados. Era um rebanho, nunca vira tantos homens juntos, só seu pai, sua mãe e as visitas, os parentes que vez em nunca apareciam, os viajantes que pediam um pouco do que não tinham, o padre. E essas pessoas conhecidas sabiam aonde iam, não desembestavam para todos os lados como aquelas dali, fugindo de uma cerca invisível, atrás de pasto inexistente. Um rebanho. Como as cabras que davam cria cada vez em maior número no cercado e que ele tangia gritando enquanto não vinha a seca que as faria rarear. As cabras corriam assim, sem rumo, chocando-se. O pai e a mãe sabiam sempre aonde iam. Pegar os ovos da galinha. Consertar a cerca dos fundos. Cortar um xique-xique para o cozido. Eram bichos também, os homens? Amedrontou-se. Gritou, modo de tanger dali os bichos que lhe metiam medo. Recebeu um empurrão, nem viu de onde, e quase caiu. As pernas sob o vestido da mãe eram confiáveis, correu de volta e segurou-se na barra. A irmã mais nova riu, a mãe deu-lhe um cascudo na nuca. O pai resmungou, não porque se opusesse à atitude da filha ou da mãe, estivera alheio, mas para não parecer omisso. Dizia apenas, com o ruído indefinível, "sou seu homem", "sou seu pai", e essas afirmações definitivas serviriam para resolver qualquer conflito que se apresentasse, não necessitava de ele compreender cada um dos envolvidos e suas demandas.

— Aquieta, vai — a mãe ralhou para a menor, que chorava em seu colo.

Não tinha mais idade, pesava, mas a mãe se comovia, porque demorara a andar, engatinhara até muito tarde, e a quem perguntasse diziam que já falava, mas os sons que emitia não indicavam a mãe, o pai e nem imitavam a voz do cachorro, com quem se arrastava no barro. Uma apalermada, ela previa. — Deve de ser fome — explicou a mãe.

O pai eximia-se dos pequenos litígios, mas nunca do papel de provedor. A fartura, era só ele quem sentenciava. O excesso, o segundo naco de carne, a morte de um bode para fins de festejo, a compra de um corte de tecido para um vestido. A privação, também. Fosse seca, e árido mesmo seria seu cenho diante do choramingo das crianças e do apelo da companheira. O rio dava o exemplo: seca e faz que morre, mas não morre, volta a correr, o mesmo rio. O rio, então, só pode de ser as margens. A água é de pouca confiança, vai e volta; a margem, de poeira alaranjada e que se esfarela ao toque do pé do homem, essa permanece ali a vida toda. Virá a fome. Lágrima também nunca matou a sede de ninguém.

— Senta mais eles que eu já venho — disse o pai, enquanto mirava as barracas ao redor.

Caminhou ao longo da rua decorada para a festa. Uma cabra vendida permitia que estivessem ali. Sentia uma felicidade endurecida, um desejo de pegar com as mãos, que trazia limpas, o que de melhor houvesse em cada tabuleiro e, ao mesmo tempo, um recato que o impedia de tocar ou sequer de perguntar quanto dinheiro valia aquilo que a vida toda ele se considerara como não sendo nascido para ter. Seguiu caminhando até onde a festa se encerrava. Na volta, pensando reconsiderar, reviveu ainda com mais inquietação o dilema, pois a ele se acrescentava, agora, a vergonha de estar novamente ali parado diante das senhoras gordas, como cão faminto que não desiste de esmolar uma sobra. Enfureceu-se, quem eram elas pra mangar? Que jogava tudo à terra, veriam.

O choro da pequena já cessara quando a mãe viu seu homem aproximando-se, nas mãos um tijolo de rapadura muito maior do que os que já haviam guardado em casa. Silvério, que se afastara, voltou às pressas. Acompanhou fascinado os movimentos do pai, um pouco pelo gesto — a ponta do canivete na pedra, quebrando-a em pedaços, um para a menor, outro para ele, um para a mãe, o último para si —, mas muito mais pela excitação que o sabor do doce lhe causaria. O pai sorriu, satisfeito.

Anos depois, sempre que a fome apertasse, Silvério se lembraria do gosto da rapadura. Enquanto trabalhava em uma encosta de morro, uma grupiara em que ninguém mais acreditava haver pedras, Silvério sorria. Cavasse no barro seco e encontraria, se o Divino assim o quisesse. Ainda metia água na bateia para separar a areia do cascalho quando percebeu que o sol já arranhava os chapadões no horizonte. Começara muito tarde, o restante ficaria para o dia seguinte. Sem sucesso havia tempo, começara um período de fome.

Diferente do que fizera o José da história de que tanto gostava, Silvério não se preparara, durante os anos precedentes, para o que no passado remoto os sonhos tinham vaticinado ao herói das Escrituras — ele só sonhava acordado. E agora, rediviva, a fome que assolara o Egito atormentava-o. Ele não se preparara porque, uma vez predestinado, raramente dava duro. Disso advinha que, quando não passava fome, tampouco lhe sobrava o que guardar, e qualquer previdência em tempos de cabras gordas lhe parecia desatino. No passado, no lugar de onde partira, experimentara dias de penúria. A fome, na realidade, é que havia feito ele mais a irmã juntarem o nada que tinham e palmilharem estradas. Levava aonde deveria, a estrada, se aquele que chegava já não era mais exatamente aquele que havia sonhado ali estar? Silvério desconfiava daqueles rumos. A míngua faz o cão morder o dono, os caminhos estavam perigosos. Pensassem que traziam resquício de riqueza, algo com o que recomeçar a vida noutro canto, corriam riscos. Temia ainda pelo respeito de sua irmã, que já era quase mulher-feita. Se os que com eles cruzassem soubessem que era moça sem marido, cortejavam e podiam até chegar às violências. "Vai dizer que é minha mulher", ele orientou. Assim não lhes viriam à cachola, de imediato, ideias de facilidades: antes do corpo dela, vivinho, precisariam do corpo de seu homem morto. E assim foi. Os poucos que os viram não ousaram disparar galanteios e seguiram seu destino em busca de água e trabalho em outras terras com a imagem da moça a quem a miséria tratava de conceder belezas nas retinas. Aconteceu, no entanto, de no percurso os irmãos encontrarem — Silvério o atribuíra às rezas que fazia e às quais obrigava a irmã — um sítio onde havia roçado, reses e poço em que a água resistia ao estio. Às palmas, de dentro do casebre respondeu uma voz grave, e seu dono logo apareceu à porta pronto a recusar, como fizera muitas vezes, o que quer que lhes pedissem os andarilhos.

— O senhor por acaso não tem trabalho, não necessita criado para cuidar dos animais? De pagamento não carece, só comida e água — Silvério pediu, apertando o chapéu contra o peito e de queixo baixo. O velho, que já tivera aquela conversa antes, pouco atentara às palavras do homem, mas muito ao silêncio da mulher. Vivia sozinho, havia anos enterrara a esposa a poucos metros de onde aquela jovem agora pisava. Convidou-os a entrar. Ofereceu-lhes água e, modo de amaciar a conversa, aguardente. Como o velho aparentasse poder ajudá-los, Silvério aceitou as benvindezas que lhes oferecia. Foi então que veio a pergunta:

— Sem ofender, só precisão de saber: a dama é sua senhora?

Silvério colocou a mão por sobre a perna da irmã e teve para si o que até então não tivera: que desde que aparecera na porta o velho urubuzava.

— Pois sim, com a graça de Deus — respondeu desconfiado, ciente de que não poderia recusar a oferta de trabalho caso ela aparecesse.

— Deus abençoe — completou, sem afetar decepção, o velho —, era modo de saber se ponho a rede ali — e apontou para uma porta, ao fundo do aposento em que estavam — ou se o catre, que é pequeno, lhes basta. Então está certo. — E prosseguiu, explicando o que esperava do trabalho dos dois, pouca coisa, na realidade, porque ainda tinha forças. Porém, se fazia bondade compartilhando e ainda desfrutava de ajuda e companhia naqueles tempos em que tudo, até o de dentro da gente, definhava, por que não?

Logo nos primeiros dias, o velho partiu em viagem curta. Silvério cuidou dos bichos — tirou carrapato, refez cercado, alimentou — e da mandioca. Sua irmã tomou conta da casa, cozinhou e lavou os panos e as poucas roupas que encontrara no baú. Quando o velho voltou, reparou que a casa voltara a ter o cheiro de casa em que vive uma mulher. A jovem era de poucas palavras, provavelmente em respeito ao marido. Já o homem transbordava e com sua prosa embaralhada buscava convencê-lo — a ele, que disso nem precisava, já que a morte da mulher e o vislumbre da sua própria tinham sido argumentos fortes o bastante — de que não existiam outros caminhos para a felicidade noutra vida que não os da fé. Ainda assim, o velho reparava, o empregado comia como um cão faminto, nunca recusava novo bocado, "se o senhor faz questão, só mais um golinho", e demonstrava, sem culpa, escancarando o sorriso e passando a mão espalmada sobre o ventre, quanta felicidade cabia na simples satisfação de suas necessidades terrenas. A mulher via as coisas de maneira peculiar e, mais ainda, inesperada, por conta da diferença dos pesos na balança dos sentimentos. Um átimo de dor faz esquecer toda uma vida anterior de felicidade. O tempo bom, por outro lado, demora a se assentar nos ânimos dos que sofreram. Por isso, o motor dessa inversão, a causa persistente que logra fazer vencer a temidamente frágil e quebradiça bonança, punhado a punhado, a fortaleza de uma memória de sofrimento, tal teimosia reconfortante assume na estima do ser reconfortado enorme importância. Na sucessão lenta de dias e noites, a mulher afeiçoava-se ao senhor que os recebera sem nada pedir em troca e quase a fizera, o que até então lhe parecia impossível, pensar nos dias de fome e na penosa caminhada como parte de uma vida que nunca fora a sua. Nada dizia ao irmão. Sabia que, a seu modo, negando à boa alma que os salvara todo mérito, visto que o bem, se a alguém era devido, era Àquele que de todos cuidava, sabia que ainda assim Silvério era muito agradecido ao velho.

O tempo, porém, não é afeito a mesmices. Necessita de espreguiçar-se, de quando em quando, de alongar-se e contrair-se, e é para isso que servem os acontecimentos. Quem tem pelo que esperar — os enamorados — faz do tempo o que for preciso para que ele passe mais veloz. Quem não tem — os solitários —, o que deseja é que o tempo passe melhor. Assim o tempo se alimenta do que o homem lhe oferece para, feito uma cobra, ora esticar-se, ora enrolar-se. Com o tempo, naquela pequena casa, o velho deu de pensar que o casal nenhuns chamegos trocava, cafuné, abraço, afago — ruído noturno, nunca, e discrição demais é que não cabia de ser: as paredes de barro fuxicavam. Esse pensamento, somado ao viço que percebia na pequena, o punha triste. Sem intenção e sem o premeditar, passou a oferecer à moça, quando estavam sós, como remédio dado em mínimas doses, os pequenos cavalheirismos que, em sua visão predisposta à ternura, o marido deixava faltar à esposa. A moça, de início, os recusava. Havia, porém, naquela recusa, e o velho o notava — antes de casar-se, não fora nenhum santo —, um indício de muda aceitação, da espécie daquelas em que, diante da visão da violência atroz ou da extrema perversão, um olho se fecha, por pudor, medo ou nojo, mas o outro, seduzido, arregala-se. Eram mimos tão pequenos, tão sutis, que, não compartilhassem os dois um tácito entendimento, os gestos poderiam se confundir com desdém. Em avanços miúdos, como de copo pequeno se faz mais facilmente um bêbado, assim, sem exigir pensamento no assunto, visto que assunto nem parecia haver, é que o querer do velho se imiscuía no da moça. E aconteceu, como sói acontecer, de a moça, sem que flor brotasse da terra árida, sem que chuva refrescasse seus tormentos, sem que os animais escondessem suas costelas sob capa gordurosa de fartura, sem nenhuma espécie de alumbramento, aconteceu de a moça perceber-se enamorada. E nisso não tinham nenhuma culpa as solas dos pés, com nova carapaça, sem feridas, nem era a memória da fome sua alcoviteira, e nenhum cupido de inchado ventre verminado a espetara com a ponta de um graveto seco e espinhoso. Era o simples querer de mulher por homem.

Como, pensava ela, reagiria o irmão, que temia por suas virtudes cristãs, se percebesse que o velho a cortejava? Mais se preocupava por conta do teatro que faziam. Sendo assim, era certo que incorria o velho em ofensa? O fato é que também aconteceu, como no mais das vezes, de o amor provocar ruídos que os amantes, ensurdecidos pelos próprios rumores interiores ou atentos apenas às próprias palavras belas — para os outros, dignas de escárnio — do objeto amado, creem imperceptíveis. Silvério havia muito se dera conta de suspiros e olhares e gentilezas que não podiam significar senão que naquela casa fincavam-se raízes. O temor de sua irmã, no entanto, não tinha justificativa. Silvério não só aprovava os modos do velho e lhe era grato a ponto de dispensar-lhe, antes mesmo de qualquer união, a estima que dispensava a um membro de sua família, como também vislumbrava, na afeição de um pelo outro, a mão divina: aquele pequeno pedaço de terra garantiria a vida digna e tranquila que ele só acreditara possível muito longe dali. Foi por isso que Silvério, quando teve a oportunidade de falar a sós com o velho, resolveu desfazer os enganos e dar sua bênção à união.

— Sabe, o senhor me perdoe a intromissão, mas eu queria lhe falar de algo que venho notando não é de hoje — começou, sem jeito, Silvério. O velho estremeceu e pensou em como escaparia de violências se o homem, até então sempre amistoso, que nunca nem falara de valentias, quisesse cobrar-lhe a traição ainda nem consumada. — O senhor sabe, não é mesmo, eu mais ela, quando chegamos, a história de marido e mulher... — enrolava-se, era assunto para pai e mãe, não era versado naquilo.

O velho não entendia a hesitação. Que falasse logo e exigisse algo. Parecia, no entanto, e isso chegou a lhe passar pela cabeça num relance, que o outro o temia. O velho sentiu-se até mais forte do que era, notando a reticência de quem dispunha de tudo o que era exigido para ser valente. Depressa voltou a si: não podia com um peteleco sequer do homem.

— O acontecido é que não é minha mulher. É não, é irmã, só, irmã menor. O senhor, bem, se ela também quiser, dou consentimento.

O velho se espantou, não podia crer no que ouvia. Faltavam-lhe, antes das palavras, os pensamentos, tudo um e a mesma coisa. Levantou-se da cadeira, deu as costas a Silvério e entrou no quarto. O jovem assistiu assustado a sua saída. Que diabos — arrependeu-se —, que despropósito tinha dito para ele enojar-se, se era para ter ficado é feliz? Envergonhava-se. Melhor seria tê-lo esperado puxar o assunto, ou ter mandado a irmã resolver com ele, porque afinal os dois se entendiam, disso não duvidava, nem mesmo agora que o outro estava lá imóvel na penumbra do quarto.

O velho, agora sem olhos mendicantes a perscrutá-lo, começava finalmente a matutar sobre o que lhe fora oferecido. Um homem lhe conceder a mulher apenas para manter o — pouco — sustento que ele lhes oferecia! E, modo de quebrar qualquer resistência, inventar que de irmã se tratava, que o sacramento era falso! Parecia-lhe abominável que se pudessem medir os passos que um homem dá em direção aos sofrimentos eternos, como diria o próprio Silvério, ainda mais abominável do que se ele assumisse com franqueza a cafetinagem. Se é de ofício, que de ofício seja, não havia de ter pudores. O velho sabia, porém, que o plano não existia de antemão, ou logo de início Silvério lhe teria oferecido os favores da dama e não tropeçaria nas palavras, como havia acontecido. Não viveria azafamado, o cabra, com os braços o dia inteiro envolvidos em trabalho, se as pernas da esposa trabalhassem a noite toda. Seria ele o causador daquela desgraça? Deixara transparecer o que não havia, isto é, que a permanência dos infelizes estava condicionada à satisfação de seus desejos, que ele julgava quase invisíveis? Por ser o homem crente, pagava ainda mais, no dia do juízo, por provocar sua queda? Começou a tremer. Nunca se sentira tão vil quanto naquele momento. Quando considerou ter entendido tudo e entregou-se à comiseração vazia, o sentimento que a surpresa eclipsara sobrepôs-se à angústia: o desejo pela mulher que em crime ele sonhava ter e que agora sem perigo de sangue lhe era ofertada. Pode um homem abrir mão de sua mulher? Sacramento anda para trás? Permitiu-se a dúvida, conveniente, porque, desde que naquele quintal a esposa ganhara grande cova para carne pouca, padre ou crente algum em sua casa pisara. Eram os padres, lembrava-se também, que diziam que os apetites é que traziam ao corpo o pecado. Mais pecava, então, porque desejava. Era como um pecado dentro de outro pecado dentro de outro pecado: desfaria um matrimônio, afastaria do Senhor um homem — Silvério — que se dedicava à reza e satisfaria seus instintos, também pecaminosos porquanto casamento era para sempre e não tinha culpa a finada de seu corpo ter se enregelado antes que o dele se tornasse incapaz de endurecer. Era traição. Coisa boa disso não saía. Cuidasse de seus sonhos o sonhador, porque muitos, se realizados, haveriam de converter-se em pesadelos. Tremia mais e mais, perigava o coração decidir, não no sentido das cantigas, mas no do piripaque. Era velho, o coração não aguentava e parava. Recostou-se à parede. Respirou fundo e pela narina escapou-lhe um assovio de ar obstruído pelo tempo. Estava em sua casa e passo algum para fora de sua propriedade dera em busca da perdição. "Era o certo colocar todos pra correr antes de qualquer palavra, a infelicidade é sarnenta." Súbito, veio a clareza: o culpado era Silvério. Porque ele, ele aceitaria continuar a viver calado, a dedicar à moça galanteios inofensivos e a suportar pruridos e poluções, e consideraria até que era feliz por, depois de velho, com a mulher morta, ainda ser capaz dessa mácula pouco comprometedora. E, o que era pouco provável, se por iniciativa da mulher um dia se lhe apresentasse a chance de satisfazer de alguma maneira suas intenções recônditas, em uma noite sem lua e com o marido embebedado, seu gesto seria menos criminoso do que se o fizesse da maneira ignominiosa que o marido lhe propunha. Fosse sem pensar, por instinto incontido, haveria chance de perdão. Não poderia conceber, porém, um acordo às claras que provocasse tantas desgraças.

Enquanto divagava, o velho ouviu o boa-noite melodioso da mulher, que acabara de chegar. Assustou-se. E se estivessem mancomunados? Não lhe tomariam à força o que haviam tentado obter com o veneno da luxúria, que agia mais lentamente? Tardava alguém a descobrir se o matassem, pois vivia sozinho fazia tempo e não cultivava amizades. Dissessem que haviam comprado a propriedade e que ele dali se mudara, ninguém de um casal como aquele duvidava, e isso ele achava o certo: ele mesmo acreditara na honestidade dos dois. Tinha medo, agora. Buscou sob o colchão, entre os estrados, num oco da estrutura de madeira da cama, o revólver, velho como ele. Não sabia se ainda funcionava, mas brilhava o suficiente para intimidar. Precisava alimentar a coragem. Reviveu na imaginação a proposta degenerada, "não é minha esposa, é minha irmã", e acrescentou à decadência moral que nela via um quê de perturbação, crendo perceber na voz de Silvério, agora, uma espécie de satisfação por saber a esposa com outro macho. O efeito causado pelas imagens da mulher sobre seu corpo e do macho por ele derrotado a observá-los, mais uma vez e perigosamente aproximou-os do lodo em que os outros se haviam afundado. Essa aproximação foi o suficiente para que ele deixasse o quarto, arma em punho, ordenasse que Silvério, que iniciara a prece mal vira o brilho da pistola a ultrapassar a soleira, fosse para junto da irmã no quarto, que juntassem suas trouxas e partissem naquele momento, se não quisessem ser enterrados ali mesmo naquelas terras, ou melhor, não o seriam, seriam deixados para os urubus, para que seus ossos não conspurcassem o solo. A irmã juntou-se às preces de Silvério — os olhos do velho, que se destacavam na meia-luz do casebre, assustavam-na mais do que a arma.

E assim, naqueles tempos, Silvério e irmã partiram, com o velho a ameaçá-los e insultá-los, sem entender os motivos, até que houvessem desaparecido na estrada. Da irmã, havia muito não tinha notícias. Para não cometer o mesmo erro duas vezes, enrabichara-se num pequeno vilarejo pelo qual haviam passado e por lá decidira ficar, enquanto o irmão seguira viagem. A fome, porém, parecia dele nunca ter desistido, afeiçoara-se ao oco de seu bucho, ele pensava, por isso o seguira, mesmo que a passos lentos. Muitos anos depois, a fome novamente o alcançava, de modo que a hipótese de deixar o vilarejo esfaimado e partir em busca de nova vida não lhe aprazia: a fome era lenta, porém não podia ser detida. Fosse aonde fosse, ela estaria em seu encalço. A solução viria de Deus e, para Deus, todo lugar era aqui e todo tempo era agora.

17

Como criança que espia sobre o muro, o sol mal se ergueu atrás do chapadão e avistou Vitória já desperta. Ao longo do dia, a luz passeou devagar por sobre os cabelos amarelados da velha e fez a sombra fina do corpo miúdo esticar-se primeiro para um lado, em seguida para o outro, até que, sem que ela houvesse se preocupado com o sol sequer por um instante, ele a espiou de seu esconderijo no horizonte enquanto ela prosseguia com seus hábitos domésticos. O tempo e suas repetições não despertavam o interesse de Vitória. De inconstante, só as pessoas, ainda que muita vez ousasse acreditar que as conhecia a ponto de prever o que diriam. Por exemplo, Isaldina, a esposa de Diogo, com quem se encontrava na igreja de quando em quando. No início, Vitória não lhe dava trela. "Jeito assim, só Deus mesmo pra não passar fome", diria a outra, e emendaria com um relato de como o marido e Rodrigo trabalhavam, trabalhavam, trabalhavam, mas as pedras pareciam ter se escondido, e de como o coronel nunca pagava o devido. Vitória, temendo ser mal-educada na casa do Senhor, uma vez que lhe dirigiam a palavra, dava andamento à conversa. A outra queria, ela pensava, era fingir pobreza para ouvir lamúria alheia e saber seu lar mais próspero que o do outro. Assim costumava desenrolar-se o diálogo. Para surpresa de Vitória, no entanto, houve uma vez em que Isaldina, ao vê-la, talvez transformada pelo passamento violento do filho Joca, imediatamente a puxara para o canto mais afastado do altar e perguntara com ar sincero:

— Foi Gomes, foi, quem te fez isso?

Vitória envergonhou-se, fingiu irritar-se com a intromissão e, na intenção de encontrar forças para o revide, que era o que pensava merecer a outra, imaginou-a espalhando em cada esquina que Vitória ostentava nas fuças rabiscos e pinturas que só punho pesado de homem traído costuma desenhar. Fingiu irritar-se, mas não foi capaz de deixar a imaginação ajudá-la como pretendia: via comoção sincera na expressão da senhora que ensaiava tocar-lhe o rosto machucado da mesma maneira que tocara as feridas no corpo do filho. Os dedos da mulher, ásperos no toque e macios no intento, por algum estranho efeito puderam afastar a memória da dor.

— Agradecida — Vitória pôde dizer, enquanto se desvencilhava e deixava a igreja.

Nos encontros seguintes, Isaldina nunca mencionou aquele fato, tampouco Vitória. A esposa de Diogo fez somente perguntas sobre a casa, nas quais Vitória percebeu apenas o desejo da inquiridora de confirmar em qual lar — no de quem pergunta — havia mais fartura. Gente era assim: como se o rio um dia resolvesse nem correr.

Zé do Peixoto, então, desse ela poderia pensar, afeita que era a más comparações, que era tão inconstante quanto o seu andar, que bamboleava como se apenas um pé, sempre o mesmo, estivesse a seguir a trilha formada por buraco atrás de buraco, e o passo mais fundo transformasse esse lado do corpo em êmbolo, para baixo e para cima, para baixo e para cima, ao ritmo da caminhada. A imagem ruim do empregado do barracão vinha da percepção de que as gentilezas que escapavam de seus beiços moles envoltas em algum cuspe ora rareavam, ora se intensificavam a ponto de simular galanteios, sem que ela compreendesse a razão do vai não vai. E quais poderiam ser? A temperatura, não: era quente demais, mesmo em época de chuva. O tratamento alheio, nunca: Vitória invariavelmente garatujava, seus pedidos tampouco diferiram ao longo dos tempos, e Zé do Peixoto buscava o sal e o arame antes mesmo de a velha escancarar a ausência de dentes. A extensão de pernas à mostra, nem pensar: vestia a eterna saia cinza, que o tempo não puía, para evitar trabalho inútil, pois que puída era desde o primeiro vestir, e abaixo dela o mesmo território árido cortado por veredas de varizes. De fato, nos ouvidos desgastados de Vitória, a melodia soprada pelo homem dos mantimentos variava. Zé do Peixoto não o negaria, tinha lá seus caprichos, seus humores: doesse o pé cuja sola não tocava o solo, defeito de nascença que nele fizera do peito do pé, sola, e da sola, dorso, só fabricava bons modos para o coronel e os seus; para os demais, silêncio ou rudeza. Mesmo em um mau dia, no entanto, naquele em que por passo desatento espinhos de xiquexique houvessem vencido a pele do pé torto transmutada em couro, a grosseria de Zé do Peixoto soaria como carícia aos ouvidos de Vitória, uma vez que o pior que ele fosse capaz de proferir seria uma ou duas pancadas menos violento que o melhor que Gomes jamais dissera desde o tempo da conquista. Havia muito, os comandos do marido espalhavam a peste em suas tripas. Desse desencaixe entre o ordinário, para Zé do Peixoto, e o notável, para Vitória, é que nasciam os galanteios que ela julgava ouvir.

Havia outro desencaixe da mesma espécie: o das palavras ossudas com que Gomes a arrebentava, que na pele não deixavam hematomas — e nem assim, de forma dolorosa e indesejada, com alguma cor ela se pintava —, e dos cuidados aveludados, mas não palavrosos, que o marido dedicava ao rebento. Quando se conheceram, Vitória era menina. Intocada, ainda, naquela idade, mas na iminência da metamorfose. Invisível por fora: larva, casulo, larva — borboleta não podia haver. Gritante por dentro: a menina e a vida dos santos e o mundo grande como grande era o espaço entre as cercas e populoso como populosa era a soma de pai, mãe, vó, irmão, irmã e animais, e então, abruptamente, um homem e o ter-de-fazer-isso-e-aquilo e cuidar da vida do marido e da casa e o dorido do corpo quando Gomes exigia suas vantagens toda noite, todo dia, toda hora, no começo, e menos, depois, tudo uma espécie de sofrimento que era, e nisso o mistério, um dos dentes com que a felicidade mordia.

A confirmação da vida como monjolo não tardou: movida pelos fluidos expurgados pelo homem, a roda girou até retornar ao mesmo ponto, e, numa ranhura da madeira, a mesma em que já estivera Vitória e sua mãe e a mãe dela e outras até o passado mais remoto, havia um caroço invisível fadado a se tornar mulher um dia. Era Ximena, concebida nos primeiros furores. A parteira, velha cuja graça era Samarica, arrancou do corpo da mulher que quase desmaiara um invólucro que recusaria, inutilmente, por alguns instantes, a se preencher com seu próprio sopro — mais bem fazia a natureza se o mantivesse inflado pela vida da mãe, o futuro congelado em estado de promessa e bênção em seu ventre intumescido enquanto esta vivesse. Vitória não pôde ver naquele momento a criança que viria a batizar somente duas semanas depois, quando se recuperasse, e cuja expelição causara-lhe variadas e complexas alegrias, a maior porque aquele lugar comum da natureza garantia-lhe a realização que à maior parte das mulheres cabia e havia cabido, mas não a todas, e dessa outra banalidade, mais trágica, a de ser seca, pelo menos ela escapara; outra alegria, menor, era a de junto com o embrulho enrugado livrar-se da dor física que o Divino, antes de dividir com faca um ser em dois, outorgava à mulher prenha. Quando ela se recuperou, Samarica, que tentando atar ao redor do tempo duas pontas de sua lã também carpia, se acaso fosse do vento contrário da desnascença soprar, Samarica trouxe, além de um bebê com ares de orquídea e mais bonito então do que quando nascera, um relato viscoso dos eventos que sucederam o parto, e ele dava conta de que Gomes, quando o choro da criança revogou-lhe a interdição de entrada no quarto, trazia alguma lágrima a pender dos olhos e que, ao esticar os braços em direção à parteira para dela arrancar o bebê ainda empapado de sangue e placenta, gritara "meu filho, meu filho!", e a parteira, ainda que por dentro protestasse, era um desrespeito à ordem natural das coisas, o bebê, naquele momento, era mais seu do que da mãe, não seria o pai que haveria de impedi-la de seguir a rotina arraigada privando a criança do banho, e ela, ainda que considerasse aquela afoiteza de mau agouro, não ousou dizer palavra, e deixou que ele se sujasse com o que vazara do interior da esposa, e Gomes recebendo-o nas mãos o ergueu e continuou "meu varão, serão suas as minhas terras, minhas ferramentas, será seu o meu nome", e o bebê, beirando a viga que sustentava a palha do teto, chorava, e Gomes emendava palavras desconexas de exaltação à natureza, que garantia a todo pai um filho que cuidasse de sua velhice, e a parteira descontente já se decidira a abandonar o serviço incompleto — ser expulsa antes de devolver o filhote à mãe era como não chorar um morto até o momento em que o corpo desaparece sob a terra, mas o que se havia de fazer? — quando se deu conta de que o tom do discurso proferido pelo pai novato se alterara bruscamente, que não era mais o orgulho que sustentava a altura da voz, mas sim uma estupefação, uma surpresa aterradora, e então se deteve e voltou a prestar atenção às palavras de Gomes, que pela primeira vez havia analisado o corpo frágil que sustinha e nele notara a ausência, o vazio, o oco entre as pernas e agora decretava "uma infeliz, uma inútil, é isso que você é, Vitória", e Vitória não ouvia, estava desmaiada, exausta, "uma infeliz, só foi capaz de me dar isto, só pariu pra aumentar nossa pobreza, que de mais uma boca, de uma boca ninguém aqui precisa, é de braços pra carregar pedra, isso sim, de dois braços fortes, de alguém capaz de defender a casa, disso sim é que nós precisamos", e Gomes baixou o bebê, que chorava, colocou-o sobre a cama ao lado da mãe, que continuava alheia ao que ocorria, e saiu, marcando a terra com seus passos e empurrando a velha parteira, que agradeceu a Deus poder terminar o que pelo hábito era obrigada a terminar, porquanto sua reputação não comportava recém-nascido que não fosse entregue perfumado ao primeiro peito. Depois de duas semanas acamada, Vitória recuperou--se, recebeu no peito pela primeira vez o bebê, até então amamentado por uma mulher da vizinhança. Odiou a velha parteira por conspurcar com aquela história sobre Gomes a alegria do primeiro contato com a filha. Não a tivesse escutado, pensou, não consideraria estranhas a ausência de carinho e as imprecações constantes do marido contra Ximena — assim ela a batizara —, pois de Gomes já se acostumara a não esperar gentilezas.

A criança crescia e parecia que Gomes nunca se afeiçoaria a ela; era para isso, pensava Vitória, que Deus havia feito infinito o amor de mãe, para que de mais algum ninguém nunca não carecesse. Ai daqueles de cuja mãe a ceifeira havia privado. Assim seguiu a vida, até que o que no início chocara Vitória tornara-se o comum. Para sua surpresa, porém, quando a menina entrava na idade de não aceitar tranquilamente o cabresto que a mãe lhe impunha, uma mudança ocorreu: Gomes pela primeira vez parecia reparar na presença da filha sem irritação ou desprezo. Talhada pela resignação, Vitória aliviou-se como nunca antes e nos primeiros dias da mudança do comportamento do marido ousou até sonhar com uma vida feliz em família. Aumentava a frequência dos mimos com que Gomes presenteava a filha, que no início se mostrara arredia. Ximena não tardou, carente que era e culpando-se pelo tratamento recebido, a ceder aos esforços do pai. Para desilusão de Vitória, porém, os maus-tratos a que ela própria estava habituada não diminuíram, como imaginara. Não se deve reclamar da extensão de um milagre, pensou, na intenção de evitar o azedume na boca, uma vez que algo inconcebível já lhe havia sido concedido.

Para redimir Gomes, mesmo que de maneira enviesada, e quarar os véus manchados que turvavam a visão que tinha do marido, a Vitória apetecia observá-los quando ele abraçava a filha já mocinha e a erguia, sob protestos, no início, o sacolejo aumentando seu peso, e então o riso a transformando em saco vazio de farinha, em boneca de pano, leve e flexível sob o comando daqueles braços retorcidos como troncos de pequizeiro, cuja força Vitória costumava temer nas horas de intimidade, quando era seu corpo manipulado, dobrado e revirado para satisfazer invencionices pecaminosas. Aquela brincadeira que o pai dedicava a Ximena a alumiava. Na primeira vez até a queimara: que desígnios eram aqueles a fazer com que onde nunca houvera nada para si buquês brotassem para outrem? Mas era sua filha, um pedaço de sua carne que se desprendera, era quase como ter para si, e antes em casa do que fora dela — essa constatação diminuiu a temperatura de seu inferno e o que ameaçara queimá-la convertera-se em tíbio consolo. Nunca mais se entristecera ao ver Gomes mergulhar as falanges no couro cabeludo da filha — os seus eram ralos, tingidos de prata e nada ofereciam aos dedos. Ia dormir aliviada se, ao apagar a vela, pelos ruídos — era versada nas coisas que se dão a ver em forma de nada — notava que o marido se levantava e ia para o quarto ao lado zelar pelo sono da filha, pois muito causo ouviam, se verdade, há quem diga que sim, há quem diga que não, causo de cabra sem-vergonha que na madrugada capturava sorrateiro moças donzelas para fazer delas suas esposas, sim, havia quem tivesse mais de uma; ia dormir aliviada, também — mas nessa razão procurava não pensar, porque era menos materna —, pois, nas noites em que Gomes se sentava ao lado da filha e demorava a deitar-se, Vitória podia adormecer sem a respiração abafada do marido a umedecer sua nuca desprotegida pelo coque que costumava fazer para dormir. Era, Vitória pensava, como se a ternura que ao bebê Gomes negara, ele a desse em dobro à filha crescida: enchia a tina para o banho, ralhava com o cascão que ele dizia ver em suas costas e a esfregava, esfregava, esfregava, dizendo que entre os dedos de seus pés nasceriam ervas daninhas se ela não tirasse as manchas de barro — uma gota de melado no mar de amargura de Vitória, aquele carinho.

18

O que o corpo almeja é estado de fantasma. Só assim a tranquilidade. Saúde é não saber tê-lo. É na topada que se descobrem os dedos do pé, de modo que ao tronco de árvore cortada rente ao solo, à pedra mal encaixada no pavimento, à quina do móvel na penumbra é que se deve seu nascimento — doloroso como há de ser; a esses obstáculos que atraem as extremidades dos distraídos é que se deve o vir ao mundo dos dedos dos pés, de cuja posse até então nem suspeitávamos. O ideal é seguir caminhando rumo ao destino sem sequer ter a consciência de que há calcanhares que sustentam pernas que sustentam bacia que sustenta tronco que sustenta pescoço que ostenta cabeça: nobreza do corpo. Mas, e a brisa fresquinha em tarde canicular? E a lambida das mãos da mulher apreciada nas costas da gente? E os dedos rugosos da mãe fazendo cafuné no cocuruto macio do filho? Não nos dão testemunho do nosso invólucro, mas de maneira agradável? Sim. Mas aí, é justamente por bons que se convertem em ruins, confirmando a mais-valia dos estados fantasmáticos de nossa carcaça. A brisa para de soprar, e o calor, ao qual já nos teríamos acostumado não fosse o alívio fugaz, torna-se ainda mais escaldante. As mãos da mulher apreciada vão lambiscar outros corpos ou enregelam-se para sempre. Fica na mente a memória da fruição da carne, e passa então o corpo ao outro extremo, dói no ponto em que já não é tocado. Os dedos rugosos da mãe enrugam-se mais e mais e mais, até que, não sendo possível a mão virar do avesso e caber dentro das rugas, o processo se interrompe e, bem, é hora de aceitar que o filho enterra a mãe, se a natureza bem segue seu curso. O que era, no saber da existência do corpo, um conforto transforma-se então em mau jeito. De tudo isso, o que se depreende é que flutuar por aí apenas pensando e falando e mantendo imperceptível para si mesmo a carnalidade, como se fôssemos espíritos, é o caminho mais tranquilo e perene para a felicidade. Felicidade que, desde que a fome se abatera sobre as casas mais simples do vilarejo — quase todas as que por lá havia —, por conta do desaparecimento dos diamantes, abandonara Silvério. O choro do corpo querendo se fazer notar nesse novo nascimento vinha de seu interior: era a barriga, vazia havia muitas horas, alimentada com muito menos regularidade do que o necessário, quem insistia em chamar a atenção. Doía-lhe muito. E, não satisfeita, como líder do bando, cabeça de uma rebelião, ela exigia dos demais habitantes de sua emagrecida morada alistamento na batalha: as pernas tremiam e pareciam não ser mais pilares confiáveis. A boca fechara suas comportas e a garganta parecia mais seca do que de hábito — ainda que não lhe faltasse água —, pois estava sempre a engolir o nada e isso a drenava. As têmporas latejavam, era como se ali se instalasse o bumbo que ditava o ritmo do exército rebelde que o estômago vazio comandava. Silvério sentia-se muito mal.

No saco havia ainda um pouco de farinha. Sozinha não descia, entupia as entradas. A última mandioca fora cozida no dia anterior. Passada, também ela parecia farinar-se na boca. Por sorte a noite era quente e o calor apaziguava a má sensação. No frio, não sabia a razão, comia demasiado, prato cheio era pouco. Talvez a comida fosse a lenha de que o bucho necessitasse para aquecer o corpo quando o vento gelado descia do alto dos morros e passeava pela casa. Normalmente, não era dado a sonhos de mesa farta. Satisfazia-se com o que houvesse e o sabor, quando em demasia, causava-lhe até certa culpa: queria mais o sofrimento, a penitência na vida ordinária que garantiria os merecimentos divinos. Isso era o que gostava de fingir e o que afirmava por aí, e não o que os companheiros observavam na lida. Chegasse alguém com o beiju que a esposa preparara e, fraterno, oferecesse aos companheiros, Silvério era o primeiro a aceitar, para em seguida lamber os beiços e soltar, desinteressado: "Se sobrar um restinho...". De tal forma o homem se convencera de sua conduta ascética que o salvo-conduto sagrado permitia-lhe toda e qualquer forma daquilo que considerava pecado. O momento, no entanto, era de real necessidade. Era tanta sua fraqueza que, fosse-lhe oferecida por um anjo, naquele casebre modesto, a possibilidade de emprenhar-se da pedra brilhante com que tanto sonhava, pedra que — porque algum martírio os abençoados haviam de sofrer, para que se tornassem exemplo para os vindouros — seria parida pelos canais disponíveis não sem alguma dor, mais aguda quanto maior fosse a riqueza que dela adviria, Silvério a recusaria, em troca de que a vestimenta alva e diáfana do anjo se transformasse em camisa branca de cozinheiro e a oferenda deixasse de ser a concepção da pedra e se tornasse uma digna pratada de carne de bode.

Não podia mais. Era devoto, contaria com a devoção dos demais: algum haveria de compartilhar o pão com ele. Saiu sem apagar o candeeiro e escolheu seu caminho. Perto dali vivia a família de Diogo, com quem já havia algum tempo Silvério não se encontrava. De longe, avistou um foco de luz pela janela aberta. Diante da porta, bateu palmas e chamou por Diogo. Quem abriu foi Inácio.

— Boa noite, Inácio, posso ter com Diogo? — Silvério perguntou e foi logo entrando, sem esperar resposta. Dois passos porta adentro e já estava diante do velho, que descansava na poltrona. Cumprimentou-o tirando o chapéu. Inácio, temendo ser útil, saiu da casa e desapareceu. Diogo respondeu ao cumprimento de Silvério com uma palavra malformada, um resmungo. Bom motivo não podia haver para a vinda do carola. Ademais, sabia que Isaldina, que era apegada ao terço e às conversas das lavadeiras e ainda não superara a morte do filho, considerava aquele homem um dos únicos, se não o único, em todo o vilarejo, que dava o valor devido às escrituras. Ao ver que era mal recebido e que Diogo se impacientava, Silvério gaguejou em busca de uma explicação para estar ali. Passeou o olhar por todos os lados e notou que, na cozinha, Isaldina cobria com um pano algumas travessas. — Bonitos os retratos, bonita a família do senhor, seu Diogo — foi só o que encontrou Silvério para vencer a humilhação.

— Diga logo a que veio, homem — Diogo respondeu, roufenho, e pronto a considerar provocação menção à família justamente quando ela se tornara para sempre incompleta.

— Pois sim. Vim para saber se, com todo o respeito e por Deus, o senhor não teria mandioca ou pão ou outro de comer para me vender, a pagamento futuro e garantido, o senhor sabe, acabou-se o que eu tinha, plantação não vingou, foi praga, pois foi, só pode ter sido — desembestou a mentir Silvério, nunca plantara uma mandioca sequer —, na próxima estação tenho que cuidar mais, no feijão deu caruncho, mas o que o senhor puder me dar não é dado, não, lhe asseguro, é vendido, tenho ainda um valor a receber pela última pedra que encontrei, o senhor crê que o coronel disse que não tinha ouro naquela hora? Eu nem não admiti, achei trapaça, mas Felício me disse "ora, homem, o coronel é de palavra", e disse que mais dia menos dia recebo essas moedas, e aí o senhor já sabe, são para o senhor, modo de retribuir o favor.

Diogo se confundia com aquela papagaiada. Que história era aquela de pedra, de dinheiro a receber, se havia muito do chão ninguém dali lograva extrair riqueza? Enlouquecera de vez, o maldito do metido a santo? E desembestava a falar de alimento, se em todas as casas — se não vivesse isolado em suas rezas, o saberia — o alimento faltava e só os que desfrutavam de algum grau de compadrio do coronel fartavam-se, situação que não poderia durar. Diogo ainda ruminava os pensamentos quando Isaldina surgiu na sala.

— Diogo, eu posso separar um cadinho de... — ensaiou a senhora, que tanta ajuda já negara, por medo de dar a outros o que poderia faltar a seus filhos, mas que dessa vez sentira pena do faminto, movida sobretudo pelo medo de castigos. Negar ajuda a um homem de Deus como aquele? Antes de completar sua oferta, Diogo a interrompeu.

— Vá lá pra dentro, a conversa é de homem.

Silvério não esperou que a conversa de homem fosse inventada para justificar sua expulsão dali. Sentia-se humilhado e parecia, ainda que não soubesse exatamente como, que havia mesmo ofendido a família do velho garimpeiro com suas frases mal formuladas. Saiu da casa e caminhou sem destino. Revivia a tentativa de explicar a Diogo que sentia fome, algo que uma criança expressaria tão facilmente com um choro e que ele não fora capaz de dizer. Temia ter perdido as ideias. Como para convencer-se de que o mais essencial de que dispunha não lhe escapara, começou a rezar em voz alta, depressa, engatando uma palavra na outra, uma frase na seguinte, oração em oração, e, por estranho que parecesse, aquela corda grossa que sua boca expelia e que assustaria quem a notasse, aquele palavrório espesso deu-lhe o alívio de se crer capaz de expressar-se, porquanto por meio de suas palavras Deus ainda urdisse suas benignas tramas.

19

O sono do homem do garimpo é repleto de explosões, de baques metálicos de ferro contra rocha, do chocalho das peneiras preenchidas de areia e cascalho. Sonha mais com o árduo trabalho que precede a pedra que com a pedra dos sonhos, o garimpeiro em seu catre. Com a pedra da riqueza, sonha muito mais acordado — o corpo em seu descanso e a mente em seu torpor são mais afeitos à realidade que o garimpeiro em pleno entendimento, durante a vigília. As mulheres também não estão em seu devaneio, na vigília as tem de todos os tipos se houver fartura, enamora-se da que mais lhe aprouver, e ela retribui, seja casada — quando faca e revólver costumam advir das frases galantes —, solteira ou mulher-dama. Tampouco sonha com outra vida, pois pena em concebê-la, cerceado pela imponência dos chapadões e do universo por eles delimitado. Se não os ultrapassa, se é por eles comprimido em vales e gerais, esse universo expande-se cada vez mais para dentro, rumo às entranhas da terra onde homem nenhum, por mais valente que seja, se aventura, perigo de apagar-se o lampião e ganhar, o homem, caixão mais amplo e mais escuro que o do mais rico dos ricos. Ou rumo às cavernas que o homem mesmo constrói à base de pólvora e dos braços, de ferramentas e obsessões, em busca do que a terra esconde mas quer lhe mostrar, como costumam fazer as mulheres.

Gomes despertou assustado por causa dos estrondos. Na penumbra percebeu que os olhos de Vitória, como os de um gato preto injetados da bile do mau agouro, refletiam um fiapo da luz da lua que entrava pela janela, aberta para afastar o calor terrível que parecia brotar do barro seco do chão. Entre os sons da noite, um impacto frequente, vindo dos arredores, atrapalhava o sono. Gomes permaneceu calado, esforçando-se para distinguir o que ao sonho era devido, sentindo ainda o peso da bateia que carregara poucos instantes atrás, na grupiara em que sua imaginação adormecida o obrigara a trabalhar enquanto dormia e que fazia com que ainda se sentisse cansado. Vitória não dizia palavra nem se mexia, quem sabe morrera e o espírito aguardava apenas que Gomes lhe empurrasse as pálpebras para subir — ou descer, se o que aterrorizava a velha se confirmasse. Gomes inquietou-se. Ainda dormia e por isso temia os assuntos que o divino só discutia com o caído e vice-versa? Um ruído que ele conhecia bem, de picareta perfurando pedra, fez-se ouvir, vindo de distância indefinível. Gomes convenceu-se: despertara. Ainda deitado, olhou fixamente para a mulher e viu seu rosto pender por sobre o pescoço, em sua direção, como a dizer-lhe "sim, também ouço", e retornar à imobilidade anterior.

Numa casa vizinha, mãe e bebê despertaram. O bebê chorava, nem era mais o ruído, era a fome, visitante que nunca deixa de honrar seus compromissos, mas a mãe, irritada com o barulho, e culpando-o pela dor que sentiria novamente no mamilo rachado agora que o sono do filho fora interrompido por aquele ressoar ensurdecedor e que parecia vir de algum recanto olímpico onde um ferreiro manco forjasse uma peixeira, a mãe externava sua raiva gritando com o filho, dizendo-lhe criatura terrível, para que o tivera, melhor tivesse feito o chá de pó torrado da raiz de fedegoso — Vitória a alertara tantas vezes da beberagem — e expurgasse o desgraçado. Quando o pequeno, porém, encontrou o seio machucado, uma ternura irresistível invadiu-a, no mesmo instante esqueceu-se do muito que praguejara e, enquanto o bebê, alheio a tudo o que se passava, a sugava, a mãe dirigiu os xingamentos que gestara e os que ainda estavam em gestação, modo de não desperdiçá-los, ao infeliz que tanta algazarra fazia no meio da madrugada.

Dormindo em seu quarto, Ximena nem notara o incomum da noite. Não porque seus ouvidos estivessem desabituados aos sons dos instrumentos dos garimpeiros e por isso não fossem por eles estimulados. Estavam habituados, mas não era essa a razão. Prosseguia adormecida porque bebera demais. Em algum sonho, aquele ribombar, atenuado pelo torpor etílico, talvez soasse como um batuque aprazível como o dos tambores dos pretos, que, se Ximena estivesse desavergonhada, faziam-na rodopiar segurando a saia, e quem sabe a cantilena irreal a embalasse na rede. Gomes, cujos pensamentos costumavam ser mais difíceis de conciliar com o sono do que os ruídos que percorriam as vielas naquela noite, não suportou o leito e levantou-se. Vitória permanecera imóvel e ele acreditou que dormisse. Acendeu uma vela sobre o oratório, na sala. Com o ombro encostado ao batente, pela porta aberta Gomes observou a filha moldada ao arco da rede, o calor bruxuleando na pele suada das pernas esticadas para o alto. Gomes afastou o olhar para a sala. A sala de poucos móveis. O piso com algumas ranhuras na camada fina de terra que recobria os grandes lajedos sobre os quais a vila prosperara. O oratório desprovido de imagens. A mesa pequena que ele mesmo construíra. Sobre a mesa, um prato de metal, sujo, um par de agulhas de Vitória, um lampião apagado, duas garrafas. Ao redor, três cadeiras, uma delas com o encosto quebrado, preso apenas a uma das hastes. Amanhã dou um jeito, repetiu a promessa de todas as noites. Um tapete puído próximo à soleira de entrada. Tudo desinteressante demais. Incapaz de fixar-se nesses objetos tão gastos pelo olhar, voltou-se novamente para o quarto da filha, invadido por um filete da luz da vela que seguia pelo chão e que, para tentar alcançar a parede oposta à porta, se erguia e se arrastava por sobre seu ventre, rabiscando-o em um movimento mínimo quando a brisa morna fazia oscilar a chama.

Gomes deu um passo para dentro do quarto. O ombro doía-lhe, era isso, carecia mudar de posição, e não tinha sono para voltar à cama. O calor ali dentro parecia incomodá-lo mais. A brisa que mal soprava — quando o fazia, era hálito quente expirado pela bocarra do mundo — era um álibi: a destrambelhada nem abrira a janela antes de deitar-se.

Instintivamente, esticou o braço em direção à filha. Moveu depressa a mão para o alto e para baixo, abanando-a. Se o movimento desajeitado e sem ritmo expulsava de perto de si algum ar, mesmo cálido, o colo da filha nem sequer reparou. Vindas do pescoço, de trás das orelhas, da penugem lisa e tão diferente do cabelo que cobria sua nuca, gotas deslizaram devagar em direção à alça caída do vestido, que a moça não tivera condições de trocar pela camisola antes de desmaiar embriagada. O velho sentiu sede. Parecia poeira seca na boca. Gomes recolheu o braço, úmido também pelo ritmo que mantivera inutilmente, e saiu em busca de algo para beber. Mirou as garrafas sobre a mesa e escolheu a inadequada: mais que ter sede, desvairava, tinha pensamentos de homens que detestava. Bebeu. Se não conseguira fazer descer a poeira seca da boca, descera junto com as goladas para dentro de si o ar abafado de fora, e agora era Gomes que calcinava as paredes, os parcos móveis, a filha que dormia a uma curva dos olhos. Desanuviou-se. Ele era, como a vegetação seca de todo agosto, afeito às chamas. A garrafa logo se esvaziou.

Um novo estrondo, como os que o despertaram naquela noite, interrompeu seus devaneios. Afastou a cortina, esperou os olhos acostumarem-se à penumbra e confirmou: Vitória permanecia imóvel. Curvou-se, aproximou o ouvido do leito e notou o ronco baixo da mulher que, experiente na educação dos sentidos, decidira não incomodar-se com mais nada naquela noite. Os olhos, os ouvidos e a pele só viam, ouviam e sentiam o que a ela aprouvesse. Fingia a dor das pancadas de Gomes, se fosse necessário para a intenção do marido; as sombras furtivas no quintal, próximas à janela de Ximena, só as divisava se fosse o caso de advertir a filha da aproximação do pai; as imprecações de Gomes contra o coronel, Rodrigo ou outros garimpeiros, dessas nem se dava conta.

Gomes fechou a cortina e caminhou novamente para o quarto que construíra para a filha. Entrou e fechou a porta de madeira, não queria que seus passos atrapalhassem o sono da esposa agora que ela finalmente dormia. Se botasse a mão no baderneiro que trabalhava à noite para dormir de dia... Sentou-se numa banqueta próxima a um dos ganchos ao qual a rede de Ximena se prendia. De onde estava, não via o rosto da filha, via apenas seu corpo estendendo-se em direção oposta à sua, e ela parecia comprida, muito maior do que se estivesse em pé, quando mal se comparava em altura às mulheres da noite, não porque fossem essas maiores ou mais bem formadas, mas porque equilibravam-se sobre grandes saltos e tamancas. Separou uma mecha dos cabelos da filha com os dedos, abaixou-se até seu rosto ficar bem próximo aos fios que segurava e cheirou-os. Um forte odor de suor e fumo. Algum resquício de contato com homens? Matava Rodrigo, matava. Tentou afastar da imaginação as cenas, mas elas não paravam de formar-se, cada vez mais visíveis, cada vez mais ousadas, mais dolorosas. Noite, território dos sonhos. Dormindo, tinha-os disparatados, sem sentido e, um alívio, rápidos e fáceis de esquecer após os olhos se abrirem. Sonhar acordado daquela maneira é que era insuportável — pensava em outra coisa, concentrava-se ou buscava esvaziar-se olhando um ponto na parede iluminado pela luz fraca da vela. Rodrigo e Ximena eram vistos entrando e saindo dos matos, conversando na praça. O povo comentava. Vitória calava, a desgraçada. Não zelava pela filha.

Mais um estrondo interrompeu seu sofrimento. A filha moveu-se na rede, em busca de nova posição. A alça do vestido desceu mais um pouco, e um seio escorregou para fora do tecido largo, deixando em destaque na penumbra, qual mancha num tecido, o mamilo rosado. Gomes desviou o olhar. Ensaiou vesti-la novamente. Durante esse ensaio, buscando a melhor maneira de executar o movimento, teve de fixar a mirada na nudez da filha. Aproximou-se. Tocou com uma das mãos o braço em busca da alça caída, e sentiu na ponta dos dedos a pele suada, que parecia febril. Arrepiou-se. Lembrou de Vitória e tentou rezar, mas o alívio que se aproximou quando começou a murmurar para si as preces cobria com um pano esgarçado a culpa, como se a esposa o ameaçasse com os castigos infernais e a justiça divina. Levantou-se. Passou por debaixo do gancho da rede, foi até a janela e não a abriu. Encostou-se, voltado para o centro do quarto. A visão do corpo sobre a rede oferecia-se agora a partir de novos ângulos, o que despertava novos pensamentos. O quanto havia ali da vontade de, com seu próprio amor, mantê-la longe do alcance dos homens que a levariam a perdição certa? Estava confuso. Não sabia se era o certo. Não era — sabia? Não. Mas sabia que era homem, disso ninguém mangava, ai se..., e só sabia afirmá-lo na violência ou na intimidade. Fugisse do desejo, maricava? Não sabia. Mas capaz. Quantas vezes num instante como aquele, atormentado pelo que o corpo lhe designava, voltara rapidamente ao catre e, com violência, forma de combater tormenta com tormenta, submetera Vitória, que dormia? Levantava sua camisola e, antes que ela com muxoxos ameaçasse protestar, tapava sua boca com a palma da mão — e era para o seu bem, porque a impedia de, apenas recusando-o, impeli-lo a um destino abjeto do qual ainda lutava por escapar. Penetrava Vitória num furor que calada ela cria demoníaco, movimentava-se o mais depressa que podia, arfava, pois também para ele aquela relação era um sacrifício a que se submetia na única intenção de expulsar de dentro de si, por algumas horas, a doença incubada que um dia o transformaria no ser vil que temia vir a tornar-se.

O ruído ao longe aumentou e Gomes voltou a si. Reconhecia seus tons: alguém garimpava na vila. O insólito dessa conclusão conseguiu ocupá-lo, e seu corpo, ainda encostado à janela, distendeu-se. Não durou muito, no entanto, a distração. Visse um veio de ouro a brilhar magicamente em meio às ranhuras das paredes, tampouco a ele se ateria naquele instante, apesar da fome e da privação dos últimos tempos, já que nada lograria afastá-lo das sensações mais intensas que um homem poderia experimentar se não estivesse com a faca apontada para o ventre de um desafeto ou com uma lâmina bailando diante de seu próprio, às vezes desviando-se num recuo, noutras sentindo a ponta a queimar-lhe a pele. Uma faísca lhe percorria o corpo em ondas, de baixo para cima: tal uma canela-de-ema que se incendeia depressa ao menor contato com a fagulha, encadeavam-se no juízo até então confuso do velho, após o primeiro calafrio provocado pela imagem obscena que acabava sempre por se oferecer, razões que legitimassem num contorcionismo obtuso o gesto que ele até aquele momento fora forte o suficiente para abortar — ou temente a Deus, como no mais das vezes pensava, na intenção de obter, sem que Vitória imaginasse, seu perdão. Os lábios entreabertos da filha, com alguma saliva empoçada nos cantos, ensaiaram palavras incompreensíveis, vindas de algum sonho. Gomes deteve a respiração, assustado com o que lhe pareceu um gemido. Provocação? O mecanismo desesperado da busca por uma justificativa externa para a vontade que o lacerava agia. Convinha não lutar contra algo que lhe parecia irrefreável, contra o que já sentia que o derrotava, e quem sabe esforçar-se para construir de ar e sonho naquele quarto outro alvo para sua volúpia. Imaginou-se cruzando a soleira da casa das putas em que tantas vezes estivera e onde era capaz, por pouco tempo, com brutalidade controlada e algumas moedas, de afastar do pensamento Vitória e Ximena, que o importunavam pelo que lhe despertavam de oposto: uma, asco, a outra, calores. Nos cantos da sala de alguns abajures e pouca luz que via em sua imaginação, Gomes então inseria as mulheres com quem costumava deitar-se, mas com algumas melhorias — elas, como eram, em transparências, rugas e cicatrizes, não lhe serviam naquele instante, pois lutavam contra adversária real e que, se um dia também acabaria por ganhar cicatrizes e rugas, na penumbra daquele quarto tinha só encantos. Imaginou as pernas daquelas. Equilibravam-se sobre sapatos de salto e, por falta de jeito, isso lhes dava curvaturas irreais de pomba e aumentava-lhes as bundas e os peitos. Perfumes adocicados, diluídos em generosas doses de álcool para multiplicar os frascos ou o odor do talco que se pegava às línguas, se fosse início da noite. As sempre-vivas presas aos cabelos para as mais maduras, úteis porque lhes emprestavam seu frescor. Mais que tudo, o modo de querer agradar, de ser só sim por poucas horas ou muitas moedas. O estratagema era eficaz, e Gomes sentia seus efeitos. Tocou-se. O bem-estar que lhe ofereceu o calor da mão dentro das calças tornou-se incompatível com a atenção necessária para sustentar as fantasias que o levavam para fora daquele quarto detestável, e por isso aos poucos as mulheres da noite começaram a se fragmentar, transformando-se em corpos impossíveis, cujas partes nublavam-se, configurando seres monstruosos. Assim que desapareceram as quimeras, as retinas de Gomes voltaram à silhueta de Ximena, um pouco ridícula em sua posição de boneca quase fraturada, porém ao alcance do toque, e ele não se sentia mais capaz de conter--se. Era como o infeliz que foge por um caminho desconhecido e, após correr o mais depressa que pode por longo tempo impelido pelo medo, se dá conta, com a língua a saltar, de que alguma curva imperceptível o conduzira outra vez ao ponto de partida, onde seus captores lamentavam tê-lo perdido, e o esforço feito na fuga fracassada arruinara as energias de que dispunha para pontapés e socos. Compostas de material etéreo, as figuras lascivas a que Gomes recorrera ofereciam-lhe deleites que ele nunca tivera coragem de pedir a suas correspondentes de carne e osso, mas que exigiam mais concentração do que ele era capaz de ter, no estado em que se encontrava. Quando seu corpo se abstivera de energia exterior que o alimentasse e começara a alimentar-se da sensação que o próprio estímulo produzia — moto-contínuo do desejo —, os súcubos se dissiparam e por detrás das nuvens que o impediam de cegar-se surgiu novamente o sol pálido, mas hipnotizador, que era a possibilidade da ultrajante nudez da filha. Gomes deteve-se, mas agora sentia as entranhas a queimá-lo. Esforçou-se para resgatar de volta os demônios que, em vez de salvá-lo, distraindo-o, haviam-no atiçado e abandonado próximo ao estado de absoluta irreversibilidade que precede a violência ou o gozo. Aproximou-se da rede onde a filha, em seu alheamento etílico, ressonava, e segurou as pontas soltas da barra de seu vestido. Pelo tempo em que permaneceu imóvel, a textura áspera, gordurosa e um pouco úmida do tecido que as pontas dos indicadores e dos polegares prendiam provocou-lhe frêmitos, como se aqueles pedaços de fazenda absorvessem as qualidades do conteúdo envolvido. Preso ao tempo — imperceptível no relógio, inesgotável na mente — que antecede o crime, Gomes surpreendeu-se com o movimento brusco de Ximena, que sonolenta e bêbada ergueu a cabeça na tentativa ainda instintiva de encontrar na realidade os seres que a atormentavam no sonho ruim. Antes que a filha despertasse por completo, Gomes afastou-se, mas não saiu dali. Ximena esfregou o rosto com o dorso das mãos, o movimento rearranjou tronco e cintura na rede e deixou entrever uma parte interdita das coxas. As mãos de Gomes crisparam-se, e as unhas afundaram-se nas palmas. Ximena bocejou longamente e disse "pai?". Como o vagalhão que sucede as tempestades na cabeceira do rio e que leva troncos, pedras, homens e animais, o desejo inelutável arrastaria o corpo do homem à deflagração da enorme energia acumulada, e por isso quando a voz da filha, mole, rouca e infantil por conta do sono interrompido atingiu-lhe os ouvidos, Gomes num movimento inesperado com o punho fechado atingiu-a entre o queixo e a boca, fazendo voar do lábio ferido pelos dentes um filete de sangue que manchou a rede e o piso. Ao chegar ao quarto, após ouvir o choro da filha misturado ao retinir do ferro contra a rocha que incomodava o vilarejo, Vitória nem reparou na falta do marido, que se afastava da casa em passadas pesadas.

20

Deus pode não dar a mão, mas também não passa a perna. Disso Silvério tinha certeza. Herética, a constatação? O polegar da mão direita desenhou cruzes na testa, na boca e no peito. Só queria convencer-se de que os reveses na busca por um pouco de comida eram indícios de que o dia da glória estava por chegar. Não era trabalhando em lavoura que alcançaria a bênção, disso estava certo. Tanto sofrimento merecia ser recompensado com diamante, e cada agulhada no estômago, cada cólica que o entrevasse, cada grama a menos sob sua pele quebradiça acresciam no brilhante um quilate. Quando era fraco, aí é que era forte. Forte o bastante para não se render ao caminho mais fácil, o de garantir a sobrevivência cultivando o próprio alimento. A providência tinha planos mais iluminados para ele. "Peçam, e lhes será dado; busquem, e encontrarão; batam, e a porta lhes será aberta. Pois todo o que pede, recebe; o que busca, encontra; e àquele que bate, a porta será aberta. Qual de vocês, se seu filho pedir pão, lhe dará uma pedra?" A barriga pedia pão, mas a fome era de pedra. Mais divinas ainda eram aquelas palavras, uma vez que lidas do avesso ainda se prestavam a apaziguar a dor no coração de um fiel. Ter se lembrado dessas palavras, ouvidas havia tanto tempo, só podia ser mais um sinal, e Silvério, deitado na rede, continuou nos devaneios sobre o milagre. Como encontraria a pedra? Nem carecia preocupar-se, era o certo. Mas tropeçar em diamantes, aí era fé demais. Nunca ninguém vira o brilho de um no meio da vereda.

Pensou em sair naquele mesmo instante, na escuridão, e ir ao Brejo, Angico, Piaba ou outro garimpo qualquer, escolhido ao acaso, procurar o que o destino lhe reservava. Porém, sentia-se fraco demais para suportar a caminhada munido dos equipamentos. Mais do que isso, desestimulava-o uma constatação que consideraria provir da descrença, não estivesse naquele instante ungido dos santos óleos que sua privação fabricava e que talvez não fossem mais que seus líquidos corrosivos tentando digerir o próprio estômago. Tratava-se da constatação de que em toda a região, onde quer que homem montado fosse capaz de alcançar, não havia um lugar propício à existência de diamantes que já não tivesse sido completamente devastado pelas picaretas e pás e pelos explosivos. Havia muito, toda e qualquer tentativa de arrancar uma nova camada da epiderme do solo vinha sendo infrutífera. As margens dos rios pouco guardavam da aparência que tinham antes da chegada, séculos antes, dos homens que, após massacrarem e expulsarem os nativos, logo iniciaram o longo processo de busca de riquezas que culminaria na exaurição do solo. Por mais fé que tivesse, Silvério não acreditava que Deus tivesse escondido sua recompensa nos garimpos já esgotados. E novo sítio, inexplorado, tampouco parecia ser possível encontrar. Cada queda-d'água já recebera um nome, cada vale, cada chapadão, cada trecho de mata explorado por caçadores ou andarilhos, o capim de todos os gerais havia alimentado gerações e gerações de ruminantes. Para Deus nada era impossível, mas Silvério desconfiava que dessa vez não seria fácil a tarefa. Não estivesse tão seguro de seu merecimento, de sua dedicação desde a infância, de sua abnegação, colocaria o plano em dúvida. Para fortalecer-se, pôs-se outra vez a lembrar dos ensinamentos e foi por meio deles que Deus, talvez entediado com as idas e vindas do raciocínio de seu filho pretensamente dileto, ou na intenção de acelerar os trabalhos da fome e aproximar Silvério da falência completa causada pela inanição, inseriu em um trecho do discurso do Filho o mapa que Silvério acreditou poder conduzi-lo ao diamante: "Quem ouve estas minhas palavras e as pratica é como um homem prudente que construiu a sua casa sobre a rocha." Silvério edificara sua casa sobre a rocha. Mais ainda, com as rochas extraídas do garimpo, construíra até as paredes. Nisso, mérito algum: assim também quase todas as casas da vila. O inebriado pelo amor, seja ele de uma mulher, de um homem ou de Deus, vê o banal do mundo preencher-se de significados: cada verso na voz do violeiro traz um conselho, um veredito. O pensamento amoroso é o anteparo que, num matagal tomado por espinheiros, torna mais colorida a única flor, que então se destaca. Ou o inverso: se é o penar do amor o que se vive, nem se nota a profusão de sempre-vivas a embranquecer até onde a vista marejada alcança. A lente amorosa faz seu foco no único tronco ressequido de uma pequena árvore que não vingou e que, não fosse a miopia sentimental que procura fazer do mundo um telegrama ou um receituário destinado ao inebriado, de tão insignificante nem sequer seria notado. A coruja pia, a nuvem enegrece, o caldo desanda, a bolha estoura, o que se planta dá ou não, o bebê adoece, o vento se inverte, a madeira estala, uma folha amarelada se desprende, o cantador elege a canção, tudo para comunicar o que for mais conveniente ao padecer ou ao gozar daquele a quem o amor arrebata. Silvério sempre estivera inebriado pelo amor que tinha por Deus. Ou, talvez, pelo amor que Deus tinha por ele, e por isso fora capaz de perceber que espécie de prudência se encerrava no homem que construíra a casa sobre a rocha.

Sem afetar o cansaço que sentia, saltou da rede e reuniu os instrumentos. Recolheu a rede e reuniu suas duas pontas num único gancho, deixando o espaço livre. Com um chute afastou o balde que fazia as vezes de tamborete para mais perto da parede. Para escolher por onde começar, agachou-se e percorreu com a ponta dos dedos o piso. Não sabia o que procurava, para seu tato não havia diferença alguma. Mais sensíveis, porém, eram os dedos do Criador e já que ele indicara aquele caminho haveria também de poupá-lo de trabalho desnecessário — reza agora só quando completasse o serviço, pensou, explicando aos céus quais seriam seus benefícios caso contribuíssem. Sem saber o porquê, acreditou ter chegado ao ponto propício. Ergueu a picareta, cuidando para não acertar o candeeiro pendurado ao teto, e com força golpeou o solo. No escuro não enxergaria as pedras que ali se escondessem, mas era melhor adiantar o serviço e abrir o buraco à noite para logo cedo já poder procurar o coronel e, com o dinheiro, comprar pão, preparar picadinho de mamão verde, godó e tudo o mais com o que se empanturrar. O som ritmado do ferro atacando a rocha suplantava o rumor dos insetos que vinha de fora. À batida cadenciada somava-se a oscilação, o movimento fatigante e repetitivo do corpo, como o de um monjolo ou sino pesadíssimo, e essa conjunção maquinal, invejando o poder dos tambores, embalava Silvério numa espécie de transe. Não atentava, mas quase de imediato, assim que os braços e pernas recém-amestrados prescindiram de ordens da cabeça para continuar agredindo o piso da sala, os lábios começaram a sussurrar continuamente a mesma prece, oferecendo antes do cumprimento da tarefa a recompensa prometida. Assim seguiu até que, completamente fatigado, ao tentar erguer mais uma vez a picareta, os braços falharam e ele a deixou cair sobre o próprio pé. A noite, habituada ao barulho que o instrumento produzia, não toleraria falha — o silêncio — e por isso contentou-se com o urro de Silvério, que largou o corpo ao lado da cratera para poder alcançar o pé atingido e apertá-lo. A dor amainou, ele permaneceu deitado e, sem nem verificar o avanço que fizera, ali mesmo dormiu por muitas horas.

21

Que serventia o calor daquele chá, o lábio já em brasa? Ancestral sabedoria a de Vitória, a artimanha de engambelar a enfermidade ao fingir fortalecê-la. Diante da filha ferida, mantinha sua expressão tumular, pois, se fosse matutar, aquilo era arranhão, ao menos no corpo, e mais do que no corpo, onde?, se fazia tanto tempo que aprendera a se distrair do que doía mas era impossível tocar com a mão. Muito no passado, arriscara consulta a proclamados doutores, quando os havia, e eles tentavam pomada, emplastro, chá, mas, para dor que não existe, o adequado é remédio que não se encontra ou colherada de ar. Eis o que se faz, às vezes se nasce, às vezes se morre, e entre esses momentos não há dor que um dia não passe. Sabedorias.

Ximena maldizia a dor, mas nunca o pai. Custara a crer que o que a despertara com violência fora o punho paterno, não tivesse lhe contado a mãe não o creria. Egressa de sonho confuso, nem se lembrava de ter ido dormir, a última lembrança a de um gole ordinário que devia ter precedido muitos outros. Preocupara-se primeiro em levar as mãos ao rosto, em tentar proteger-se da dor, em arrancá-la do corpo com as unhas que de imediato ficaram rubras, em dar vazão ao grito e ao choro que encobririam as passadas pesadas daquele que dali se afastava. Vitória contara não para alimentar rancor, mágoa ou desavença, nenhum veneno na acusação, nenhuma intenção de fazer servir o drama da filha ao seu drama mais frequente, mais antigo, tão mais agudo quanto mais ignorado. Nem consciência disso. Pelo contrário, a nomeação era para dar aos eventos um contorno conhecido e, por que não, esperado, e desse modo amputar as patas com as quais uma insatisfação bovina acabaria por esmagá-las. Direito de pai. De marido, coronel, mais velho, homem, padre, dono de terras, delegado, de apenas mais forte, fadado ao disparo ou disposto a facada. Diante disso, resignação e colheradas de ar depois que a ferida cicatrizasse e a nódoa desaparecesse.

Cinco dias haviam se passado sem que Gomes aparecesse em casa, e a chaga, que não era funda — maior o susto —, limitava-se então a ser outro carmim em lábio já bastante rubro. A vagareza do tempo surtiu seus efeitos em Ximena: após tantos dias, a preocupação pelo sumiço do pai sobrepujava a raiva, e odiá-lo era quase como odiar alguém por algo que havia acontecido muito antes de se ter nascido. A algumas léguas da vila, ele permanecia na toca em que se metera. Para soterrar pensamentos da mesma natureza daqueles dos quais fugira, pensava no caso que muito tempo antes sua mãe lhe contara, o da família faminta que em tempos de estiagem comera terra. A maneira de se valer da história era preocupar-se com a fome que Vitória e Ximena deveriam estar passando desde que ele partira. Se não se concentrasse, poderia confundi-lo o fato de que com Vitória e as quengas o provar-se viril não deixava de ser também uma faceta do cuidar. Perigava mergulhar, extrapolasse esse pensamento, outra vez no abismo para o qual a imagem de Ximena o atraía. Para evitar a arapuca, Gomes forçava o burro que carregava suas elucubrações para o lado oposto: em vez de deixar o pensamento conferir a todas as mulheres o atributo de fêmea, o que tornaria sua relação com elas menos variável e, portanto, menos complexa, Gomes, sem o perceber, conferia a todas elas o atributo de crianças de sua prole. Então, angustiava-se com sinceridade conveniente ao imaginar a franzina Vitória, de rosto devastado pela idade, submetida a mais esse castigo, o da fome, que lhe conferia concavidades inéditas; angustiava-o essa imagem, ainda que em tempos ruins ele houvesse privilegiado a si e à filha na partilha das refeições e deixado para a mulher, acostumada a sofrer em silêncio, menos do que o mínimo necessário para se sustentar sobre as varetas. Como se fosse pai, sofria ao lembrar-se das mulheres do prostíbulo e pensar em como viveriam num tempo em que os homens não encontravam nem sequer um diamante que lhes possibilitasse a manutenção de hábitos fundamentais como os que garantiam às coitadas a sobrevivência. Gomes sentia fome. Comeu pequis e a carne parca de um preá que caíra em armadilha improvisada. Quando a comida acabou, antes de decidir sair à procura de algo, percebeu que o incômodo que lhe causava o estômago vazio afastava-o das mulheres de sua vida ao desviar seus devaneios para o próprio desconforto. Por essa razão celebrou, vestido de resignação, a chegada do terceiro cavaleiro, considerando-a a bênção que poderia afastá-lo da peste moral pela qual se acreditava contaminado, distanciá-lo da guerra contra si mesmo e, assim, da solução definitiva para a vileza, caso ela se consumasse: a morte.

Tão difícil era, porém, suportar um quanto o outro, o mal-estar causado pelo longo tempo desde a última refeição e a imagem do monstro em que estava no limiar de se transformar, refletida na superfície do riacho em que enchia o cantil. Sentia-se nauseado e tinha dificuldade em reter a água dentro do corpo. Os espasmos e o esforço violento que os músculos faziam para expelir pela boca o vazio que ocupava seu estômago deixavam-no prostrado. Nesses primeiros momentos, esqueceu-se de Vitória, de Ximena, do garimpo. Não tardou, no entanto, para que a fraqueza, num ritual sem sacrifícios de reses, sem oferendas de comidas, sem crateras cheias de vinho, conjurasse demônios. Os primeiros, inofensivos, as línguas viperinas recolhidas dentro das bocas, incutiram nos devaneios de Gomes um delírio de riqueza: uma pedra pesada, que a terra já parira polida, em suas mãos. Os seguintes, insidiosos, os rabos afiados ultrapassando a barra das vestes, fizeram-no desfrutar da riqueza que os devaneios lhe concediam e nesse desfrute, para sua ruína, estavam os corpos das mulheres-damas. Por fim, vieram os cruéis, que laceraram a carne de Gomes com seus tridentes, transplantando para os diversos corpos — uns magros como um caule, outros fartos como um barril, uns perfeitos como o de uma santa, outros mutilados como o de um mártir, uns puros como o de sua mãe, outros maculados como o de sua filha — o rosto de sua filha, o rosto belo que a vida estava em processo de estragar, o rosto que era a flor de uma árvore langorosa, o rosto com olor demasiado doce de fruto prestes a passar. Vomitou uma baba espessa e escassa. É como o efeito da cachaça, disse, é como um pileque daqueles, botando pra fora passa. O que quer que tivesse de sair, porém — e ele sabia bem o que era, embora evitasse a lembrança —, agarrara-se com suas ventosas a alguma parede fibrosa no trajeto das entranhas ao ar. Nenhum veneno regurgitado, nenhuma parcela cancerosa de sua existência exilada. Continuava em seu corpo o que quer que o possuísse — assim pensava, modo de atribuir o que fora gestado em si a influências exteriores: em suas veias o envelhecido vinho das filhas de Ló. Ele deitou-se e os escorpiões que ferroavam seu intestino e estômago pareceram se acalmar. Uma brisa noturna entrava pela porta de pedra da toca, Gomes já ofegava menos. Era como se abanassem em sua direção leques suspensos entre dedos compridos e finos de mãos delicadas em braços compridos que se estendiam até embrenhar-se nas mangas de vestidos de chita que cobriam o colo, os seios, o ventre, uma coxa, e que davam por cumpridos seus deveres na altura do joelho, que era saliente, mas perdia, em desenho, para a batata da perna dourada, que se afinava até se converter em tornozelo delicado e pé descalço de quem sabia andar no mato, ao lado do outro pé, base para o outro tornozelo, em espelhada beleza, o joelho, a coxa, o mesmo ventre, os mesmos seios, o pescoço de pelugens invisíveis e o rosto, o rosto de Ximena. Os monstros fabricados pelo sono da razão assombravam-no durante seu falso bem-estar, e Gomes percebeu que era inútil, que aquela fome mais o enlouquecia, e no desespero crispou as mãos, arranhou o solo, levou à boca os nacos de terra que foi capaz de arrancar e mastigou-os enquanto o organismo dava-lhe indicações desencontradas, alívio, pelo impacto daquela massa no bucho, e náusea, pelo gosto terrível, mas era preciso alimentar-se ali mesmo, soterrar as visões que ocupavam a barriga vazia, era noite, não tinha como erguer--se e buscar alimento melhor, tão de Deus era a Terra quanto qualquer iguaria da Páscoa, tão de Deus a larva, o pedregulho, o graveto, a folha seca, a formiga, a areia, a palha, a bile, a pele morta, o humo. A água benta do cantil facilitaria a deglutição daquela hóstia, ele enterrou outra vez os dedos de uma mão no solo, na outra o cantil, e esforçou-se para engolir sem mastigar, com a ajuda do líquido. Na manhã seguinte, enfraquecido, Gomes percebeu que permanecer era optar pela morte e, como não podia voltar para casa, partiu para o garimpo.

22

As conversas, os sensatos as deixavam nas trilhas. As pernas caminhavam melhor embaladas pela falação. Se o homem se distraísse da pele, o sol era menos incômodo. Os olhos, porém, enxergavam melhor no silêncio, e o brilho de uma rara pedra que uma troça fizesse passar despercebido resultaria em mais dias a farinha e água. Quando Gomes se aproximou do Cousa-Boa, os homens já trabalhavam inutilmente havia mais da metade de um dia e os ruídos das ferramentas eram ouvidos de longe. O fato de nenhum diamante ter sido encontrado nos últimos tempos, naquele ou em qualquer serviço, em nada alterava a aparência do lugar. A correnteza da rotina os arrastava para as mesmas posições dia após dia, os obrigava às mesmas ações e, por não pensar em alternativas ou para não passar por roga-pragas aos olhos dos outros, ninguém arriscava comentar o óbvio: que a terra se cansara.

Gomes tinha os pensamentos no muito que ficara sem ir ao garimpo. Nesses pensamentos preferiria ter permanecido e conseguiria, não tivesse sua ausência alterado, de forma sutil, mas suficiente, a ordem natural das coisas. Acostumados a ter Gomes sempre ao lado, os homens surpreenderam-se com sua aparição tardia — consideravam-no louco desde que a notícia de sua saída de casa correra a vila — e por isso rapidamente as conversas espocaram. As bateias, as peneiras, as picaretas e demais ferramentas foram sendo deixadas de lado. Diogo, que após a doença tinha os braços fracos e por isso não era capaz de desempenhar muitas funções, ignorou o recém-chegado e continuou a separar lentamente o cascalho para a lavagem.

— Bom dia, seu Gomes — falou um dos que haviam apreciado a interrupção —, veio só para nos guiar na volta?

Uns riram, outros desviaram o olhar e pegaram novamente os instrumentos. Gomes, que mal ouvira a provocação, seguiu em direção ao grupo. Quando estava a três passos dos homens, bradou:

— Quem é que quis falar algo de minha pessoa, mas falou baixinho porque é covarde?

Com o olhar, Gomes percorreu toda a extensão do local, imaginando quem dentre eles daria um passo à frente e responderia ao desafio. Por detrás da valentia, no entanto, havia cansaço e temor de não ser capaz de enfrentar quem quer que fosse. Para sua surpresa, porém, a voz que se ouviu não foi a de um dos jovens, mas a de Diogo, que continuava seu trabalho enquanto falava:

— Deixe estar, Gomes, que ninguém lhe disse nada não. Às vezes a água, a pedra e o mato falam entre si e a gente desatina a pensar que é com a gente. O melhor é todo mundo voltar ao trabalho.

Como aquele a quem dirigira a palavra, Diogo sentia-se cansado: o corpo de seu filho Joca tinha sido largado no mato, com parte das carnes devoradas por animais. Sofria sobretudo porque, quando ouvira a notícia terrível da boca de um homem que mal conhecia — o filho sem aparecer em casa havia dois dias, algo comum —, junto com a descrença e a dor, viera-lhe à mente, quase como um pensamento que não fosse seu, que pior seria se aquela desgraça tivesse acontecido a Rodrigo. O pensamento desapareceu como surgiu, repentinamente, mas viera assombrá-lo todas as noites desde o acontecido.

Após a intervenção de Diogo, o homem da bravata, que arriscara atrair a peleja para o garimpo naquele dia que já se encaminhava para seu fim, permaneceu calado, satisfeito por ter sido salvo da língua inconsequente. Não que temesse o velho. Temia o ditado que dizia que todo gatilho puxado encontra um par. A intromissão provocou em Gomes, cuja honra estaria salva se o silêncio persistisse, um movimento inesperado, como se aquela frase simples lentamente libertasse algo represado — as intenções de Rodrigo para com Ximena, o asco que a figura de Vitória lhe provocava — e transformasse o cansaço em ódio de Diogo, que se tornava culpado, de forma enviesada, que é como o demônio age, de tudo que de ruim ocorria. Crescia em sua cabeça a participação do velho em todos os obstáculos que ele enfrentara nos anos compartilhados de garimpo: se os diamantes rareavam e agora todos passavam fome, era porque Diogo elegera, décadas antes, os sítios errados para as escavações, ou porque extraíra escondido toda a riqueza que por aquelas terras havia; se a filha se engraçava com Rodrigo, era porque Diogo o incentivava a seduzi-la, para roubar o que a família de Gomes havia juntado. Crescia qual uma lombriga em seu ventre o embrião da ira que dali a pouco ele não poderia mais conter. Seguisse aquela trilha, esmagaria a cabeça do abusado contra o solo rochoso.

Gomes virou-se na direção de Diogo. Acompanhando tensos o inesperado transe de Gomes, os garimpeiros assustaram-se; alguns deram passos para trás, um ou dois levaram as mãos às picaretas. Essa reação quase instintiva de defesa fez com que Gomes estacasse. Ficou parado, com um filete de saliva a escorrer do canto dos lábios, tentando controlar a respiração. Se colocasse Diogo, que de costas fazia seu trabalho e fingia não se dar conta do que se passava, em seu devido lugar, os outros interviriam, e Gomes não poderia nem com um deles. Odiou Diogo ainda mais por tê-lo conduzido àquela situação humilhante: deveria aceitar uma injúria porque o inimigo não podia se defender sozinho? Voltou às pelejas do passado. Doeu-lhe outra vez a memória aguda das lâminas, a lembrança maciça dos punhos, a recordação incisiva das garrafas quebradas — nunca provara beijos ardidos de bala. Todo um histórico de pisoteios reais ou imaginados moldou-se ao solado rachado dos pés de Diogo, que pesaram sobre a cabeça de Gomes.

— Fique aí quieto brincando com as pedrinhas, seu imprestável — todos pensaram que os dois resolviam algum conflito particular, e por isso permaneceram calados —, ou vou esfregar sua boca imunda no cascalho, pra ver se tiro o veneno dela.

Diogo ergueu-se e postou-se diante do homem que o ofendia para além da conta. Já bastava o que padecera nos últimos dias, o que lhe custara, a ele, pouco acostumado a cuidar, consolar Isaldina, que chorara o tempo todo a morte do filho, morte que permanecia sem explicação, ninguém na vila assumira a autoria da maldade. A única hipótese, não confirmada nem negada por ninguém, era que Bezerra o tivesse emboscado — andavam mesmo brigados —, daí o coronel ter punido o boa-vida. Diogo não dizia palavra, mas não desviava os olhos, e agora ninguém mais trabalhava no garimpo. Gomes viu no gesto do outro mais uma tentativa de subjugá-lo. Que imprecasse, que levasse a mão à faca e o ameaçasse para os outros saberem que a contenda era legítima e que nenhum dos dois aceitaria ajuda em disputa que era só sua. Se Diogo e Rodrigo queriam misturar seu sangue ao de sua família, Gomes pensou, seria o sangue extraído na ponta da faca. Se o cachorro tinha intenções com Ximena, ele não consentiria. Antes, matava Rodrigo. Podia com Rodrigo? Isso lá era de pôr em dúvida quando se dava angu na boca do ódio? Com qualquer um, podia. Matava todos. Mas não. Sabia-se vetusto. Capaz que nem com as mulheres, dali a algum tempo, pudesse mais. Nos segundos em que se sentiu derrotado pela impotência, Gomes permaneceu alheio aos pequenos sinais de tensão que o circundavam — o cavoucar de unha por outra unha, o remexer com o pé o cascalho descartado, o olhar para os dois homens que pareciam enfeitiçados sem piscar e sem perceber a secura dos olhos — e até a corredeira se transformara em lago para garantir o silêncio das solenidades. Quando deu por si, sentia-se inútil, derrotado, infeliz. Diante de seus olhos, porém, o que havia era um rosto tão erodido quando o seu, a encará-lo com altivez, com uma tranquilidade que parecia desconhecer as fraquezas que exibia, e que por isso o condenava, naquele momento, a sentir vergonha de si próprio pelo que acabara de experimentar. Quis esmurrá-lo, extirpar com os punhos a condescendência que adivinhava no semblante do velho companheiro, porém os braços pareciam crer no que o outro dizia e pesavam, os dedos não tinham convicção para cerrar-se, e Gomes só foi capaz, como réu que não aceita o veredito, mas não se sente capaz de fugir, de um mínimo gesto.

A cusparada na cara de Diogo surpreendeu a todos: a água veloz e fria do rio extraiu chiados das pedras empilhadas pela natureza e pelo homem, as unhas deram-se trégua e as pálpebras desabaram para tentar crer que tal ofensa ali se consumara. Diogo, que parecia ainda mais curvado, como se tivesse sido atingido por rochas ou tiros, esfregou o rosto com o dorso da mão e fixou os olhos, agora injetados, em Gomes. Não tinha forças nem palavras para reagir, e só o que fez foi, com o braço esticado e a mão aberta, sinalizar aos outros homens que não se movessem, sem saber se eles o fariam — passo algum havia sido dado. Diogo ofereceu a cada um deles um instante do seu olhar. Talvez pelo perigo de escolher um exército antes de as razões da guerra estarem claras, mas não por medo, como Gomes poderia até crer; agora que junto com seu catarro livrara-se do veneno que o enfraquecia, todos preferiram apenas sustentar o olhar, sem retribuí-lo com a lição que o insolente merecia. Gomes virou-se e saiu caminhando sem olhar para trás, esperando a qualquer instante a pancada que decretaria sua morte, mas que também daria testemunho de sua coragem e da covardia de quem, não tendo sido capaz de enfrentá-lo, o atingia pelas costas. Léguas adiante, quando se percebeu fora de perigo, sentiu-se fraco, deixou a trilha e deitou-se no mato.

23

Diamantes a terra não expelia mais, mas das árvores ainda brotavam frutos, da terra ainda despontavam as plantas e, das tocas, a cabecinha dos bichos. A terra era generosa naquilo que não condizia com o luxo, naquilo que não podia ser transformado em moedas, naquilo que quando muito poderia ser trocado por outro fruto desprezível da mesma terra. Assim os homens matavam suas fomes, mas não todas. Ninguém ostenta um fruto, por mais doce que seja. Quem o faz, por pouco tempo se apraz: não tarda passa do ponto, apodrece. O dinheiro não. Vive em nós até quando não o temos, pois o tilintar das moedas no balcão reverbera nas imaginações. Bem-aventurado é quem dele pode se desfazer, pois onde há economia não há invídia. Havia muito, ninguém dele podia se desfazer. Ainda assim, demorou a funcionar o mecanismo que faz com que o tolo se transforme em esperto aos olhos de quem cobiça algo que justamente a tolice um dia pode lhe render. A primeira notícia fora: Silvério estava louco. É a fome, disseram alguns, pois não planta, não cria animais, nem mesmo esmola, o infeliz. Rezar, reza, o muito de costume. Se reza enchesse bucho, o padre não cobrava o quinto, arguiam. Espalhara a notícia de sua loucura João do Pé, um seu vizinho que, incapaz de dormir, saíra em busca da origem da bateção que lhe impedia o sono. Não precisou caminhar muito até notar o casebre de Silvério como a origem da balbúrdia. Na ponta dos pés, aproximou-se da janela iluminada, cuidando para não pisar em graveto que estalasse. Preocupação desnecessária: um estrondo sucedia o outro e encobria os demais ruídos. Pela janela, João do Pé espiou Silvério a golpear com uma picareta, meio corpo dentro de um buraco. Como o óbvio costuma ficar colado à testa, na manhã seguinte João do Pé foi criativo em seu relato:

— Mariano, sabe lá Deus por quê, mas Silvério deu pra construir de noite uma fossa no meio da sala.

Mariano, modo de não ficar mal com o compadre, só concordou balançando a cabeça e não viu razão para estender aquele fiapo esquisito de prosa.

— Tanto mato, tanto quintal, pra quê? Imagine o cheiro! — insistiu João do Pé, quando, da mesa ao lado, Inácio, que havia espichado as orelhas em direção àquela conversa, interveio:

— É pedra, suas bestas, é pedra... é diamante o que ele tá procurando.

Os dois amigos calaram-se. Não se ofenderam com a liberdade de Inácio, envergonhados que estavam por não terem chegado a explicação tão simples. De casa em casa, a notícia foi se espalhando. Já não tinha plantação, já não tinha bicho, agora nem teto mais ia ter o atoleimado depois que destruísse o chão onde dormia — era o consenso entre os homens. Dia após dia, no entanto, os ruídos do garimpo passeavam pelas vielas e pelos vales e aquela insistência ou era loucura ou era sinal de que o suor valia a pena. A loucura era o mais provável. Foram conferir: Silvério seguiu pronunciando baixinho palavras ininteligíveis enquanto empurrava a terra para um canto e fechava a janela na fuça dos curiosos. Mariano foi o primeiro, durante uma tarde de ócio — a esperança de garimpo bem-sucedido acabara fazia tempo —, a se perceber olhando para o chão ao redor dos pés e imaginando se sob aquela fina camada de terra, se nas rochas sobre as quais construíra suas paredes, não poderia haver alguma riqueza. Aquela coceira incomodou-o por três dias. No quarto, munido das ferramentas, foi para trás da casa — não era aparvalhado como Silvério — e escolheu por onde começar. Diante da casa havia mais espaço, mas não queria que pensassem que somava mais um na contagem dos desvairados. Isso enquanto a soma fosse pequena. Passasse dos dedos das duas mãos, aí sábio seria quem aderisse ao grupo que rapidamente crescia, e por isso Mariano achou por bem incutir na moringa de João do Pé a ideia de que talvez tesouros se escondessem nos últimos locais intocados de toda a região, um deles de posse — homem de sorte — do amigo, a sua própria casa. E, pintando com a tinta da perspicácia o que João do Pé considerava tolice, Mariano logrou arregimentar mais um soldado para o exército da terra desolada. Naquela mesma noite, a enxada arrasou uma lavoura e despiu o solo pedregoso de seu véu de terra para que a picareta pudesse trabalhar. Ainda restava algum explosivo, e João do Pé estava tão convencido do acerto da decisão que não hesitou em usá-lo para aprofundar mais depressa e com menos esforço a vala em que trabalharia.

As chispas que os golpes da picareta de Silvério desprenderam ganhavam luminescências de corisco à medida que mais e mais garimpeiros perseguiam nos próprios terrenos o sonho das pedras. Primeiro ao redor da casa, depois num cômodo, no outro, a família e os poucos bens eram movidos para o que restasse de espaço habitável entre as paredes.

24

Ao entrar em casa já era madrugada, e Rodrigo tinha poucas condições de caminhar. Por isso nem sequer notara que na pele do chão de muitas casas os homens abriam feridas em busca de salvação. Um azedume subia-lhe do estômago e as lembranças de Ximena, da índia e do que acontecera ao irmão haviam sido afogadas na água abençoada pelo santo padroeiro dos esquecimentos. Com o refluxo, uma ou outra imagem fantasmagórica retornava à sua garganta. Uma vez na sala, talvez distraído pelo movimento nauseante das paredes embaladas por seu enjoo, Rodrigo mal reparou em Diogo, sentado na cadeira de balanço diante da parede dos retratos, a mirar o vazio com olhos que se destacavam na penumbra. A noite era povoada de ruídos, mas não da gargalhada sedutora das damas ou dos brindes entusiasmados dos bem-aventurados na lida, das bravatas dos destemidos ou das lamúrias dos achincalhados. Havia dias, preenchia a noite o barulho do choque de metal contra rocha, pesadelo em que, se os homens iam menos e menos ao garimpo, porquanto pedras já não mais se encontrassem, o garimpo lhes vinha assombrar o sono. Diogo a tudo bem ouvia, porém pouco se lhe importava. A voz de Gomes, conhecida havia décadas, não cessava de repetir os ultrajes e afastava o sono.

— Rodrigo — chamou o velho, mas o filho, que se escorava na parede oposta à da sua própria imagem emoldurada, pareceu não escutar.

Como a voz do pai, o rosto que Rodrigo viu atrás do vidro, o seu próprio, não trazia ar de recriminação, mas aparentava certa gravidade.

Inácio não deveria estar dormindo, pois acorreu depressa e apareceu à porta após o chamado que não lhe era destinado. Rodrigo esforçava-se para entender o que faziam reunidas aquelas figuras — o pai, o irmão, as lembranças — e não reagiu. Diogo, sem precisar dizer palavra, apenas levantando o braço esquerdo enquanto o resto do corpo continuava a fruir o balanço suave da cadeira, ordenou que Inácio voltasse à cama. Não fossem os olhos do pai, abertos e como que iluminados por chama interior, Inácio pensaria que o movimento de seu braço fora gesto de sonâmbulo ou espasmo de sonho que lograra cruzar a fronteira com a vigília. Os olhos, no entanto, eram enfáticos: com Rodrigo se resolveria a questão desconhecida. O irmão não disse palavra e como pedra foi pesar outra vez sobre seu leito. A covardia era um papel que lhe caía bem — o pai a ele o acostumara — e por isso ele não demorou a convencer-se de que a Diogo e Rodrigo competia cuidar dos assuntos da família.

— Rodrigo, meu filho — chamou mais uma vez o velho, e o filho, dessa vez, demonstrou com o corpo que o escutara, ao endireitar-se e ficar de frente para o pai.

Não fora o seu nome, porém, o que decidira o embate entre a náusea e os estímulos que vinham daquela sala, mas sim as duas palavras finais. "Meu filho." Havia quanto tempo não era tratado assim pelo pai? Agora que um deles se fora para sempre, ele se dera conta do valor dos que ficaram? Sentiu-se enfraquecer e escorrer pela parede, como se a designação tivesse dissolvido, em seu interior, o que de rígido ele necessitasse para ser um homem capaz de suportar em pé o término de um dia como aquele. Desabou, e ao fechar os olhos sentiu ainda mais que remoinhavam a sala e os líquidos em sua barriga. Tentou erguer-se, mas não conseguiu. Súbito, sentiu o braço do pai sob o seu. Com seu apoio, firmou as pernas e, abraçado, deixou-se levar para o exterior da casa. Lá, Diogo o fez sentar-se encostado a um toco de árvore. Rodrigo expeliu ali o que o envenenava. O pai buscou água, arrastou um tamborete, sentou-se e ficou em silêncio. Após muito tempo, quando se sentiu melhor, num gesto que, sem perceber, resgatara da meninice, Rodrigo apoiou a cabeça na perna de Diogo.

— Obrigado — disse, autorizado pela permanência do pai, mas sobretudo encorajado pelo que lhe restava no sangue de embriaguez.

O pai continuou imóvel, parecendo atento ao retinir que dali se ouvia e que vinha de lugar indefinido na vila. Após alguns instantes, Diogo pousou a mão sobre a cabeça do filho e, embora não houvesse rispidez no gesto, Rodrigo sentiu que algum peso já sucedia a leveza insólita que tomara conta do pai naquela noite.

— Agora me escute bem, Rodrigo — disse Diogo. — É nossa honra, mas sobretudo a sua... — e se interrompeu com um suspiro que para o jovem pareceu cansaço e para o velho poderia ser artifício.

O filho ouviu calado quando o pai começou a reproduzir as ofensas de Gomes palavra por palavra. Na cantilena que gestara para si, primeiro, e para o filho, em seguida, fermentaram ignomínias distintas das que na tarde haviam sido proferidas, frutos de antigos rancores, de olhares enviesados, chistes e conselhos gratuitos que até então haviam carecido de interpretação, mas que, diante da gravidade dos novos acontecimentos, tornavam-se tão fáceis de interpretar quanto o pio da coruja do mato: traição e sangue. Em tempos de fartura, a amizade era fácil como cuidar de roçado quando tem chuva, nem pouca nem muita. No tempo da secura, em que fogo brota do solo e as labaredas dão cria nos gerais, nesse tempo é que o barro de que alguns são feitos fede, explicou Diogo. Rodrigo, já não mais distraído pelo mal-estar, começava a desconfiar que a morte de Joca fizera o pai enlouquecer.

— Meus braços já não têm força pra carregar o meu filho... De hoje em diante é você, meu filho, quem me carrega. Até a derradeira vez, a mão na alça do caixão. Você carrega também meu nome. Esse, pra sua desinfelicidade, não morre. Você morre antes, e aí um neto carrega o seu e o meu, o fardo é dele. Como eu carreguei o de seu avô e bisavô. Meu nome pisa primeiro no lugar em que você entra, e quem o aguarda sabe se aperta sua mão com firmeza ou se a isso nem se digna pelo respeito que causa o nome que precede sua chegada. Dos dois que restam, você é que vai zelar pelo meu nome. Que pecado eu cometi pra ter outros filhos e nenhum prestar mais que você, eu não sei, descubro com Deus ou com o Diabo, Deus me livre. E que me leve depressa, se for pra viver desonrado e sem filho corajoso o suficiente pra vingar o pai. Que pior que faca ou bala é palavra que rasga ou atravessa. Cuspe mancha e só sai com sangue. Já esfreguei com a unha, arranquei a carne do rosto, mas ainda sinto a vergonha escorrer.

Rodrigo, como todos, conhecia o veredito ditado pelo costume, que o pai naquele momento relembrava. Do escravo ao roceiro, do capataz ao coronel, todos defendiam que, a uma vítima, sempre outra do lado oposto sucedia, e que aceitar sua vez nessa cadeia interminável de tocaias, escaramuças e duelos era dever de honra, não importava em que margem do rio rubro se estivesse. A aritmética da dívida não previa o zero: em algum lugar distante, mesmo se dizimada uma família inteira, haveria de receber notícias um parente de criação, um antigo companheiro de viagem, uma amante de coração ainda dolorido e, na sangrenta sequência de causas e efeitos que, como a queda de uma grande cachoeira, nunca poderia ser interrompida, esse personagem inesperado acreditaria ser o responsável pelo troco e caçaria um a um os que estivessem em seu espelho, para em seguida tornar-se a caça.

25

Do jeito que o carrapato se prende à pele das canelas, o pensamento grudou às ideias de Rodrigo. Isso muito depois. No princípio, quando a encontrou, o sol já estava mais baixo que a copa do buriti solitário e as sombras estimulavam as apalpadelas, os apertões e toda espécie de urgências irrefletidas. Urgências que a moça, birrenta, recusava com tapa e empurrão, dizendo mesmo que, naquele dia, se fogo tivesse, ele que procurasse bode ou galinha com o qual se contentasse; ajudar a segurar o bicho ela até ajudava. Mais que isso ele não fazia por merecer. Tudo falso, claro. Se havia preocupação, era uma só: a de serem vistos. Ademais, a fome aumentava a força da primeira mordida. Que ele caísse todo dia nesse conto de indiferença era o que a Ximena realmente espantava. Cão que busca o graveto mil e uma vezes, menos de mil vezes se lhe atire — todas as outras criadas pelo desejo de que exista graveto a se buscar. Estava faceira porque depois do sumiço o pai reaparecera. Para a casa que agora era de Vitória não retornara, mas vivia num outro lado da cidade, numa ruína sobre a qual estendera uma cobertura de palha, e os maledicentes diziam que, se abandonara sua propriedade para viver numa choupana, mulher nova havia na história. Ver, não viram, mas diziam, e Ximena embravecia.

O pensamento demorou a cravar suas ventosas na mente de Rodrigo porque antes um enorme temor nela ocupara todo o espaço. Temor de mau agouro e castigo. O que lhe causara tais assombrações não era algo novo, outras vezes lhe ocorrera. Era justamente a sucessão de desmesuras, camada após camada, como as que se viam nos paredões de rocha, que lhe davam o medo do castigo. O sucedido fora simples, na realidade: juntos entraram na toca, Rodrigo contrariado porque Ximena ameaçava recusar-lhe o único fruto que saciaria sua fome. Como de costume, porém — e isso, em sua ingenuidade, ele atribuía ora a seus encantos mudos ora ao poder de seus convencimentos —, a moça se desdisse. Rodrigo arriou as calças e deitou-se, as costas na palha seca que cobria o chão de terra. Ximena, de saia, ajeitou-se, sentada sobre o corpo do homem, e começou o saracoteio. Daí em diante, não mais palavra que se entendesse. Bulício. Rodrigo sentia que em seu ventre derramavam-se sumos e suores. Quando não foi mais capaz de conter-se, segurou firme a moça pelos ombros. Passado o ápice, empurrou-a para o lado, para ofegar sem um corpo grudado ao seu. Foi aí que percebeu o sangue que lhe empapava os pelos.

— Cadela! — praguejou.

Ximena ainda conservava os silêncios do depois e nem respondeu. Ele ensaiava limpar-se com a palha, mas a palha mais fazia era grudar-se ao visgo que o cobria.

— Endemoninhada — ele gritou e até cerrou o punho, mas, como Ximena não retrucasse, conteve-se.

Homem que tivesse contato com as regras de mulher estava perdido. Má sorte. Com Ximena fora a primeira vez. Decerto que de propósito, tudo arranjado. Mas com outras, algumas vezes, daí a certeza do castigo: até o perdão se cansa. Temia a história dos índios: o gavião de asas invisíveis que morava acima das nuvens e nunca pousava porque não tinha pés. Olhos de homem que copulasse com mulher no período, diziam os bugres, eram o alimento preferido do bicho. Cegos, havia muitos. Balançavam a caneca pedindo moedas e, dizia-se, alguns viam na sombra das retinas o que a luz aos de boas vistas ocultava, prediziam a sorte ou o azar, o diamante ou o cascalho, o varão ou a rapariga, o vencido e o vencedor. Homem sem os dois olhos, as duas caçapas vazias, porém, Rodrigo nunca vira. Pelo contrário, ouvia era valente que se gabava de mulher ser bom de qualquer jeito, imunda, mijada, sangrando, e um ou outro — esconjuro — que até defunta não respeitava. Então era mentira, o diabo da ave? Vai saber. Zarolhos, vira muitos. Não costumavam dizer, esses, que quem lhes arrancara da órbita a bilha fora alguma fera vinda de nublados esconderijos. Talvez tivesse sido, e o negassem apenas para falsear bravuras: "briga de faca" ou "a bala empurrou o olho de fora pra dentro: com esse que sobrou ó eu vejo é vocês, com o outro eu vejo é meu pensamento". Temiam o retorno da ave contrariada em busca do olho bom do falastrão que a denunciara? Rodrigo tremia só de pensar, e por isso preferia nunca ter tocado em mulher menstruada.

Quando Rodrigo se acalmou, Ximena havia engolido silêncio o bastante e seu corpo já se desacostumara às fronteiras: queria invadir novamente a pele do outro, dos membros tomar posse. Sem preocupar-se com as imprecações, ignorando-o como de hábito, Ximena esticou-se, a mão percorreu a palha buscando o ventre de Rodrigo. Um safanão interrompeu-a:

— Se afaste, quenga! Você não devia de ter vindo desse jeito assim.

Ximena obedeceu, aceitando a ideia de tê-lo dali a alguns segundos, na pior das hipóteses. Ainda que os temores fizessem Rodrigo não querer tocá-la, seu corpo tinha outras sabedorias, e ele sentiu-se enrijecer. Foi nesse instante, instante em que, refém da superstição, pela primeira vez se obrigara a refletir antes de ceder à febre com que Ximena o acalentava, foi aí então que o pensamento, qual carrapato, grudou-se às ideias de Rodrigo: para honrar o próprio pai, deveria matar o pai da mulher que a ele se oferecia com tanta presteza e frequência. O que o preocupava, naquele momento, era: como poderia possuí-la pouco depois de ter cravado uma lâmina no bucho do homem que a ela dera a vida? O luto roubaria os apetites da moça? Os seus não haviam sido afetados pelo luto do irmão. De tal forma a lascívia, no que se referia a Ximena, desarranjava-lhe o raciocínio, que não lhe passava pela cabeça enredo em cujo desenlace o assassino ficasse sem a amante porque houvesse matado o pai dela.

— Não tô me aguentando, vem pra cá — Ximena pediu, laço na voz.

— Me deixa — respondeu o homem, buscando as calças.

Ximena percebeu que Rodrigo estava realmente contrariado e pensou ser frescura. A tantos já se entregara daquele jeito e nunca das regras homem que gostasse mesmo de mulher reclamara. Ela sentia era até mais e melhor o contato das peles, influência da lua, que em algumas noites também se ensanguenta, diziam as mais velhas. Voltou quieta, caminhando mais atrás, correndo, às vezes, para conseguir acompanhar a passada larga e acelerada de Rodrigo. Ela também contrariada, naquela marcha, porque com as vontades insatisfeitas. A imagem do pai e a obrigação da vingança não deixavam Rodrigo em paz enquanto caminhava depressa, ouvindo os passos de Ximena atrás de si. Eram como um carrapato que sugava não seu sangue, que o tinha bastante, mas a sanidade, que era pouca. Agora a certeza de não tê-la mais, depois que fizesse o que era obrigado — e mesmo queria, não queria? — a fazer, assolava-o. Melhor se desse logo cabo dela também, assim sofria menos. Se continuasse a encontrá-la depois do fim de Gomes, ainda que ela o odiasse e desejasse sua morte, não seria capaz de conter-se, usava a força, se necessário a obrigava. Matar os dois, pronto. Isso resolvia, pois não tinha vontade de disputá-la com os vermes, isso não, se bem que naquela relação tudo fossem novidades, o tempo todo. Vai que a fome e a sede daquilo que só era capaz de satisfazê-lo se proveniente do corpo de Ximena o levassem a cavoucar a terra, a renegar extrema-unção, a encontrar quentura entre friezas e, na rigidez, afago? Persignou-se, olhou para o alto, onde só se via escuridão, e esticou os ouvidos por acreditar ouvir o som do bater de asas. Tresvariava.

Entrou em casa. Tinha fome, mas não se queixava. Sabia que o que havia comido durante o dia era o que a mãe dividira igualmente entre todos; um pouco mais para o pai, que era velho. A mãe já se recolhera. O pai e Inácio conversavam e silenciaram quando Rodrigo passou diante deles, foi à cozinha e retornou. O zunir que vinha do mato, interrompido de vez em quando pelos sons do garimpo que se alastrava pela vila, denunciava o silêncio artificioso: chegariam àqueles ouvidos palavras que não admitiriam desperdício, e Rodrigo sabia serem-lhe destinadas.

Ele não diria nada: em sua garganta pensamento algum era insuflado para ganhar vida naquele instante. Estava certo. O irmão, que carregava uns poucos pertences da cozinha para o quintal, foi quem disse:

— Sabe o senhor que meu irmão tem se embrenhado no mato... quem sabe atrás de caça... por isso vai sempre com uma cadela.

26

A altercação foi violenta e Rodrigo chegou a crer que para transformar o desgosto em punição Diogo seria capaz de superar a debilidade que o afligia. Mas não. Quisesse o pai esmurrá-lo, deixava, e até bem-vindo seria: mais temíveis eram suas palavras, mais cerradas e endurecidas por calos que os nós dos dedos. Depois que saiu de casa, Rodrigo buscou refúgio nos lupanares, com promessa de pagamento futuro. O fiador: a lei imposta pelo coronel. Não pagasse, as mulheres se queixavam e aí haveria de se ver com a ordem. Outra conta a acertar era a com seu irmão, que envenenara a relação dele com o pai. Nos dias posteriores, evitou Ximena. Não baixava a cabeça para o pai, mas provocá-lo não convinha, e além do mais ele mesmo não conseguia entender quais mecanismos insondáveis tornavam-no refém de uma mulher cujo pai ofendera de forma tão grave sua família. Diogo tinha razão em sua raiva. O fato é que a corda que o atava à desgraçada era invisível, ainda que forte, e por essa razão Rodrigo não poderia exigir compreensão; para quem como ele não estivesse sendo comandado pela metade rasteira do corpo, aquela relação pareceria apenas traição.

Sentia-se prisioneiro, e a ausência do corpo de Ximena, após muitos dias, começava a provocar efeitos em seu corpo. Deitava-se na rede, fatigado, e rapidamente o estrídulo das cigarras, de tão contínuo, deixava de se fazer notar. Assaltavam sua cabeça, então, preocupações ordinárias e imediatas, que sem demora se esvaíam para dar lugar, num nível de torpor mais próximo ao da inconsciência, a imagens desconexas, costuradas umas às outras com fio encontrado nos escaninhos mais distantes da memória. Era nesse tecido de pontos e estampas sem padrão algum que, primeiro trazendo deleite, em seguida angústia e vigília pela condição de dependência que denunciava, era nessa mortalha que toda noite Rodrigo adivinhava, destacando-se das figuras indecifráveis, a silhueta de Ximena impressa com fluidos do corpo. Despertava, mas não de imediato. Às vezes, tarde demais, só depois de ter fruído até o gozo as delícias que em sonhos rivalizavam com as que experimentava desperto. Tardava então a voltar a dormir, assombrado pelo sonho. Na manhã seguinte, despertava cansado e dentre todos os pensamentos que mereceriam atenção à luz diurna, para seu terror um ganhava destaque — o corpo de Ximena —, e esse pensamento só o abandonava na próxima noite, durante o sono, tivesse ele sorte. De manhã, antes de as pálpebras, como pernas, de todo se abrirem e de as pupilas serem fecundadas com as imagens que as gotas brancas da luz do dia traziam, a figura insidiosa de Ximena já se formara novamente nos desvãos do espírito de Rodrigo.

O descanso durante o sono era tão pouco quanto o apetite durante o dia. Comia quase nada. Parecia-lhe exigir menos esforço — uma vez a vontade ausente — despedaçar um rochedo com os dedos do que triturar os pedaços de pão na boca. Não comer nutria tudo o que se alimenta de escassez: o luto, a solidão, a saudade, o rancor. O sabor da carne de Ximena era, por isso, evocado em cada fiapo de carne recusado pela boca de Rodrigo e aproveitado pela boca desdentada de Isaldina, que observava em silêncio o sofrimento do filho, mas não o considerava solene o suficiente para justificar desperdício e privação de um naco fibroso e salgado, que excedia a quota a ela destinada e que ela chupava até confirmar que o gosto se esvaíra por completo, para só então engoli-lo. Quando perambulava pela vila repleta de pilhas de pedra e montes de areia retirados do interior das casas, na busca infrutífera por estímulo que o libertasse provisoriamente da compulsão maligna, movia-o na verdade a expectativa do encontro com a mulher, ainda que disso ele não se apercebesse, e o efeito dessa expectativa em seu corpo era fazê-lo sentir-se como se houvesse comido até o fastio iguarias que tanto regozijo provocam na entrada quanto padecimento na saída, os leitões banhados na gordura, as galinhas cozidas no próprio sangue, as pimentas mais picantes, os miúdos do bode. Súbito, uma fogueira se acendia em seu ventre e os ossos ao redor pareciam crepitar, tais os estalos. Nas pernas, porém, a incandescência não se fazia sentir, pelo contrário, um arrepio frio as percorria da cintura aos pés e prenunciava desarranjo daqueles de sujar as botinas, que no interesse egoísta de permanecerem intactas — lustradas não, porque não o eram, eram sujas, mas somente de terra —, para escapar do que sobre elas poderia desabar, conduziam com passadas apressadas seu dono para um mato distante das vistas de qualquer um. Por que aquilo? Rodrigo não atinava, mas era a possibilidade de encontrar Ximena que umedecia as palmas de suas mãos e provocava-lhe a gastura: o órgão em que a paixão se faz sentir é o estômago.

27

Ameaça costuma não falhar, se quem a profere honra a barba que porta. Mas sempre há quando aconteça de. Não consegue o que quer, quem recorre a promessa de murro ou aviso de chumbo, se aquele a quem se quer intimidar em algum trunfo se fia, em algum obstáculo que é maior que a razão ou a raiva que gerou a ameaça e que a impede de ser cumprida. Pode ser um saber valioso: um dedo em mim e todos saberão, fulano há de contar. No caso de Rodrigo, o que o impedia de temer as ameaças do pai — não defendesse a família, nem filho mais era, e aí, na melhor das hipóteses, surra e expulsão da vila — era uma constatação mais antiga que a invenção do assassinato: os laços inquebrantáveis entre pai e filho. Não à toa, Rodrigo o sabia, era dele que se esperava a ação. As responsabilidades desproporcionais que o pai lhe outorgava eram do mesmo tamanho da confiança que nele depositava. Mais se espera de quem mais se quer bem. Ainda que as ameaças o assustassem, era daí que Rodrigo extraía coragem para adiar a execução de Gomes. O pai esticou até o limite a corda. Uma noite, ao seu lado, Inácio esperou na sala a chegada do irmão e, talvez vislumbrando a possibilidade de reivindicar nas preocupações do pai o terreno que sempre pertencera a Rodrigo, cercou-o quando ele retornou. Diogo, que nos últimos tempos permanecera na cadeira, imóvel como um tronco caído, estranhamente assistia à cena de onde antes existira uma cozinha e naquele momento só havia terra revolvida e paredes derrubadas. Isaldina parecia nem estar

— enterrar o primeiro filho a emudecera. Esses desajustes na geografia doméstica — as marcações no piso redesenhadas pelo pai — alertaram Rodrigo de que as personagens arriscavam-se a tomar a sério o enredo do folheto. Inácio logo o confirmou:

— Eu vou resolver o que você é frouxo demais pra resolver — ele começou e, em seguida, como se houvesse ensaiado, acrescentou: — Mas antes você vai deixar esta casa. Se quiser, pode ir morar com a quenga e com o pai dela, aí eu mato você mais sua família adotiva.

Rodrigo preparou-se para saltar sobre ele e fazê-lo engolir dentes e palavras, mas controlou-se. Se reagisse, ajudaria a tornar real a tragédia que eles queriam encenar, em cuja inevitabilidade ele próprio, a pouco e pouco, começava a crer e à qual ainda não se entregara só porque o aterrorizava a possibilidade da perda dos amores de Ximena. Inácio aproximou-se com palavras humilhantes e que não cabiam bem em sua boca inútil, ele que nem para imprecar algum dia fora promissor, e empurrou Rodrigo, instando-o a reagir. Como Rodrigo não se movesse, Inácio seguiu provocando-o com pequenos trancos e socos comedidos, insuficientes para machucar. No silêncio de Diogo, Rodrigo encontrou mais um indício de farsa. Finalmente, para acabar logo com aquilo, Rodrigo respondeu:

— Ninguém vai fazer o que é da minha conta. Eu é que vou abreviar a vida já muito vivida do desgraçado. Mas ninguém aqui vai me apressar. Quando eu achar que é hora, é hora.

Diogo ouviu em silêncio e resignou-se. O que esperava era que Inácio tivesse a coragem de forçar o irmão a cumprir seu dever naquela mesma noite e que se preciso ele usasse a força para obrigá-lo. A cena patética só fez confirmar o que já imaginava: os filhos para nada serviam, nem para a garimpagem infrutífera que, como todos na vila, faziam em casa. Rodrigo era o melhor com o que podia contar, o que só devia de ser alguma sorte de castigo por algo que sua mulher aprontara — filhos como aqueles, melhor não os tivera, nem seus talvez não fossem. Era por causa dessa resignação que Diogo exigia de Inácio e não de Rodrigo que trabalhasse todos os dias na procura pelos diamantes no terreno: para o filho em que mais confiava, a tarefa mais importante, a vingança da honra.

Quando o circo se desfez, Rodrigo acreditou ter garantido o tempo necessário para domar o demônio que o alertava da terrível abstinência que resultaria do sangue de Gomes derramado. Libertado da dependência maligna do coito com a filha do alvo, até poderia matá-lo. Do que nenhum deles desconfiava era que a pequena demonstração de força de Rodrigo, que evitara a armadilha sem demonstrar medo, faria com que Diogo encontrasse o artifício para apressá-lo. Nos dias posteriores, Diogo não abriu a boca senão para, na frente de Inácio, Isaldina ou até mesmo de uma sua comadre, debochar da virilidade do filho, do pavor que ele sentia de Gomes, que tinha o dobro da idade dele e a metade de sua força, e que o levava a borrar as calças. Inácio não tardara, sem atinar para o impacto de arma tão branda, a juntar-se ao pai, e desde então não houve ocasião em que Rodrigo estivesse presente em que um dos dois não disparasse comentário jocoso para a audiência propensa a gargalhar à menor menção do tema. Nas primeiras vezes, Rodrigo retrucou, reclamou, ameaçou e isso fez Inácio calar-se. Calava-se, porém, somente até que a ira do irmão aparentasse ceder à tranquilidade da convivência familiar, quando então outra vez alguém encontrava num gesto banal — a forma de sentar-se, o jeito de segurar o copo, um comentário sobre o serviço — gancho para puxar uma nova provocação. O fato é que, como os dias se arrastassem e a ofensa continuasse impune, motivos não faltavam para que o odor desagradável daquele assunto se fizesse sentir na sala, e tornou-se hábito encará-lo com um humor sempre desfavorável a Rodrigo, uma vez que abordá-lo pelo atalho da violência havia se mostrado infrutífero. O alvo da chacota muitas vezes esteve à beira de reagir, mas um pensamento, sempre o mesmo, impedia-o: "Se não ergui a faca ou o punho para Gomes, que me odeia e nos humilhou a todos, não vai ser pra um do meu sangue."

Agora Rodrigo se sentia duplamente humilhado: por Gomes, a quem culpava pela maneira como a família o tratava e a quem, por isso, odiava mais, e pelos seus, que não lhe davam trégua. Por mais que se embrenhasse na mata, por mais que palmilhasse os caminhos que se afastavam da vila, nunca se distanciava daquela humilhação, como se a houvessem escondido em seu embornal ou costurado à sua calça. Era só um o recanto onde encontrava o esvaziamento passageiro da mente: os morros e vales e regatos e matas e grutas de Ximena. Quando estava a percorrê-la, nem se lembrava de que os outros, Gomes, Diogo, Inácio e até Isaldina, existiam, ou pouco se importava se eles se matassem uns aos outros. Tampouco atentava para as casas do pequeno vilarejo que iam desaparecendo parede a parede. Era Ximena e só. Antes e depois dessa breve jornada ao interior de si e dela, no entanto, afligia-o de maneira pungente a consciência de que aquilo não poderia durar, de que era necessário lavar com sangue a boca suja de Gomes e provar a Diogo que seu filho dava valor ao nome que carregava. Somente durante os poucos minutos de possessão, do primeiro contato de sua pele com a pele da mulher ao instante em que não mais lograva retardar seu derramar-se nas veredas de Ximena, somente durante o intercurso Rodrigo se livrava da influência terrível que todos, até mesmo a mulher que ele penetrava, exerciam sobre ele e que o enlouquecia.

Uma feita, na sala de casa, uma nova modificação nos mapas: a luz do candeeiro reluziu em superfície inédita. Encostado ao oratório, o fuzil papo-amarelo de doze tiros, a madeira da coronha e do cano envernizada e o metal do corpo polido feito moça enfeitada para quermesse. Rodrigo fingiu não percebê-lo e nenhum outro olhar de soslaio mencionou sua presença, nem mesmo quando Isaldina ajoelhou-se para rezar para as estatuetas de barro pintadas à mão, e a curvatura de seu corpo pendendo para o móvel deu ao fuzil, nele também apoiado, ares de devoto que por privação de balas tivesse talhe macérrimo.

Os filhos, ainda imberbes, tinham visto uma única vez Diogo portá-lo. Excitados pela novidade, correram para alcançar o pai pela noite, porém Isaldina interpôs-se entre eles e a porta. Os meninos tentaram permanecer acordados na rede para aguardar o retorno do pai, mas, quando ruídos no quintal os despertaram, eram os da mãe que perseguia uma galinha na manhã seguinte. O pai já saíra para o serviço. Nunca souberam o que acontecera naquela noite, mas repararam no pai espiando com frequência pela janela após o sol esconder-se. Os irmãos pareciam haver apagado a imagem marcante de suas memórias. Rodrigo não. Ao lado do instrumento que se convertera em monólito, os outros faziam suas refeições, riam, sustinham a odiosa galhofa que parecia emanar daquelas paredes, como se aquele indício de mau agouro ali não estivesse, como se nunca na vida tivesse atiçado suas falações de criança. A mãe caminhava de um lado para o outro, empurrando o piso com as sandálias, pelos exíguos ermos existentes na casa cada vez mais diminuída pela busca da pedra que debaixo deles por tanto tempo se escondera, tentando esquivar-se da prole e do homem, neles por vezes dando encontrões, sem nunca, no entanto, com a barra do vestido ameaçar o equilíbrio daquela que aguardava descansando, encostada no oratório, o momento da labuta. Diogo nem um olhar lhe dedicava. O que para os outros não existia, como se a espingarda fosse espírito de cuja visão estivessem livres os desprovidos dos dons que aproximam o círculo dos vivos do círculo dos mortos, para Rodrigo era um sol na penumbra do interior da sala. Ou podia ser que algo antes inexistente se tornara para todos os outros, sem que Rodrigo o percebesse, um dado corriqueiro, um acidente natural. Um chapadão que se erguesse num piscar de olhos nos planos dos gerais e que não causasse estranheza. Não para Rodrigo. A farsa era tão bem executada que ele chegava a desconfiar se o recado, tão óbvio, era mesmo o que ele pensava. Tantas vezes Inácio e Diogo gargalharam das piadas que versavam sobre a covardia de Rodrigo e em nenhuma delas o fuzil fora mencionado como opção para calá-los. Essa omissão contribuía para enlouquecer Rodrigo. O jogo tardava tanto a terminar que parecia ter se colado à vida e a substituído: a encenação transformara-se no normal das coisas. Um dia, porém, Rodrigo não pôde mais conter-se:

— Não preciso de recado — gritou, passando os olhos por todos. — Chegada a hora, o que me é devido eu faço com meu próprio facão. Ou com as mãos, se não tiver outra arma. Se ninguém mais repara nessa desgraça aí encostada, eu dou um fim nela, jogo no rio, enterro, negocio, se ninguém mais vê esse tronco aí jogado, me livro dele, e ai de quem ralhar — disse, apontando o dedo primeiro para o pai, depois para o irmão, cujos olhares não denunciaram temor nem fúria e permaneceram vazios, como quem encara um louco. Os homens abriram espaço para Rodrigo, que arremeteu na direção do fuzil, apanhou-o, cruzou novamente a sala e saiu. Distante de casa e da vila, Rodrigo sentou-se à margem do rio. Sua respiração voltava ao normal. Pensou em arremessar a arma na correnteza para cumprir o que dissera e punir o pai, mas não teve coragem, sabia que era abrir mão de algo que valia tanto quanto uma boa pedra, e nada de valor podia ser desperdiçado em tempos de penúria e devastação como aqueles. Procurou uma ranhura nas rochas da margem onde pudesse deitá-la, porém temeu que ela escorregasse para dentro do rio e preferiu segurá-la. Então se convenceu de que melhor ideia seria mantê-la. Perguntassem, diria que dela se desfizera. Quando Rodrigo voltou, horas depois, da sorte da arma o pai nem quis saber. Mais dia, menos dia, Diogo estava certo, um morto daria notícias de seu paradeiro.

O tempo fugia, mas não carregava os problemas em seu fardo. Ou em seu pequeno baú pouco cabia, e por isso os dias compartilhavam um mesmo estoque de dramas. Rodrigo e Ximena seguiam se encontrando. Um percebia a dependência do outro e se afligia: ela, por desprezá-lo; ele, por ser ela a filha do homem que sua família odiava e de quem deveria dar cabo. Incapazes de dar por si sós o passo necessário para livrar-se da influência um do outro, aprimoravam-se mais e mais em ignomínias que deveriam fazer o atingido sós ser capaz de buscar a companhia do ofensor para castigá-lo e em ofensas que só deveriam ser respondidas com a quebra definitiva do vínculo. Alternavam o veneno supostamente mortal de suas falas com agressões físicas de parte a parte. Ximena, mirrada, machucava-o, mas não com gravidade. Rodrigo, corpulento, na intenção quebrava-lhe os ossos, porém, contra o peso do punho ou a força dos apertões, na execução erguia-se sempre invencível o medo de deixar rasuras no desenho imperfeito do corpo que por meio da lascívia o controlava. Na casa de Rodrigo, o espetáculo burlesco também prosseguia. Ficava a maior parte do tempo ausente para evitá-lo.

Um dia, porém, a abertura do baú revelou uma nova bijuteria Numa tarde em que a chuva ameaçava cair, Rodrigo ouviu de Zé do Peixoto que uma velha senhora, tão ornada de galhos e musgos que aparentava ter surgido da terra e conhecedora dos mistérios, rondava os arredores da vila. Rodrigo fingiu pouco interessar-se, mas conseguiu que o negro lhe dissesse onde ficava a toca em que um viajante a havia encontrado. Então, cambiou o tema da prosa e sustentou-a até que as nuvens parecessem alargar-se o suficiente para justificar a busca de um abrigo. Despediu-se, tomou a direção de casa, mas no caminho desviou e partiu em busca da velha. Após cerca de meia hora de caminhada rápida, avistou a toca e, ressabiado, observou-a sem se aproximar, sentindo as primeiras gotas a molhar seu chapéu. O interior da toca era escuro e na parte iluminada pela luz da porta não havia movimento algum. A chuva apertou e Rodrigo começou a martirizar-se: que vergonha ter-se deixado conduzir por pensamentos de mulher que quer saber o marido que o destino lhe reserva. Não viria de outro mundo a palavra sobre como deveria agir. Quanto mais molhado ficava, mais sentia a vergonha escorrer sobre seu corpo. Pensou em voltar, mas o céu enegrecia e preferiu abrigar--se. Esperou que seus olhos se acostumassem com a escuridão do interior do buraco. Tinha medo. Vivesse ali a velha feiticeira, melhor seria não invadir seus domínios. Rapidamente pôde distinguir o de senho das pedras da parede mais ao fundo e confirmar que o lugar estava vazio. Foi quando sentiu algo tocar-lhe os pés. Num mesmo movimento, virou-se assustado e entrou, afastando-se da porta. Foi então que divisou, contra a luz, a silhueta de um gato. Um medroso, um frouxo, seu pai tinha razão. Deixara-se levar por crendices de fêmea e agora quase se borrara.

A chuva não tardou a amainar. Rodrigo sentia-se bastante infeliz e decidiu voltar. Sobre a ponte, encontrou Zé do Peixoto, que matava o tempo observando a mesmice sempre diferente da água, e juntou-se a ele. Precisava de conversa fiada, de chistes sujos e maledicências vazias, mas o negro não correspondia e aquilo mais ainda o entristecia. Ia sair dali, mas, antes que partisse, Felício apareceu e quedou-se. Estava falador como nunca, mas nada dizia que agradasse a Rodrigo, pelo contrário, fosse qual fosse o assunto, dava jeito de direcionar o gracejo à figura daquele que o ouvia com tanta atenção. Agora Rodrigo se arrependia de não ter ido antes para outras bandas. Era o que estava prestes a fazer quando a boca mole de Felício vomitou o nome que não queria ouvir: Gomes. Agora que o nome maldito viera à baila, se saísse dali pareceria ter algo a temer. Zé do Peixoto, com cuidado, acrescentava às estocadas de Felício as perguntas que poderiam satisfazer a curiosidade de todos. Felício beirou algumas vezes o ponto em que a provocação e a menção à ofensa resultariam em briga, mas foi habilidoso o suficiente para no momento fatal retroceder e sustentar outra conversa até que Rodrigo parecesse se acalmar. Na primeira oportunidade, Rodrigo despediu-se e partiu.

Evitou Felício e Zé do Peixoto nos dias que se seguiram. Sem ter com o que se ocupar, no entanto, não foram poucos os que, ao encontrar Rodrigo, quiseram conhecer os novos episódios da contenda em andamento, como se lessem um típico cordel da peleja de beltrano contra sicrano. Não fosse um assunto tão vergonhoso para Diogo, chegaria a pensar que era o pai quem pedia aos homens da vila que o procurassem e insinuassem que o filho era um medroso. Estava a ponto de enlouquecer. Algumas vezes fora ao local onde escondera o fuzil pensando em atirar contra o próprio peito. Numa delas, acertou o tronco de uma árvore para verificar o tamanho do buraco. O estrago o assustara e o deprimira, não teria coragem. Era um covarde e não podia mais suportar a constatação. A tal nível chegou a sensação de fracasso que, mais do que convencer a todos, a partir de certo momento percebeu que precisava convencer-se a si mesmo, e foi essa consciência da derrota absoluta e da necessidade de uma prova o que finalmente transformou o assassínio em uma tarefa que cumpriria também em seu benefício. Precisava de descanso e pela primeira vez em muito tempo sentiu-se capaz de descansar. Estava decidido: seria no dia seguinte.

28

Dos doze tiros, dispunha de apenas três. Prudência seria conseguir mais cartuchos e completar a arma. Não tinha, porém, convicções para tantos disparos. Não resolvesse no primeiro, temia não ser capaz de puxar o gatilho uma segunda vez. Antes disso, em várias ocasiões, motivado pelas recompensas na estima do pai, invadira-o brio inesperado, e ele tivera delírios de, uma vez fulminado o cão, separar de seu corpo a cabeça para exibi-la como comprovação e atestado de merecimento. Melhor seria ter deixado o passado no início da estrada. Aqueles pensamentos — os que invejavam o proceder cruel dos sertões — eram do passado. Agora Rodrigo não deveria distrair-se com o que já não mais poderia ser, mesmo se a distração afastasse o incômodo nas pernas, que ele tentava não mexer, e o formigamento no ombro em que o fuzil estava apoiado. Temia uma cena ridícula, que, embora pudesse significar o fracasso de sua tocaia e, talvez, sua morte, fazia-o sorrir como um abestalhado: se um cachorro vadio viesse cheirá-lo ou fazer-lhe festas e alguém o visse ali deitado. Não ficavam as casas mais próximas tão distantes do matagal, o casebre de Gomes estava pouco depois da curva. Antes dele, aparecesse o cachorro ou, pior, uma cobra para perturbá-lo, estava adiada a escaramuça. Sorria ao imaginar a cena, como se fosse outro, e não ele, quem se ergueria de surpresa no meio do mato, fuzil na mão, gritando "cobra! cobra!". Se Gomes aparecesse depois do crepúsculo, Rodrigo não poderia mais atirar de tão longe, perigava a escuridão fazê-lo errar, e teria de sair do mato e aproximar-se, o que para a fama mal não faria. Mas arriscar-se para quê? Morto algum conta história, e não seria ele a dizer a Diogo que uma tocaia havia sido armada. Diria que houvera peleja e que ele derrotara — menos armado — o inimigo. Necessitava, porém, de que o outro aparecesse antes de a escuridão se converter em escudo. Para esperar o outro dia, não tinha forças, sabia o quanto exigira a decisão de preparar a emboscada: desperdiçar o quarto tiro no mato, para confirmar mais uma vez o bom funcionamento, ir ao local tantas vezes imaginado, no caminho entre a vila e a morada de Gomes, esconder-se entre os arbustos e o capim alto, que lhe provocava algumas coceiras. Não repetiria o ritual fatídico no dia seguinte, por isso torcia para que Gomes despontasse no ponto mais distante da estradinha. O calor lhe turvava a visão — olhasse para o ponto em que a estrada descia e não podia mais ser vista, parecia que o mundo ondulava, ninado pela temperatura elevada.

A primeira silhueta começou a surgir no horizonte, como se brotasse do solo. Daquela distância e contra o sol era impossível distinguir seus traços. Os músculos de Rodrigo contraíram-se, ele prendeu a respiração e se preparou para o gesto simples — uma flexão do dedo e fogo — à medida que o vulto se aproximava, porém não precisou que ele chegasse muito perto para ver que se tratava de uma velha. Por um tempo difícil de precisar, Rodrigo acompanhou de seu buraco o movimento tedioso dos arredores da vila. Sempre que ouvia vozes ou detectava movimento, passava da excitação assustadora que precede o crime ao medo frustrante de ser descoberto por conhecido que vagabundeasse por ali.

Nada de Gomes. A imaginação, por conveniência, matava sua sede no rio do tempo vazio. Rodrigo quis, primeiro, crer em um sinal, e nessa crença fartou-se: se o desgraçado não vem, danou-se, é porque determinou o destino que ele escapasse; aí a bala faz até curva, atinge o tronco de árvore que dali nem dá pra ver: entre o tronco e o cano, o alvo. Era um atalho para se convencer a desistir da tarefa sem prejuízos para a imagem que tinha de si, porquanto a retirada fosse guiada por pura inteligência, a que sabia ouvir o ditame do destino. Aí, por pensar demais, a razão de ser de tudo aquilo começou a enevoar-se — sumiço de palavra repetida muitas vezes. As questões simples — era sua a peleja? Ainda que fosse, era caso de morte? — esgarçaram-se depressa demais e outras mais difíceis de desfiar ocuparam-lhe o lugar — que diferença se fosse ele o fadado a morrer? Se ele mesmo assim algum dia haveria de morrer, não fosse pelas mãos de Gomes naquele dia, talvez muito mais tarde, mas sempre cedo demais. Se assim era e nunca soubera de quem o contestasse, que satisfações, as do dia a dia, da comida, das mulheres? Que angústias, as do cotidiano, do fracasso, da fome, da família, da desonra? As pernas não puderam permanecer esticadas e o desconforto encerrou o ciclo despropositado: não havia angústia que vencesse coceira ou cãibras. Encolheu e esticou as pernas várias vezes. Durante o movimento, largou o fuzil e aliviou com as unhas compridas as coceiras nas coxas, joelhos e canelas.

Mais alguns minutos haviam se passado. O sol já baixara o suficiente para vencer a aba do chapéu quando o próximo vulto despontou, dessa vez no lado da estrada que levava à casa de Gomes. Rodrigo endireitou-se, fechou um dos olhos, tentou não piscar o outro e apontou o cano para aquele trecho do caminho. Após alguns passos, os contornos conhecidos causaram-lhe calafrios. Não porque os limites daquela mancha — que pouco a pouco ganhava cores, linhas e, mecanismos da memória, também gostos, cheiros e texturas — decretassem que chegara o momento decisivo para sua reputação ou seu fim. Quem sacolejava em palco insuspeitado era Ximena, que voltava do casebre do pai, onde fora levar um tanto da pouca comida de que ela e Vitória dispunham. Rodrigo abandonou a mira, um olho só era pouco para dar conta da sugestão da imagem. Um impulso impelia-o para fora da trilha. Além de arapuca, havia razões para alguém estar no mato ou, se de armadilha se tratasse, quem sabe uma benigna, uma disposta a capturar Ximena não como caça, mas como bicho de estimação — curta a extensão de sua coleira, mínima a área de seu cativeiro, diurnos e noturnos seus hábitos, total sua disponibilidade, sempre pronta a lamber seu dono, prestes a em suas mãos buscar o alimento, apta a entre suas pernas aninhar-se mesmo depois de vergastadas, do estalar do chicote em seu lombo, de satisfazer a contragosto as inférteis necessidades do captor, uma presa capaz de entrega incondicional, de uivos em sua ausência, de urinar-se em seu retorno. Estava ali no mato a esperá-la, ele diria, a esperá-la, ele justificava a abordagem antes que ela se tornasse impossível, Ximena já quase diante dele, rumo ao outro horizonte, ele estava a esperá-la e a arrastaria até o local em que seu corpo já transformara o capim em leito. Havia, porém, a tarefa a cumprir, mais difícil quanto mais adiada, como ele nos últimos tempos comprovara. Como duas forças antagônicas se enfrentassem e a visão de Ximena se diluísse novamente na distância, a inação pareceu menos custosa e o arrependimento, mais fácil de cultivar. Por isso Rodrigo não se moveu, apenas deitou a arma de lado e, com a mão entre as pernas, aliviou-se e nem se deu conta de que seus estertores poderiam ser notados por quem por ali passasse e não sofresse de surdez ou catarata. Quando terminou, uma hipótese improvável subiu ao topo de suas preocupações: e se Ximena retornasse com Gomes? Matar o pai diante da filha arruinaria qualquer possibilidade de deitar-se com ela. Perigava ainda Ximena, munida de pau ou pedras, partir para defender ou vingar o pai de imediato e Rodrigo acabar tendo mesmo de matá-la.

Após longo tempo de desatenção, mais de três quartos de hora, durante os quais muitos homens haviam passado carregando as bateias, peneiras e outras ferramentas que lastimariam a superfície já bastante molestada da vila, quando o sol já raspava o alto da serra novamente um caminhante logrou espantar os dilemas da cabeça de Rodrigo: do mesmo lado em que Ximena desaparecera e que conduzia à vila, surgiu uma silhueta suspeita. Enquanto a cena não se definia, pela décima vez naquele dia ele acreditou ter avistado na curva da estrada o homem que devia matar. Em passos curtos, o vulto se aproximou e ganhou um rosto. Rodrigo estremeceu: era Gomes. Preso ao ombro, o contorno de algo que parecia uma espingarda. Acompanhando o movimento lento do vulto, Rodrigo tentou mirar a cabeça, mas ainda estava muito distante para o tiro. "Tomara que eu não o fira, tomara que o mate no primeiro tiro." De repente sentiu medo de ter de disparar mais um tiro no rosto ou no peito olhando o moribundo nos olhos. Agora já via com nitidez o homem, que

trazia uma pá presa ao ombro, e a serenidade de seu semblante assustou-
-o: parecia-lhe despropositada. Era um desatino da morte não crispar a
testa do desenganado? Cravara o facão no pé de alguma árvore, teria o
corpo fechado? Rodrigo perdia-se em pensamentos enquanto o inimigo
avançava. Melhor seria ter a mente vazia. Por pensar demais adiara tantas
vezes aquela tarefa que, fosse ou não sua, fosse ou não correta, era mais
fácil cumprir que deixar de lado. Isso era o que todos — até mesmo a vítima — considerariam decoroso. Gomes começara a se distanciar quando,
de olhos fechados, no segundo decisivo, Rodrigo fez um estampido ecoar
pelos vales. Ao abrir os olhos, o atirador viu Gomes ainda de pé, mas sabia
tê-lo matado: o decreto proferido pelo cano fora categórico e não permitia
réplica nem aparte, nenhuma correria ou ameaça. Segundos depois, antes
de Rodrigo ter coragem de se levantar, Gomes deu meio passo de lado, a
pá lhe escorregou do ombro e seu corpo desabou.

Rodrigo se aproximou do defunto. Nem na cabeça nem no peito, no
pescoço a bala gravara em cera quente seu brasão. Por alguns segundos
quedou-se admirando-o, nunca antes tivera de matar alguém. Muitas
eram as ameaças entre os garimpeiros, na aparência sempre a iminência de facada ou tiro, mas Rodrigo nunca precisara tirar uma vida. Era
curioso: o calor ainda nem abandonara aquele corpo e Rodrigo já tinha
a impressão de que ele nunca se movera. Não conseguia conceber que
segundos antes um sopro animasse os olhos, que daquela boca ensanguentada palavras, ofensas e resmungos houvessem um dia jorrado,
que os braços que Rodrigo cutucava com a ponta das botas tivessem
até pouco antes vontade de esganá-lo. E agora? Deixar o corpo ali para
que alguém o encontrasse, para que o acontecido se propagasse mais
depressa? Pendurou o fuzil no ombro, abaixou-se para erguer o corpo e
o descobriu pesado, desconjuntado — desejoso de começar ali mesmo
e sem demora a inexorável incorporação à carne da terra? Desistiu, e o
cadáver no tombo ajeitou-se em posição confortável para o sono. Que
corresse depressa a notícia, então. Dali em diante, não havia mais decisão
tão relevante a tomar, e a sensação de que aquele ato traçara uma linha
que não admitia bifurcações tranquilizou-o

29

A primeira coisa a fazer era procurar esconderijo para o fuzil. Não precisou penetrar muito no mato para encontrar tronco podre e oco que cumprisse a função até que ele pudesse voltar para buscá-lo. Em seguida, partiu em direção à praça. Precisava encontrar Ximena antes de a morte do pai tocar seus ouvidos. Essa urgência roubou-lhe a calma recém-conquistada e ele andava aos saltos, quase correndo. Diante do barracão de Zé do Peixoto, um dos lugares a que a febre da busca das pedras ainda não chegara, estava a Botocuda. Ao vê-lo, a índia postou-se em sua trajetória e quedou-se a mirá-lo. O empurrão arremessou-a contra a parede e o baque fez com que o manco fosse à porta do barracão ver o que ocorrera. Na praça, nem sinal de Ximena. Do outro lado, Rodrigo avistou Carvalhal e, sem se preocupar com o inusitado da pergunta, questionou-o sobre a mulher.

— Não faz muito, foi praquelas bandas — respondeu o homem, apontando um dos caminhos que se afastavam do povoado.

Rodrigo nem agradeceu. "Apuro demais, coisa boa não é", pensou Carvalhal, antes de voltar a mascar seu graveto com indiferença. Na mesma marcha apressada, Rodrigo partiu na direção indicada. Duas curvas adiante, quase se chocou com Ximena, que vinha em direção contrária e carregava na cabeça um cesto repleto de mangabas.

O afoito concede poderes, dá ao outro o controle do tempo, e no trato com Rodrigo disso Ximena muito se aproveitava. O escoicear do amante não costumava afastá-la, não temia machucar-se, até gostava, excitava-a a tarefa sempre inconclusa de domesticá-lo. Vendo o estado alterado de Rodrigo, Ximena preparou-se para, com uma palavra fugidia, hesitação fingida ou agressão controlada, meter-lhe a sela. Para sua surpresa, no entanto, Rodrigo com um safanão derrubou o cesto de sua cabeça e, antes que as frutas iniciassem um passeio pela terra, segurou-lhe o pulso e começou a arrastá-la para longe dali. Ela tentou cravar os pés no chão e ensaiar um protesto, mas ele nem ouvira. Ela desistiu e começou a segui-lo.

A resistência inicial de Ximena fez com que Rodrigo se lembrasse do corpo que pouco antes não fora capaz de arrastar, e estabeleceu, nos redemoinhos de seu pensamento, um estranho vínculo entre pai e filha, os corpos de ambos desarticulados e com vocações para boneco de pano, ambos carentes da chama que os fazia vencer a atração mórbida que exercia a terra, e por isso propensos a satisfazer o vício de obedecer somente ao próprio peso. Súbito, porém, o corpo maciço de Ximena se reanimou e Rodrigo percebeu que não precisava mais se esforçar para levá-la. Seu corpo, o realizador do milagre, e por isso a ressurreição inesperada aguçou ainda mais seu desejo: para ser por ele possuído, um outro corpo renegara a morte. Depois de um bom tempo de caminhada silenciosa, num lugar de mato mais baixo e com árvores, Rodrigo conduziu-a para fora da estrada e deteve-se já bem longe de qualquer trilha. Postou-se de frente para Ximena e beijou-a, ao mesmo tempo que suas mãos erguiam a barra do vestido e sem delicadeza afastavam-lhe as pernas. A histérica necessidade de aderir ao solo, que antes a violência extraíra do corpo de Gomes e emprestara a Ximena, agora se alojava, atraída por seus movimentos coléricos, no corpo de Rodrigo, que se desengonçava. Os dois caíram. As mãos de Rodrigo machucavam-na como nunca antes, mas ela não se queixava, no ímpeto inelutável com que ele tentava saciar-se ela acreditava encontrar algo de que nem sabia estar à procura. Fora para isso que, sem o saber, ela tantas vezes o obrigara à coreografia da dissimulação: para tê-lo ainda menos humano. Essa revelação encerrou-lhe a mudez. Primeiro aos sussurros, em seguida aos berros, como se o elogiasse ela cuspiu em Rodrigo o nome dos bichos rastejantes e seus diversos apelidos, uma lista interminável composta de palavras comuns, presentes na fala dos mateiros, e daquelas ouvidas somente uma vez, raras, usadas em outras paragens ou criadas por alguém de palavreado moldado pela ignorância, pela falta de dentes, por algum retardo ou pela bebida, e que dos recônditos de sua memória eram regurgitadas. O furor tapava os ouvidos do homem recém e excessivamente batizado e a ladainha pouco compreensível não só não era incômoda como ganhava tons de incentivo, por isso ele não reparou que o repertório se alterara e designações de tudo que fosse maculado, sórdido, imundo ou enodoado, de tudo que fosse quisto, chaga, cancro, úlcera, tumor, ferida ou câncer eram-lhe pregadas à pele. Entre gemidos, Ximena sem muito esforço repassava diversas das centenas de alcunhas do tisnado quando Rodrigo sentiu-se morrendo como nunca antes e atingiu o limite pela primeira vez. De alguma prodigiosa maneira, transformara-se em oráculo a gruta úmida de Ximena, e era aquele vislumbre de inexistência um anúncio da sentença fatal? Ximena precisou respirar, calou-se, e ficaram assim, peito de um empurrando peito do outro.

Quando se refez, Rodrigo ameaçou se afastar, mas temeu que a separação o precipitasse naquilo que pouco antes antevira no limiar de seu fôlego e de sua força, e por isso prendeu-se outra vez a ela com suas ventosas. Percebeu as folhas, os insetos, os galhos e toda uma vida mínima, quase invisível, colados ao seu suor e à saliva com que Ximena o cobrira. O corpo sujo e o sangue nas mãos e, uma vez saciado, ainda incapaz de inebriar-se com a sede e a fome e a cobiça que ela lhe despertava. Apto, portanto, a toda sorte de infortúnio que só aquela expiação impedia. Era inadiável ser novamente vítima daquela possessão, era absolutamente necessário para afastar a insânia, para limpar com mais poeira e folha e fluidos a mancha que tomava conta do corpo e do entendimento, que advinha da lembrança do assassínio; seu corpo o salvaria se novamente assumisse o controle, se o obrigasse a aceitar a pior injúria, a mais vil acusação, a perfídia travestida de amor, tudo isso apenas para fazê-lo capaz de se satisfazer por alguns míseros segundos. Era preciso que a flacidez de seu totem desaparecesse e foi por isso que Rodrigo, endiabrado, rolou sobre o corpo de Ximena e sobre ela esfregou-se durante o longo tempo entre a expulsão de seus fantasmas e a nova experiência de morte.

30

Ximena estranhou quando Rodrigo, o telhado do céu escuro já todo desenhado, disse ter o que de importante a resolver e abdicou de acompanhá-la no retorno. Na vila, mais janelas iluminadas afligiam a noite do que de costume. Se as pálpebras das casas semidestruídas permaneciam abertas, podia ser que tivessem o que admirar — mas como, se cabeça alguma fazia as vezes de pupila? Ximena estranhou e prosseguiu. Ao chegar à praça, compreendeu o oco daquelas órbitas: quem não estava em casa, estava ali, até mesmo aqueles que para além dos muros não se aventuravam, tivesse a lua iniciado seu curto período de liberdade, por razão de ficar distante de tudo o que a ausência do rei no céu favorecesse. O povaréu na praça era mais um desjeito no suceder das coisas, enfim. Ximena era das que se aventuravam, e como. Não só não reconhecia a legitimidade do astro que só a cegar seus olhos remelentos se prestava como estava pronta a servir àquela que com sua luz baça instituía outras regras. Por isso, na expectativa de ter surgido confusão grande que reavivasse a vila que definhava, não desperdiçou um único passo no trote até onde se concentrava o burburinho.

Fosse só a desordem o que lhe agradasse, decepcionava-se. Súbito, o rumor cessou. Acometera-os surdez repentina ou fora muito bem ensaiado por todos o silêncio que saltou ao mesmo tempo das bocas quando ela se fizera notar? Não só a desordem, mas também e mais lhe aprazia a atenção concupiscente, daí não ter havido decepção e sim uma

substituição de euforias. Ao vê-la aproximar-se, os homens calaram-
-se e afastaram-se, convidando-a sem palavras a achegar-se. Ximena
empertigou-se. Se os dominava, era porque algo tinha de serpente, o
esforço para dar ao tronco sinuosidades impossíveis. O silêncio continuava quando Ximena, em vez dos galanteios a que estava habituada,
recebeu de um dos homens outra espécie de cumprimento. Depois de
outro, então de um terceiro. Logo não restou um único homem que,
vendo o gesto simples do vizinho, não o imitasse: todos baixaram a
cabeça, tiraram os chapéus e encostaram-nos ao peito.

"Na estrada", desataram a falar, "um tiro só", continuavam as frases
uns dos outros, "Gomes", interrompiam, "meus sentimentos", Ximena não entendia, "o corpo já lavado", acrescentavam, "uma tristeza",
lamentavam, "o corpo já lavado e sendo velado", reiteravam, "seu pai,
velado na casa de vocês", explicavam como se apenas o nome não re-
tivesse o vínculo, "seu pai", repetiam, repetiam, repetiam e dela não
se aproximavam senão com as palavras. Uma vez renascido o burburinho, Ximena, por não querer compreendê-lo, não pôde suportá-lo
e correu para casa. Não foi capaz de cruzar a soleira. Detivera-a o
pai, de volta ao lar de onde nunca deveria ter saído, como ela nunca
o vira, penteado e bem-vestido, tal pronto para o casório com Vitória
nunca consumado sob as bênçãos da igreja. Paralisara-a também
uma afronta: deitado com os dedos cruzados sobre o peito, no centro
da pequena sala, ele suportava de velhas que nem conhecia o que da
esposa nunca suportara — choro e lamentos —, enquanto Vitória o
mirava com olhos vazios, secos e tementes não a Deus, mas ao marido.
Pareceu-lhe tão bonito, o pai. A mãe devia de estar orgulhosa do viço
de suas feições no dia de seu retorno, ele assim muito remoçado. Era o
que Ximena pensava quando um auto iniciou-se: no pequeno cômodo,
todos interromperam as rezas, estancaram as lágrimas e desviaram
os olhos do morto para observar sua filha.

O do viver aos homens, tudo o mais a Deus. Vitória, versada no
ordinário da existência, correu para apaziguar a filha, que mirava as
senhoras ao redor do falecido com olhos de que elas o tivessem ma-

tado. O ir-se deste mundo, só a Deus; à mãe cabia ensinar à filha que aquela dor não era maior do que qualquer outra, sabido que o banal da vida era assim: fazer o suficiente com aquilo que a dor faz de você. E o suficiente era não se oferecer em sacrifício em seu altar, posto que o sangue derramado fosse sempre o próprio e o benefício fosse de quem assistia ao ritual que sustentava um mundo já em ruínas — carência só de todos aceitarem.

— A dor que vale sentir é a de amanhã — Vitória soprou no ouvido da filha, enquanto a enlaçava pela cintura com o braço fino e forte e a puxava para um longe qualquer dali.

No dia seguinte, no outro e no outro, repetiria a sabedoria: "A de amanhã." Naquele dia, porém, sentada ao lado da filha no quintal, os sons protocolares da lamentação a escapar outra vez da sala, ela contou a Ximena que não se sabia ainda quem tinha sido. Boato havia de entrevê-ro, imprecação de ofensa, xingo de humilhação da parte de Gomes para Diogo. E só. O pai não era de aceitar pisão no pé, razão poderia ter dado a muitos. Se cada um cujo nome Gomes sujara durante a falação de antes de se deitar fosse detentor de justo motivo, explicou a velha, ninguém nunca saberia a paternidade da bala. Ximena enfim pareceu demovida das demências e dos descontroles da dor, e por isso a mãe a conduziu até o ataúde. A camisa fechada até o último botão naquela quentura não parecia incomodar o pai. Para Ximena, aquilo não condizia com a morte — a pele, pano quarado e passado, a recender a orquídeas. Onde o nosso sangue derramado? Era Ximena tentada pelo desespero. A mãe sabia, por mais que se esforçasse pelo contrário, que a filha, subvertendo tramas ancestrais, pertencia ao clã do pai e não ao seu. A gola alta, por abraçar toda a circunferência do pescoço largo, escondia de Ximena o ponto em que a bala havia comungado com a carne. Vinho algum após o brinde com a dama de negro a escorrer da taça da boca, nenhum fio do nosso sangue a formar corredeiras nas erosões da pele.

Na manhã seguinte, o corpo já servia às necessidades da terra e o corriqueiro dos dias exigia novamente a atenção merecida, quando Ximena gritou com a mãe:

— For quem for, eu mato

Vitória suspirou e, com a mesma expressão que mantinha desde que recebera a notícia — o cenho se contorcendo só por dentro, sem acusar nada nem mesmo para ela própria —, tentou desviar os rumos da prosa da filha. Em vão. Ximena variava vinganças. Surpreendente foi quando o escorrer do tempo, montado na inércia, achou por bem, logo no dia seguinte, instaurar nova rotina em vez de retornar à antiga e, portanto, persistiu na morte. Morte houve. Para desconsolo de Ximena, não a do inominado assassino. Quem passara fora a Botocuda, e quem a fizera passar, ora essa, o Sancho, ele que era o único que dela soía usufruir compreensões e carícias. A filha do finado recém-esquecido nos debates afetou as súbitas desatenções de que ela, por tabela, tornara-se alvo. Só falavam do diabo da índia esvaziada à faca pelo dono do quintal em que ela vivia — os pagos em dia e dizem que todo dia. Comentavam do espírito que por tanto tempo enlouquecera a vítima e, insondáveis mistérios do além, arrumara outro hospedeiro, justo quem?, o macho que para com ela devia de ter rusgas de ciúmes. Aí sucedeu que para aquele crime de antemão esclarecido, cujo autor não se explicava, mas tampouco negava, e para quem a vida parecia seguir sem que tivesse havido o acontecido, sucedeu que o coronel reuniu os homens importantes da vila — uma autoridade nas aparências de comandar, mas também obedecendo — para iniciar o julgamento. Da índia, ninguém sabia dizer, nem o bem nem o mal. Nunca criara caso, nunca pedira ajuda, vivia só em si, sendo. Mais que isso, só com o próprio Sancho, que nem estava presente e, mesmo que estivesse, não ia — raciocinavam — depor pela moça e contra si próprio. Como a conversa sobre a morta não rendia, ameaçando de fim abrupto aquele encontro tão bem-sucedido — a praça tomada, mundão em silêncio ao redor prestigiando —, puseram-se o coronel, depois a autoridade e em seguida os convocados mais velhos a falar de Sancho, que dele muito mais se sabia. O coronel, como não poderia deixar de ser, elogiou o caráter do homem: havia muito era seu empregado e nunca nem fora pego com poeira no bolso que não fosse sujeira própria. Justo, mesmo na injustiça, descreveu um garimpeiro que no passado entregara a Sancho seus instrumentos como pagamento de dívida. Assim se sucederam os discursos. Cada um aproveitou bem o tempo que tinha, raras vezes conseguiam falar e ser escutados tanto assim sem que pilhéria, pedregulho ou assalto de um novo assunto, puxado por um entediado ou necessitado de atenção, viesse interrompê-los. O bem agir seria punir Sancho, mas depois de tantos louvores, de um mais velho ter relembrado sua chegada à vila, outras eras, e sua vida de garimpeiro, as pedras encontradas, os esforços compartilhados até que a gota o impedisse de trabalhar duro e o coronel o presenteasse com a confiança do ofício detestado pelos companheiros, mas exercido com lisura. Depois de tanto falarem, o coronel propôs uma sentença e aguardou que um por um aquiescesse: que naquele caso, a saber, o da morte da índia Botocuda, perpetrada pelo dito seu amásio, o velho Sancho, pois bem, naquele caso culpado só havia um, ou melhor, uma, e havia de ser quem, senão a faca, que sem ela à mão, isto é, na base da mão, pancada machucava e punia, se houvesse o quê, mas não matava, e sendo o Sancho um homem digno do crédito de todos, todos concordavam que era o caso de declarar o veredito de culpada para aquela lâmina e atirá-la na corredeira em parte funda, para que da vila ela se afastasse e fosse cortar ou perfurar em outras paragens. E assim foi feito. Seu Isaías, por semelhança de idade com Sancho e por ainda trazer nos olhos as marcas da emoção do próprio encômio, foi o designado a cumprir o determinado. Pegou a faca, prosternada ao lado dos pés do coronel, com cuidado para não tocar as crostas de sangue escuro, e partiu depressa para o rio escolhido, onde a arremessou.

Rapidamente todos se esqueceram da índia. Menos Sancho, cuja boca ainda sabia a fel de ingratidão: acolhera a mendiga, muitas vezes a esfregara até arrancar a pele e descobrir sob ela não melhor asseio, mas outra pele amadeirada; fizera da índia sua mulher, não para agora e para todo o sempre, unidos pelas alianças, ela era índia, ele viúvo e velho, mas no conforme ele podia, e tudo para o quê? Tudo para ela, na tartamudez tatibitate de selvagem, que poucos compreendiam e ele, mais ou menos bem, tudo aquilo para ela, desatenta às diferenças entre bicho e gente, dizer-lhe que com outro homem da vila havia estado, à força. Sancho lembrou-se do dia em que ela chegara vestindo vergões, roxos, fendas. Embrenhara-se no mato, reminiscências da vida entre os seus, pensara Sancho, enganado. Nada. Sem-vergonhice. Agora que o extravasar da bile o fizera reconquistar o brio e a solidão, havia a raiva diluída na saudade, ou o contrário.

Não só no quintal em que a índia fora enterrada, agora garimpado ao redor da cova, a sombra negra seguia sendo o novo costume. Findo no que interessava ao mais das gentes o episódio de Sancho, o prosear sobre o assassínio de Gomes estava livre outra vez para fatigar as línguas, que mais fatigadas ficaram quando o mistério se desfez: Diogo abandonou o sumiço de doença para declarar a quem quisesse ouvir — também a quem não quisesse, assunto de avantajada importância — que o fim de Gomes fora obra sua, pelas mãos de seu filho, Rodrigo. "Aquilo que herdaste de teus pais, conquista-o para fazê-lo teu", dissera a Diogo no passado um comprador de diamantes do estrangeiro que errava no macho e fêmea das palavras. Aos olhos de Diogo, Rodrigo realizara a conquista. O justo e o correto e o inadiável Rodrigo fizera ao abreviar a vida do ousado, fanfarrão, licencioso e desinfeliz que havia tomado liberdade de ofensas com seu pai diante de outros homens.

31

O pêndulo da vendeta emperrado fazia parar os ponteiros do tempo: cabia a Ximena — Vitória não tinha a gana — encontrar forças para empurrá-lo para o lado de lá. Como? Deixar a memória da carne do pai a secar no quintal em lugar marcado com punhado de sal renovado dia a dia, para que seu corpo ausente e de olhar voltado para o passado virasse estátua e dela exigisse com o olhar fixo a retaliação. Era como carregar morro acima pedra que perto do cume sempre lhe escapasse e rolasse encosta abaixo: o sal que o ódio arremessava, o desejo por Rodrigo varria. E nisso misturavam-se os quereres, alternavam-se as certezas. Num momento, era capaz de apertar o pescoço de Rodrigo até que sufocasse, no outro atinava que para fazê-lo de algum modo carecia montar sobre ele, e aí, danou-se: via-se em lascívias. Sentia muito a falta do pai e maltratava a mãe por achar que ela os ofendia nas sutilezas — onde o pesar pelo finado marido, o condoer-se do penar da filha? Agora, saudadeava até mesmo a bruteza do pai — pancada de morto era carícia. Nos últimos tempos, satisfizera-a o pai muito do sumido, fora de casa, escondendo as chatices na distância, assim tinha mais gosto o fazer tudo o que quisesse. Com o pai morto, o que fizesse era por si e contra ninguém. Assim seja: sem sentido? A dúvida regava as flores malcheirosas que nasciam nas escuridões da gente. Ximena duvidava de si e angustiava-se porque a imagem que a aliviava era a mesma que a afligia: Rodrigo inerte como Gomes. Era encontrar o júbilo no que lacera, algo assim feito o sexo, no mais das vezes, isso de se regozijar com o que maltrata, destrói, macera, como se, do mínimo ato — roer a unha até arrancar a pele — à questão mais vasta — vingar a morte do pai com a destruição do corpo do amante —, tudo na moça fosse regido por essa contradição.

Com o que ela não atinava era a coragem de Rodrigo. No rastreio de uma resposta, só encontrou despistes: o homem que carregaria para sempre nas linhas das mãos resquícios envelhecidos do sangue de seu pai, que era também o dela, uma noite se enfurecera e se enojara por com ela ter se deitado durante as regras. Que diferença havia? Se o sangue que corria em suas entranhas atiçava crendices e o engulhava, como pudera no fim das contas com esse mesmo sangue sujar-se, e por querer, era o que Ximena se perguntava.

Fazia era armar cada lado da contenda que em seu corpo acontecia: algo de lúbrico rompesse as defesas da dor e saltitasse em sua imaginação, punha-se a alimentá-lo, a tocar-se, ia até o mais sujo, o mais inconcebível, o mais capaz de tornar-se obsessão, almejando o esmagamento do exército fraco; por outro lado, regada por alguma lágrima particularmente salgada, uma semente de angústia brotasse, e a partir dela crescessem em seu ventre galhos retorcidos e espinhosos que se estendessem pelo interior das pernas, braços, pescoço, cabeça e cabelos, então se dedicava a prantear o pai desesperada, a experimentar a dor de sua perda com furor, a martirizar-se, arranhava a própria pele, o couro cabeludo, feria o próprio rosto, fazia de si mesma aríete que ajudava a tristeza a derrubar as muralhas do desejo. De um vencedor, ela precisava. De um senhor absoluto de suas vontades, um tirano. A disputa em andamento era o que a massacrava: exércitos de forças inexauríveis devastando o cenário da batalha, disputando terrenos que as patas de seus cavalos, as rodas de suas máquinas de guerra, os estilhaços de suas bombas, as labaredas de seus projéteis ao final teriam destruído. Ximena não se apercebia, mas eram inúteis as alianças de conveniência e as traições. Não alcançava deixar de querer Rodrigo sobre si e sob a terra.

Daquele jeito não dava mais, era como se não fosse mais capaz de pensar, estava enlouquecendo. Começou a ter vontade de gritar, incontroláveis crises de choro, mesmo diante dos outros, sentia-se fraca. Era a morte do pai, costumavam dizer. Mas não foi o que disse a negra que passou e viu em seus olhos desvairados chamas que remetiam a outras esferas. Feitiço, feitiço dos brabos, disse a negra e seguiu seu caminho. Se entendia daquelas artes ou não, impossível saber, mas Ximena, ao ouvir a sentença, recompôs-se, e, impulsionada pelo desespero, partiu para alcançá-la. A velha estacou e, antes de ouvir explicações ou pedidos, desatou a falar do primeiro ovo de uma galinha preta que chocado no sovaco ou numa pilha de esterco gera um capetinha, que assume a forma de homem ou mulher, e então ai do amante que ele escolher, vai se apaixonando a ponto de endoidecer enquanto o serzinho vai sugando suas forças. Tinha visto muito caso desses, ela disse, e para afastar o encosto não teve chá, reza, trabalho, vela, oferenda, faca, bala, veneno, súplica nem fuga. Só o que dava jeito era enganar o demônio e convencê-lo a fazer o que homem algum dava jeito de fazer, com algum artifício convencê-lo a cumprir tarefa impossível. Se ele aceita e tenta, aí sim, feliz seja você, tá vencido, desaparece na hora o sanguessuga. Mas só assim.

Ximena não precisava de muito para crer: só feitiço explicava a necessidade que tinha seu corpo de deitar-se com o assassino de seu pai. De muitas formas a sentença da velha a agradava: para tentar fazer o que ela lhe receitara, seria imprescindível estar com Rodrigo, e, embora ela não quisesse admitir, isso fazia daquele o menos amargo dos remédios. No dia seguinte, Ximena preparou-se para a armadilha: colocou uma corda dentro de um balde, e, carregando-os, procurou o demônio pelas ruas da vila. Rodrigo sentiu um calafrio quando viu Ximena aproximar-se, mas não era homem de fugir. Além disso, afastar-se daquela mulher exigia mais força de vontade do que a de que dispunha. Frente a frente ficaram, ele todo receio, ela toda ódio, ambos muito mais apetite. O ódio costuma ser mais forte que o receio, e por isso Ximena penou mais em conter-se: lembrava do pai e sentia que seus olhos não tardavam a desaguar. Rodrigo reparou. Ou resolviam aquilo, ele nem sabia bem o quê, ela já nem sabia mais, ou o impasse faria crescer, de tudo aquilo que sentiam, justamente o que mais os maltratava, e foi por isso que, sem combinações, que combinações são da alçada da razão, ambos abriram mão do controle e legaram aos corpos o comando, como se estivessem embriagados ou sonâmbulos, e quis o corpo de Rodrigo que o de Ximena não padecesse, que não vertesse lágrimas, não porque dele se condoesse, mas sim porque soubesse que a tristeza nas mais das vezes não predispunha o corpo ao contato cálido de outro corpo, e achou por bem o corpo de Ximena, tendo de optar entre a prostração e a potência, aceitar o abraço que o corpo de Rodrigo lhe ofertava. Colados permaneceram, mas não como quem consola e quem é consolado, os dedos estranhamente delicados de Rodrigo secavam as primeiras lágrimas do rosto de Ximena e faziam-na, ao mesmo tempo, umedecer. Ela se deixava embalar, aninhada em seu peito, mas naquele aconchego já antevia balanços de outra intensidade. Depois de alguns instantes, com muito esforço Ximena libertou-se dos braços de Rodrigo. Temeu ser vista com ele daquele modo e, percebendo-se outra vez sob o efeito de feitiço, decidiu prosseguir com o plano. Como se libertaria, convinha antes premiar-se com as benesses daquele encantamento, e como fizera muitas vezes, sem dizer palavra, fez com que ele a arrastasse para lugar ermo, levando o balde e a corda. Quando chegaram a um sítio propício, pararam e se deitaram com pressa, como quem muito fora privado de alimento ou água. Montada sobre Rodrigo, nos instantes em que os estertores embotavam o juízo, dava para se lembrar do rosto do pai, bonito como nunca, ouvindo calado e parado o choro das carpideiras, e, como o vislumbre a enfurecesse, ela pesava as mãos sobre o pescoço de Rodrigo para esganá-lo, mas a languidez parecia enfraquecê-la e o que trazia intenções de ferir era traduzido pelo homem que sob ela ofegava como propósito de acarinhar.

Quando terminaram, Ximena rolou para o lado e deitou-se de costas, no mato, ao lado de Rodrigo. Esperou que as respirações desacelerassem para pedir:

— Deu uma quentura, traz um pouco de água pra nós — disse e, com o braço estendido, buscou o balde em que antes fizera dezenas de furos e o passou para Rodrigo, que emitiu muxoxos, espreguiçou-se em protesto, mas, como ela não desse sinais de abrir mão do pedido, levantou-se, vestiu a calça e foi atrás do curso d'água mais próximo dali. Ximena sentou-se, enfiou o vestido e esperou ansiosa, atenta ao ruído dos passos no mato. Esperava ver Rodrigo voltar com o balde já sem nenhuma gota, todo o líquido tendo vazado pelos furos no caminho. Burrice dele ou astúcia dela, pouco importava: o que a velha negra havia dito era que, se convencesse o demônio a cumprir tarefa impossível, estava livre de vez do feitiço. Rodrigo tardou a voltar. Quando surgiu do mato, tinha na fuça um sorriso que a desagradava e em sua mão o balde parecia pesado.

— Tá aqui — disse, com a expressão no rosto de quem espera reconhecimento por alguma proeza, e ofereceu o balde a Ximena.

O balde estava cheio. Ximena deslizou a mão pelo fundo e entendeu: Rodrigo tampara os furos com pequenos gravetos. O demônio era astucioso, aquela artimanha só fazia confirmar as sabedorias da velha. Havia outra chance. Para melhor enganar o tinhoso, era melhor disfarçar, por isso Ximena despiu-se e derramou sobre o corpo a água gelada. Rodrigo com a água não se importava, mas, vendo-a daquele jeito, foi logo tirando a calça e achegando-se. Como não conseguira desfazer o encanto, Ximena se sentiu, talvez por conveniência, ainda mais encantada. E, aos corpos molhados, logo colaram-se terra, gravetos, folhas e insetos que tornaram os atritos dolorosos, mas quem ali com direito de reclamar de arranhões, se era decisão deles não parar de ir e vir, ir e vir?

Outra vez desabaram, frouxos. Ximena esperou mais do que da outra vez, deixou que ele ensaiasse um cafuné desajeitado em suas madeixas que pouco se prestavam a permitir passagem a dedos e, quando conseguiu controlar o pensamento, ordenou:

— Agora vamos. Antes, tenho precisão de mais uma gentileza. Eu vou buscar mais água, mas preciso também de levar pra casa um pouco de terra. Você pega pra mim? Pega com essa corda, ó.

Rodrigo ficou parado com ar embasbacado, não quis ser burro de perguntar e nem teve tempo. Ximena já tinha jogado o vestido sobre o corpo e partido carregando o balde. Como fazer para pegar terra com corda ele não sabia, mas foi logo revolvendo o solo para fazer um montinho. Ximena ia apressada e, para não correr riscos, arremessou o balde no mato assim que se distanciou. Agora não tinha saída, o caído aceitara a tarefa e não tinha como cumpri-la, portanto ela se libertaria. Se voltasse e não sentisse o desejo que o feitiço lhe impunha, capaz que desse um jeito de vingar o pai ali mesmo. Com uma pedrada esmagava sua cabeça durante o sexo. Pensou e sofreu, o feitiço ainda ativo, doía--lhe a imagem de Rodrigo morto. Durava pouco, porém, o problema, quando voltasse já veria o demônio enganado. Foi ao rio, banhou-se e voltou correndo. Ao chegar, viu Rodrigo agachado, de costas, mexendo em algo. Por um instante olhou para aquele corpo, que tantos calores lhe despertava, já se considerando livre de seus poderes. Aproximou-se e, quando Rodrigo ouviu seus passos, virou-se. Na fuça, o sorriso ainda mais pronunciado: tinha nas mãos uma trouxa, feita de uma grande folha de árvore, a ponta amarrada com a corda.

— Pronto, tem um bocado. Com o balde era mais fácil, mas deu assim.

Ximena enfureceu-se, era astuto demais, só o matando mesmo para livrar-se daquela dependência.

— Quero mais não essa porcaria! — gritou e saiu correndo dali.

Rodrigo, que até então não cabia em si por Ximena tê-lo perdoado, ficou ali sem entender nada e sem saber o que fazer, espantado com o que considerou ser capricho de mulher.

32

Vingança iminente fede mais que cadáver, daí a vila desgostar que ela tarde. O sabão de gordura animal expurga do homem a imundícia, mas por pouco tempo. Da mesma maneira, por pouco tempo o banho de sangue logra livrar um lugar dos odores de uma vingança não executada, que incomodam os narizes mais sensíveis; bem depressa as tarefas dos homens, no primeiro caso, e as obrigações da justiça, no segundo, fazem brotar suores e peçonhas que empesteiam os ares e tornam notória a necessidade de outro banho. E assim sempre, sem fim. Ximena dispensava lembretes: não pensava em outra coisa. Rodrigo, em suas múltiplas formas, ocupava-lhe os pensamentos. Mas não se abstinham, todos os demais, sempre que a encontravam, de inquiri-la sobre o que sentia, sobre a ausência do pai, sobre Vitória, e cada uma das perguntas carregava consigo, entre a primeira e a última letra, como uma pedra preciosa incrustada num pedregulho, a verdadeira indagação: até quando a morte de Gomes ficaria impune? Os que não gostavam de Rodrigo embutiam na própria dúvida um tanto de insatisfação pela demora e outro de excitação por ser certo que mesmo que a tardança amolegasse Ximena a vingança nunca deixaria de fabricar seus instrumentos. Os que estimavam o assassino e temiam por seu destino ansiavam por resposta que os assegurasse de algo em que não acreditavam — que a força do perdão fosse capaz de sobrepujar a da vingança.

E, como o assunto nunca morresse, aconteceu de Ximena se dar conta de que uma das opções disponíveis a levaria para mais perto do penhasco, enquanto a outra impossibilitaria a existência do que a angustiava — ainda que sob pena de substituí-lo por maior sofrimento. Se ela cedesse e se entregasse a Rodrigo, detinha um corpo que traíra o próprio pai com seu carrasco. Matasse Rodrigo, no mesmo ato honrava o pai e extirpava o apêndice do qual seu corpo estava separado e com o qual todo o tempo queria religar-se. Essa constatação, regada pelo desespero, fortificou-se, e, como o vazio não pode existir, uma obsessão ocupou o lugar da outra. Agora era preciso sem atraso descobrir a melhor maneira de fazê-lo, a infalível, a digna do nome do pai e à altura das expectativas da vila. Ximena pensou inicialmente em matá-lo ela própria. Mas, e se, ao avistá-lo, seu corpo exigisse satisfações e sua certeza se debilitasse, e se seu corpo a questionasse, afinal o que é você, o corpo perguntaria, ela se perguntaria, o que, senão o corpo que você alimenta, por cujo asseio você preza nem que seja para agradar os sentidos de outro corpo, por que lutar contra os desígnios do corpo, por que recusar a satisfação fugaz e inesgotável que só o corpo em comunhão com outro corpo pode oferecer? Não dava. Por isso achou mais garantido encontrar quem o fizesse. A solução correta seria apelar ao coronel. Dias já haviam se passado, porém, e a surpreendente morte da índia obliterara a de Gomes, que tinha muito de ordinária. A morte de Rodrigo, que era jovem e ainda podia trabalhar duro por muitos anos e trazer bons frutos ao coronel caso as pedras reaparecessem, poderia não ser tão bem-aceita quanto a de Gomes. Por isso Ximena achou melhor procurá-lo. Mandou o recado por intermédio de Sancho, e no dia seguinte o coronel mandou chamá-la.

— Não digo que a moça esteja errada — o coronel interrompeu quando ela precisou suspender o apelo para engolir o engulho que lhe subia à garganta ao mencionar Rodrigo morto. — Isso não digo, é de direito a vingança em muito e quase todo o caso. Mas nessa disputa aí tem é muito porém. Eu não vi, mas homens por quem fio o que for viram e juraram, sem excluir nem pôr, que seu falecido pai atirou ofensas que ninguém não é obrigado a guardar no embornal, levar pra casa e esconder dos outros. Seu falecido, Deus o tenha, disse palavras pesadas a Diogo e emendou uma gusparada na cara dele diante de todo o garimpo. O que Gomes esperava? Ou Diogo ia embora com a família daqui ou cobrava o respeito. E cobrou.

— Eu vi o corpo de meu pai no catre. Os braços que carregaram tanto cascalho pro senhor ali estirados, as mãos que entregaram diamantes pro senhor ali duras que nem pedra...

— Gomes era um homem bom, sempre me serviu bem. — O coronel levantou-se, deu a volta na mesa, achegou-se a Ximena e abraçou-a, uma mão a acariciar seus cabelos e a outra, sobre o vestido, segurando-lhe a cintura. — Entendo seu sofrimento e, modo de aliviar a ausência de Gomes, posso prometer ser um pai pra você a partir de agora.

Ximena aninhou a cabeça no ombro ossudo do coronel.

— Agradeço a bondade, senhor, e aceito. Mas é por isso, dou minha palavra, o senhor vai me compreender, é porque aceito sua bondade que careço de dizer o que vou dizer: do jeito que defendi meu pai, defendo também o senhor. Se um cabra qualquer mata um homem bom e que o senhor preza, como o senhor mesmo disse, e não é punido, vão dizer que o coronel não defende aqueles que estima. O que não é certo nem direito. E mais hora menos hora um valente pode se apiedar de mim e de minha mãe, duas infelizes sem nada nem ninguém, e assumir o dever da justiça. Danou-se, vão dizer por aí que outro fez o que o senhor devia de fazer.

A mulher tinha razão. Quase convenciam o coronel a verdade sinuosa daqueles argumentos e a pressão certeira dos peitos da moça sobre seu peito. Era pouco o que cedia, de fato. Rodrigo era bom garimpeiro, mas de que valia, em terra esgotada?

— Como eu disse, esse caso de seu pai não é questão de lei, mas de justa inimizade, porque razões houve da parte de cá e da parte de lá. Não proíbo que uma filha vingue o pai. É o certo. Mas não é minha a disputa. Se eu resolvo, sou injusto com um dos meus homens e sua família, que teve seus motivos pra puxar o gatilho. Tanto de um lado como de outro. Se você encomendar a cabeça de Rodrigo, não vou permitir que ninguém abra a boca pra dizer que foi crime. Isso eu lhe apalavro.

Enquanto deixava a casa, Ximena lembrou, nome por nome, dos homens da vila. Muitos descartou de imediato por velhos, fracotes ou próximos da família de Diogo. Achando quem aceitasse a encomenda, o que oferecia? Nisso o nó. Nenhuma riqueza tinha, nem animal ou colheita vistosa, ela e Vitória viviam com o pouco que conseguiam arranjar. A seu favor, apenas, o movimento natural que faz tudo tender ao conflito. Como as da cheia e da estiagem, a certeza de que nada escapa de despencar. A paz custava caro, a violência muito pouco. Disso, não assim dessa forma, ela sabia, todos sabiam, ensinavam-nos o esbarrão involuntário que se transforma em briga de faca, a palavra interpretada do avesso e que dá à luz a réplica afiada, a facilidade com que faísca atiça os ânimos porque os homens são afeitos ao incêndio. A tranquilidade é uma conquista; a cizânia, um presente encontrado ao acaso. Uma é rara, delicada, cheia de caprichos; a outra, daninha, de qualquer solo ou clima, muito dada. Era essa que Ximena plantava, e por isso a dificuldade de encontrar homem que aceitasse empunhar a arma em seu nome era do mesmo tamanho da certeza de que o encontraria.

— Troco de quê? — questionou Pedro, vulgo Macaco, retorcendo a cara, quando Ximena depois de muita prosa despropositada finalmente fez a proposta: que matasse Rodrigo.

— Ora, a troco de... — e aí Ximena enrolou-se. Primeiro na conversa, que se encheu de volteios, de titubeios e tropeços típicos de quem solta palavras que se esfarelam tão logo saem da boca, tão desprovidas de qualquer liga. Enrolou-se na conversa, primeiro, e, para desfazer esses nós que amarravam sua fala, de propósito passou a enrolar o próprio corpo: foi devagar dando ao tronco astúcias de laço. E Pedro, no início desconfiado do teor do que a moça lhe propunha, menos e menos atinava para a lenga-lenga e mais e mais era hipnotizado pela ladainha muda e sinuosa que o corpo diante de si proferia. Ximena não agia na ingenuidade: se o serviço fosse feito, dava o prêmio desejado. E sem dizer o que deveria ser dito permaneceram, a moça e o homem que, ela intuía, tantas vezes a homenageara relegando umas ralas contribuições à continuidade da espécie ao pano imundo da rede do quarto. No amolecimento do cenho de Pedro, Ximena percebeu que acertara. Logo de cara, encontrara quem aceitasse a encomenda.

— Feito, mas quero tu é agora — Pedro exigiu, para surpresa de Ximena.

— Não, pagamento só depois, pra tudo é assim.

— Então faço não, pois vai que morro? Ou mato e tenho que fugir da vila? Aí aproveito nem hoje nem nunca. Assim não dá não.

Que hora para um jumento daqueles descobrir a esperteza, pensou a moça. Não é que tinha juízo, o paspalho?

— Pois bem, então tem que agir rápido. Hoje à noite, mais tardar amanhã você mata o infeliz. Se for assim, deito com você é agora.

E os dois então se afastaram para o mato e Ximena ofereceu a Macaco o que ele tanto quisera ter e, quando o teve, com tudo aquilo não soube lá muito bem o que fazer. O homem desengonçava, errava, tentava uma, duas, três vezes até que ela se irritou e assumiu para si a tarefa normalmente desnecessária de ajudar a natureza. Mal o homem começou a resfolegar e Ximena foi assolada pela constatação: aquelas mãos desajeitadas que tentavam segurar-lhe o pulso e o pescoço empunhariam a arma que daria fim àquele cujas mãos sabiam como transformá-la em marionete de uma maneira que outras nunca haviam chegado perto de conseguir. Nem bem concluída a primeira safadeza proferida pela boca baforenta de Macaco, e Ximena já ouvia as vantagens mentirosas que em breve aqueles perdigotos contariam: venci em duelo Rodrigo, filho de Diogo, para vingar Ximena. Era árido o terreno no corpo de Ximena cedido naquele acordo — situação inédita, pois se irrigava com facilidade — quando o homem exigiu muito mais em troca da morte. Ela virou-se, contrariada, e aceitou a dor que o atrito lhe causava como um espelho da dor que a lâmina ou as balas provocariam ao penetrar o corpo de Rodrigo.

À noite, Ximena carregava o corpo dolorido e nenhuma boa lembrança impressa nos hematomas, ao contrário do que ocorria quando Rodrigo munia-se de brutalidade para encontrar satisfação. Agora era distinto. Era dor que maldizia o fornicar, algo que ela nunca experimentara. Na manhã seguinte, correu para a praça e foi direto à farmácia, que estava às moscas.

— Tudo bem, seu Carvalhal?

O homem contornou o balcão e veio atender mais de perto a moça que nunca lhe dera trela.

— Bão. A senhorita e sua mãe?

— Bem também, agradecida — Ximena respondeu e saiu.

Carvalhal, sem entender a razão daquela prosa, voltou ao seu lugar, onde não tinha nada a fazer, já que não possuía mais o que vender. Ximena decepcionou-se: tivesse Pedro matado Rodrigo durante a noite, a notícia já teria corrido. Tinha de ter calma, era exigir demais de um abestado daqueles que fosse tão bom matador. Rodrigo não era fácil de encontrar e ninguém seria louco de invadir a casa de Diogo para meter uma bala num de seus filhos. Capaz de não ter havido oportunidade. Era caso de tocaia, era matar sem que o morto chegasse a ter tempo de saber que tinha morrido, ela ruminava. Como não havia com o que se ocupar, a espera tornou-se custosa, e ela perambulou pela praça, percorreu a vila, foi e voltou de lá para cá, de cá para lá, mas sem nunca se afastar demais para não estar longe das boas ou más novas quando elas fossem anunciadas. A vida, no entanto, não era causo contado à noite ao redor da fogueira, em que há urgência de acontecidos para evitar a praga de bocejos. Quem não aprecia o ocorrido comezinho, que se una às polícias ou aos bandoleiros, que esses têm traquejo para chicotear o lombo do tempo, não conte, o ansioso, com um Pedro Macaco qualquer. Ximena angustiou-se. Não ouviu notícia alguma, nem viu nenhum dos dois homens nesse dia. Nem no seguinte.

No terceiro dia, quando chegou à praça, avistou Rodrigo, que logo desapareceu por uma viela. Desconfiada de que o acordo tivesse malogrado, decidiu buscar Pedro Macaco em casa. Sabia para que lado da vila se situava, para além da ponte, mas não exatamente onde, e teve de bater para pedir orientações. Nos quintais e por detrás das portas abertas, crateras, imensas pilhas de pedras, ferramentas espalhadas, homens remexendo o solo, salas, quartos e cozinhas transformados em lavras. O telhado de palha de algumas casas havia sido removido para que a luz do dia facilitasse a procura pelo que poderia ser a derradeira pedra. Após algumas tentativas, Ximena encontrou quem conhecesse o caminho e se dispusesse a indicá-lo: bem perto, logo ali. O terreno em que se erguia o casebre parecia ainda mais devastado que os demais. De longe, Ximena gritou, mas não ouviu resposta e teve de se aproximar. Próxima à porta, ouviu o chocalhar do cascalho na bateia e, ao espiar o interior, viu Pedro Macaco trabalhando. Ele ali cavoucando, em vez de estar buscando cumprir sua parte no acordo. A raiva fez com que ela gritasse seu nome e o susto fez o homem deixar cair a bateia.

— Pra que chegar desse jeito, meu Deus? Que diabo tu quer aqui?

Ao ouvir a voz pegajosa, um insulto chegou a tocar as costas dos dentes de Ximena, e ela o engoliu, pois dependia daquele jumento.

— Quero só é saber se você vai ser macho pra...

— Tu não me insulte, tu não mangue de mim...

Pedro Macaco levantou-se e, esfregando as palmas das mãos uma na outra para livrá-las da poeira, aproximou-se.

— Insulto é você ganhar o que quis e não pagar o devido, isso sim.

— Que pagar o quê, melhor é tu ir embora daqui... passa, passa, não tá vendo que tô ocupado?

— Vou coisa nenhuma, seu cagão. Você tá é com medo... bem que eu vi que você era um frouxo e...

O murro arremessou para dentro da boca o restante da frase.

— Vai logo, antes que eu mate é tu! — Pedro Macaco gritou, aspergindo baba na mulher, que ficou no lugar, uma mão sobre o rosto que queimava, a outra apoiada no batente para que a tontura não a fizesse desabar.

Estivesse vivo Gomes, Pedro Macaco sabia, não tinha coragem de tratá-la daquele jeito. Agora Ximena e a velha Vitória eram de homem nenhum, ninguém por seu bem-estar podia interceder, e boatos diziam que o coronel não mais se importava com a vila em ruínas e que preparava a partida para um lugar onde era dono de outras riquezas. Macaco achou que a moça não tivesse condições de ir embora e estava em vias de acudi-la quando, para sorte da reputação que nunca tinha tido, ela virou-se, emendou passos trôpegos e, assim, evitou que ele tivesse de voltar atrás na violência.

Doía muito o lábio aberto de Ximena, e dele parecia que uma pequena pétala escarlate brotava. Mais doía a vergonha. Como se sentisse fraca, não sustentava ódio que se dividisse em dois: dedicasse-o ao pulha, imediatamente deixava de pensar em Rodrigo, por quem sentia um ódio distinto e que lhe exigia, com muita concentração e algum esforço, contrariar as próprias pernas; não vigiadas, elas carregariam o restante do corpo em sua corrida atrás do assassino com intenções de provocar sua morte, mas uma morte fugaz, que durasse só os segundos do gozo. Foi da junção do pensamento em Rodrigo e do latejar do lábio ferido que veio o estalo: o homem certo era o velho Sancho. Lembrou-se do dia em que a índia, toda machucada, dissera que Rodrigo a tinha violado. Dissera a seu modo, emendando nomes e gestos, apontando para os arranhões, e Ximena na ocasião não se interessara muito pela conversa confusa, só pensava ela mesma em deitar-se com Rodrigo e isso conferia ao devaneio da índia um ar de boa fortuna, de sonho realizado. Rodrigo várias vezes, em tom de pilhéria, o confirmara. Diziam que Sancho, depois que matara a amante, vivia sorumbático. Para tanta facada, só no amor havia motivação, seja pelo seu direito, seja pelo seu avesso. Daí o plano: ia contar ao velho o malfeito de Rodrigo. Para convencê-lo a pegar em armas, ela pensava, bastava exagerar a contundência do balbucio da índia e pregar à raiva do corno — oxalá ela transbordasse — a sua própria dor pelo assassinato do pai, de quem Sancho não era amigo, mas com quem também não tinha inimizade, o que, em vila de garimpo onde a raposice era a regra, já predispunha à cumplicidade.

Ximena foi dali para a casa de Sancho. Ele, que abandonara as ferramentas depois da morte da Botocuda, estava deitado numa rede estendida entre as duas paredes de um cômodo que haviam resistido à vã procura pelas pedras. Dormitava, e só quando a moça se aproximou ele despertou com o ruído dos passos no cascalho. Sem ter olhado para Ximena, abanou o braço ordenando que ela se fosse.

— É que eu queria só falar de um acontecido antigo com a senhora sua índia, que Deus a tenha.

Sancho virou-se e olhou para Ximena, que tinha a cabeça baixa e os dedos entrelaçados sobre o peito, postura de quem rezava ou não sabia o que fazer com as mãos. O velho tinha expressão terrível, os olhos difíceis de distinguir sob as sobrancelhas peludas e as pálpebras vincadas e escuras, cara de quem não tem mais ligação com o mundo dos homens, a índia esticara as canelas e deixara como herança para seu senhor, antes muito do ajuizado a ponto de merecer distinção do coronel, a índia escrevera com seiva em uma folha de árvore a modo de testamento que legava ao seu benfeitor toda a sua doidice? Ximena teve medo daquele silêncio e se preparava para correr dali quando Sancho falou:

— Então diga logo.

Autorizada, ela teceu seu relato, e mais bem-feitos eram os pontos e mais exata a contagem porquanto fosse aquele tear movido por verdades — as violências de Rodrigo contra a índia e seu pai — e seu tecido apenas discretamente bordado com enfeites inventados por ela. Sancho endireitou-se na rede para ouvir com mais atenção: o que a filha de Gomes lhe dizia arrancava de seu corpo as lâminas de culpa que ele mesmo havia se cravado, por não estar certo de ter agido com justiça. Quando esmaeceu a névoa que cobrira seus olhos enfurecidos naquele dia impossível de esquecer e ele pôde ver o corpo estragado da companheira bruta e doce, desde então o dilacerara a dúvida: e se nada houvesse se passado e o ciúme não tivesse razão de ser? Culpado daquela tragédia não era ele, culpada não era a pobre da mulher, o criminoso era o sem-vergonha que havia tocado, e à força!, aquilo que não lhe era de direito, matava o lazarento, matava o infame, matava o velhaco, ah se não matava.

— Chega, carece dizer mais nada — Sancho interrompeu. — Deixe estar que resolvo.

— Deus lhe pague, seu Sancho, Deus lhe pague.

Sancho levantou-se, derramou a água do balde sobre a cabeça, esfregou o rosto e ajeitou os cabelos. Dali foi direto procurar o coronel, que o recebeu imediatamente. Explicou a demanda a ele, que fingiu comover-se com o caso da triste morte da índia causada pelo filho de Diogo, e, como havia prometido a Ximena, não fez objeções. A sorte da vila arrasada já não lhe interessava, preparava sua partida às fazendas próximas do litoral naquela mesma tarde. Antônio já se fora com a maior parte da família. Não convinha, porém, abster-se por completo enquanto ali estivesse, precisava dos ares de autoridade por mais algum tempo, e por isso, após reafirmar que a demanda era justa, ordenou a seus homens:

— Procurem Ximena e a tragam aqui.

Em menos de um quarto de hora, a filha de Gomes estava na sala.

— Ximena, me ouça bem. Se a desgraça uniu vocês dois, vocês dois vão atrás de afastá-la. Eu tinha dado a palavra, disse que ninguém impedia, e ninguém vai impedir. Mas eu não posso deixar de aconselhar: se um dos dois, Sancho ou Rodrigo, morrer, e eu só posso torcer pra que não seja o homem valoroso que está aqui, o sangue derramado é da sua conta, você que pediu. Mulher tem esse dom, faz matar quando quer, quando precisa... Silêncio, não interrompa. Por isso vai ser assim: vença quem vencer a peleja, escute bem, a partir de agora é coisa sua e de Vitória... É assunto encerrado pra mim e pra todos. Entendido?

— Sim senhor — Ximena respondeu resignada.

— Então podem ir.

Ximena partiu, angustiada porque dali a pouco sua vida estaria ou nas mãos daquele que matara seu pai ou nas do homem que extrairia a vida do corpo do qual seu corpo tanto dependia.

33

Silvério persistiu até destruir o piso e as paredes dos cômodos, mas não encontrou diamantes. Enquanto se preparava para iniciar o serviço na parte de fora, reparou que nos quintais próximos havia montes de cascalho e ficou surpreso ao ver que alguns vizinhos também garimpavam seus terrenos. Sentia-se fraco, e por isso era merecida a pausa para espiar a movimentação que afastava da vila a tranquilidade e atraía a prosperidade. Deviam tê-lo visto e seguiam-no. Era o justo, uma vez que de todos ele era o único a trilhar o caminho da devoção. Talvez fosse só mais um sintoma da debilidade, mas Silvério sentiu-se contente e disposto ao ver aquilo. Saiu em caminhada e observou mais de perto a labuta dos homens em suas diferentes tarefas: uns marcando o solo, traçando planos de explosão, outros com a cabeça a despontar dos buracos, alguns ensinando mulheres e crianças a identificar no meio do entulho uma pedra promissora, os mais apressados botando abaixo as paredes que estivessem entre eles e o sonho. Era o certo — tudo tem o seu tempo determinado, e há tempo para todo o propósito debaixo do céu. Quantas vezes ele repetira essas palavras e nunca elas pareceram mais adequadas. Tempo de derrubar e tempo de edificar. Tempo de espalhar pedras e tempo de ajuntar pedras. Coubera a ele ser o instrumento por meio do qual a palavra haveria de se espalhar pelo coração dos homens. Seu exemplo levara-os ao pó, que ele via subir cada vez que a pá trabalhava, e ajudara-os a chegar à resposta do enigma em tempo de fome e miséria: o sopro de vida dos homens se dirige para debaixo da terra, como o dos animais.

Perdido nesses pensamentos, Silvério afastou-se mais ainda. O cenário não mudou. Como uma praga, a esperança se espalhara, e os homens, sem trabalho havia muito tempo, empunhavam as armas que feriam suas até então intocadas vidas domésticas. Ignorando o mal-estar causado pela fome e dele extraindo forças para o encadeamento surpreendente de visões, Silvério acreditou-se vetor de milagres. Marchava sozinho, mas sentia atrás de si a presença invisível daqueles descrentes, antes condenados à morte e agora guiados à salvação pelo exemplo com que Deus o inoculara. O homem predestinado via em cada lar a ponto de virar ruínas, e, por isso, prenhe de diamantes por descobrir, a manifestação de um prodígio. A cada telhado que desabava, a cada parede que cedia, a cada muro que encolhia, maior o júbilo, pois era como se o fluxo dos dias tivesse se invertido e o vilarejo pouco a pouco se desconstruísse — indo nessa direção, avançaram para o início de tudo, quando a maçã ainda não fora mordida. Maculava a epifania a ausência de qualquer aceno, de algum bom-dia, de um simples sorriso que retribuísse a bênção que ele lhes concedia, mas não o suficiente para que Silvério interrompesse o passeio ou se dedicasse a notar as paredes do ventre oco querendo colar-se. Como podia reclamar se, movidos por seu exemplo, empenhavam-se de tal modo na tarefa a ponto de não erguer as cabeças, de não dar às mãos nem a folga de um cumprimento? O que não pretendia, depois de descobrir a polinização em curso, era abandonar aquele jardim de diamantes e voltar ao trabalho. Isso não. Mais valia sua presença pronta a inspirar quem quer que fraquejasse. E, servo, arauto, discípulo, quem era ele para comparar-se, mas até mesmo o Senhor não tirara após seis dias na lida um pequeno cochilo? O diamante podia esperar, estaria sempre ali, enterrado pela Própria Mão a poucos palmos da superfície no terreno de Silvério.

Parou diante da propriedade de Mariano. Da casa pouco restava, no solo revolvido apenas algumas das linhas da antiga planta, como se alguém que ainda sonhasse construí-la a tivesse desenhado para facilitar o trabalho. Após alguns minutos espiando de longe, prosseguiu. Ladeando o terreno de Diogo, casas em variados níveis de destruição: uma quase intacta, apenas um furúnculo em uma das paredes a denunciar que seu destino decidira não muito tempo antes; outra mais carcomida, a parede que dava para a viela completamente derrubada, como se seus moradores quisessem com astúcias teatrais exibir as entranhas de um lar para os passantes. A ainda intocada casa de Diogo, por contraste, parecendo maior e mais bonita — vaidade, e é certo que Deus não ouvirá o grito da vaidade. Retomou a marcha. No quintal de Sancho, uma árvore cujo verde se destacava e ao redor dela muitos arbustos arrancados, a área em processo de limpeza para o início da procura. Das bordas para o centro, o esfarelamento de tudo o que haviam erguido os primeiros garimpeiros diminuía gradativamente, mas em algumas casas ao redor da praça os sintomas da busca pela pedra já começavam a despontar na forma de homens mirando detidamente os pés, sob eles a terra e — não mais com os olhos, mas com a mente entorpecida por delírios de fartura — sob ela as rochas.

O passeio durou esse dia e outros três, ao longo dos quais Silvério recebeu pedaços de pão e punhados de farinha dos que se compadeciam do maltrapilho que tinha o olhar bobo de quem via o mundo do avesso — na pobreza, a bonança, na destruição, o progresso. Silvério retornava ao que fora sua casa somente para dormir. No quinto dia, concluiu que sua missão exigia novo exemplo, para que não esmorecesse no coração dos homens a crença na existência das pedras. Foi por isso que retomou o trabalho ao qual não era muito afeito, uma vez que era destinado a outros, de cunho espiritual. No pátio diante das ruínas, retirou a areia com a pá até tocar a pedra e com a picareta começou a abrir buracos. O movimento repetitivo se coadunava com a ladainha que tornava o tempo cíclico, e por isso menos fatigante. Os buracos já ultrapassavam a cerca de estacas apodrecidas e avançavam pela rua. O sol começou oblíquo, iluminou de cima a calvície franciscana, tornou-se oblíquo novamente e começou a deitar-se atrás da cortina de serras quando a ladainha foi quebrada: a euforia produziu uma ruma de palavrões e louvores, uma confusão de nomes de santas e de quengas. Um diamante nascera na vila! Que passassem de longe charretes, burros, alpercatas. Um diamante ainda desbotado havia iludido a miséria, rompido a superfície pedregosa. Que fizessem completo silêncio, paralisassem os negócios, Silvério dava garantias de que um diamante nascera. Ponteado, minúsculo, feio, mas um diamante. Havia furado o terreno, a descrença, a escassez. Mais que vendê-lo, era preciso espalhar a boa-nova, exibir aos homens aquele milagre, por isso Silvério abandonou as ferramentas e, fazendo do encontro de indicador e polegar um andor, saiu a caminhar. Nas pausas entre cada oração, exortava todos a contemplarem o prodígio. Treinados em notar a presença das pedras, como se elas exalassem cheiro que nariz de garimpeiro detectasse, os homens atestaram ser verdade o que o louco de rosto coberto de terra anunciava, e por isso largaram as ferramentas e seguiram-no. No início um, depois outro, logo um pequeno grupo, primeiro sem saber exatamente a razão, apenas hipnotizados pela partícula débil, mas que exercia atração irresistível sobre a cobiça, depois ansiosos por saber onde estava o garimpo que ainda não havia secado e que poderia salvá-los, o grupo foi crescendo e Silvério não dava sinais de reparar, continuava a marchar de braço erguido entoando confusas palavras e ignorando as perguntas, "onde? é pra lá que estamos indo? em sua casa?". A paciência era pouca e a curiosidade, muita. Quando o primeiro a exaltar-se ameaçou apoiar a mão no ombro de Silvério para exigir uma resposta, outros mais prudentes acharam melhor não melindrar quem estava generosamente a guiá-los e seguraram o apressado. A procissão de encardidos prosseguia, percorria rua após rua e alongava-se, alongava-se, como se ao serpentear se alimentasse do desespero dos pobres. Quando não havia mais casa a visitar, Silvério finalmente entrou na praça, onde dois homens faziam sobre um palco improvisado estripulias para um público que, com a chegada do cortejo, finalmente teve algo interessante a que atentar. Silvério os guiou, agora muitos, através da praça e em direção ao mato, para alívio de todos. Finalmente o tantã que tanto os fizera caminhar à toa ia mostrar-lhes o sítio onde encontrara o diamante. Para decepção geral, no entanto, depois de alguns metros na trilha estreita, que obrigou a serpente a adelgaçar-se, porquanto não comportasse de lado a lado mais que dois ou três homens, Silvério virou à direita numa bifurcação que os devolveria à praça. Não se pode dizer em qual deles os pensamentos se formaram primeiro, "não há garimpo nenhum", "é tudo loucura do crente", "só tem esse diamantezinho aí mesmo", mas quem tomou a iniciativa foi o homem que caminhava pouco atrás e empurrou outros dois antes de saltar sobre Silvério e esmurrá-lo no rosto para que soltasse a pedra. Silvério preferiu segurá-la firme a defender-se e caído começou a sangrar no nariz, atingido por repetidos socos, e na mão, que se feria nas arestas da pedra. Também os demais perceberam que era melhor ter aquele diamante que nenhum. Passaram a chutar indiscriminadamente o homem que tentava roubar a pedra e também Silvério, que, atingido no ventre, no rosto, nos testículos, no queixo, só o soltou quando uma rocha pesada afundou-lhe o crânio. O primeiro agressor já havia rolado e tentava resistir aos que, esquecidos do objetivo da briga, ignoravam o diamante já com novo dono e preferiam ir até o fim na peleja antes de iniciar uma nova. O segundo dono tentou correr depois de retirá-lo da mão ensanguentada de Silvério, mas, como um galho que crescesse acelerado, uma perna brotou em seu caminho e ele tropeçou. Com o tombo, o diamante rolou pela areia e o dono do galho acocorou-se, revirando a terra com as mãos, desesperado, ignorando que num átimo as costas a serem atingidas por pontapés seriam as suas. Vagalhão que desce a serra depois de tromba-d'água ou vendaval em dia de tempestade, a turba se deslocava pela mata arrasando plantas e pessoas. Os que vinham mais de trás, lá do rabo da cobra que ia perdendo partes do corpo pelo caminho, nem sabiam bem ao certo o que se disputava, mas, se tantos que viviam exatamente como eles, que sofriam da mesma forma e tinham os mesmos anseios, se todos eles brigavam, seria certamente por algo que lhes interessaria. Ademais, quem se distraísse era alvo de pisão, pernada, murro ou facada, melhor ter sempre a iniciativa. Fugir, poucos fugiram, foge quem tem algo a preservar, não muitos dali. O corpo de Silvério e dos outros que haviam tombado eram esmagados pelos que brigavam ou pelos que corriam para alcançar a briga, e o peso das passadas os empurrava mais e mais para o ventre aberto da terra, estreitavam os laços que uniam a matéria viva à matéria morta, as botas que nos corpos tomavam impulso para arremessar seu dono contra adversário ainda em pé afundavam-nos mais e mais no receptivo abraço da terra, que às vezes expelia coisas — diamantes não mais —, às vezes as tragava: para tudo tinha planos, a terra, para homem, bicho, planta, pedra, líquido, farelo, lixo, excremento, para tudo havia o hábito e a necessidade da conversão em humo.

Desde que a procissão se convulsionara, o diamante passara por muitos donos, mas a nenhum afeiçoou-se e a nenhum trouxe sorte. Quem o tocara, tocara algo pela última vez, exceto aqueles que, antes de perder toda a capacidade de sentir o que quer que fosse, sentiram os nós dos dedos deslocarem o queixo do inimigo, suas pontas buscarem as órbitas dos olhos, os dentes cravarem-se na carne do braço, o cotovelo esmagar o osso do nariz. O último detentor daquela pobre fortuna, em pinote tresloucado, poucos metros de vantagem para os perseguidores, que só não o haviam alcançado porque empurravam-se para fora da trilha, passavam a perna uns nos outros, dividiam-se entre as incompatíveis missões de ir o mais depressa possível e evitar que os outros fossem o mais depressa possível, preferiu, o proprietário esperto, a fuga em disparada ao combate desigual e viu como única chance de escapatória o caminho do rio, que ali não era raso, tampouco calmo — se os fosse, pouca vantagem. Atirou-se na água e começou a nadar, o punho fechado para não perder a pedra, mas avaliara mal a força da correnteza: assim que se afastou da margem, o fluxo poderoso carregou--o e arremessou-o contra as pedras da corredeira. Os demais homens, sem ter por que lutar, ficaram parados à margem vendo o corpo que antes se debatia pouco a pouco acalmar-se, aceitar as recomendações daquela aguaceira e prosseguir inerte sua viagem.

34

De um dos cantos da praça, um sopro débil de alegria espalhava-se até onde alcançasse a voz dos bufões, que não notavam a atmosfera lúgubre da vila. Mais comum é a doença nascer no interior do corpo; as pústulas, apenas as emissárias da má nova, não tão nova assim, visto que há muito carcome quem a hospeda: em suas entranhas, um embate se trava, muitas vezes por desacordo entre estruturas mínimas, invisíveis, incorpóreas, talvez até inexistentes, cujo nascimento se deve não raro a outras feridas, às emocionais, às morais, às abertas pela culpa, pelo remorso, pela angústia, pelo medo, pela perda, pela inveja, pela cobiça, pela falta de estima por si mesmo, pelo arrependimento, pela saudade, pela solidão, pelo desejo. A supuração, um equilíbrio, condizente com as demais leis da natureza. O quente cede calor ao frio, e ambos perdem o que lhes é marcante. O seco se umedece. Na pele conspurcada, também o equilíbrio: a supuração iguala a parte externa do corpo à interna nos matizes da deterioração. As doenças de Deus, isto é, as que levam o enfermo para perto de Deus, não por devoção sincera ou de ocasião que pudesse ser recompensada com um lento desavermelhar das nódoas, com o ressecamento das úlceras, mas sim porque, não havendo escapatória, o dedo do homem apontado para o céu se aproxima do indicador de Deus, que de sua nuvem o aponta para a Terra, e, quando as pontas dos dedos estão prestes a tocar-se, Deus dá o bote, segura firme pelo pulso o moribundo, leva-o para seu reino ou arremessa-o para baixo no reino de seu comparsa. As doenças divinas, único passaporte para a verdade, se um houver, eram as que nasciam no interior do corpo e que tinham paciência para se desenvolver o quanto fosse necessário antes de mostrar-se, na intenção de não causar sofrimento inútil, por conta de luta inglória na forma de dolorosíssimas sangrias, intragáveis chás, viscosos unguentos, vulcânicos escalda-pés ou aborrecedoras rezas. Saía de sua toca subterrânea, o roedor de vísceras, o mal interno, e cavava os tecidos da terra rumo à superfície da pele somente quando estivesse desenvolvido o suficiente para cumprir sua função de abreviar os dias da vítima sem demasiada judiação. Assim soem ser as doenças de Deus.

O corpo social também tinha lá suas doenças. E era por elas terem comportamentos semelhantes aos das que atacavam os homens que os bufões continuavam a macaquear e espalhar seu débil sopro de alegria sem notar que a fome e seus escudeiros empesteavam os ares do lugar. O pus invisível acumulava-se no interior das casas, nas crateras cada vez maiores abertas pelos donos, seu nível subia, subia e subia, havia muito apagara o fogo nas trempes, em breve cobriria as cadeiras, as mesas e, quando a respiração se tornasse difícil no interior dos cômodos de pedra, quando a destruição estivesse prestes a afogar os homens, mulheres e crianças, quando fosse insuportável, aí então era que as portas e janelas cederiam e do interior das casas garimpadas uma enxurrada fétida de miséria e morte venceria as barreiras da pele do vilarejo e daria mostras públicas de sua deterioração a forasteiros como os bufões, de olhos tendenciosos, que com mais facilidade captavam a alegria, e que, por isso, demoravam a perceber os sinais de tristeza que resultariam em sua própria miséria — era esse preparo para não notar o insucesso, talvez, que lhes dava força para prosseguir com suas estripulias, cantos chistosos, parábolas bíblicas, malabarismos rudimentares e truques desencantados diante de público desinteressado e que arremessava pedras, frutos, bosta seca de cavalo.

A síncope era gestada no interior dos casebres quase destruídos e o espetáculo continuava. Rodrigo observava sem entusiasmo, debilitado pelo pouco que comera e pelo muito que trabalhara em casa nos últimos dias e, mais ainda, pelo outro tipo de abstinência a que seu crime o condenara. Zé do Peixoto encostava-se ao muro, do lado de fora do barracão que não tinha mais razão de ser, uma vez que as prateleiras estavam vazias e que não existia detentor de moeda para comprar os mantimentos, caso restassem. Havia muita gente na praça. Poucos, no entanto, estavam ali atraídos pelo espetáculo que se desenrolava e que alterava a ordem costumeira dos dias. A maior parte não tinha mais o que fazer e por isso quedava-se na área da vila onde se davam os encontros, uma das poucas intocadas pelas ferramentas, a compartilhar imprecações ou améns. Motivados pela fé em Deus e crença na natureza — os horizontes eram inatingíveis, afastavam-se na mesma velocidade de nossa marcha, mesmo em montaria, e não era concebível que houvesse algo capaz de se esgotar, bicho, fruto, alegria, tristeza ou diamante —, poucos eram os que insistiam em percorrer as trilhas e futucar o solo em busca de alguma riqueza que houvesse restado. Optavam, os que não se davam ao trabalho, ou por enfraquecer em suas casas transformadas em locais de garimpo, a sós ou com seus familiares, incapazes de se sustentar apenas com o alimento e a riqueza que tiravam da terra e a salvo de olhares tão miseráveis quanto os seus, ou por gastar as horas ao lado dos demais habitantes da vila, nas ruas e nas praças, conscientes do destino comum. Se isso aliviava ou não o seu pesar não se pode dizer, uma vez que de quando em quando uma discussão, motivada por discordâncias em relação ao futuro — "morreremos todos de fome", dizia uma, "não, Deus sabe o que faz", defendia outro, "serão sete anos como no Egito, só o que tem cabimento é esperar", resignava-se um terceiro, e, mesmo que em um ponto todos, sem exceção, concordassem, o ponto que lhes doía mais, localizado logo acima do ventre, mesmo assim o desencorajado irritava-se com o otimismo do devoto, o resignado tinha preguiça de comungar com o que rezava, o crente previa mais punições devido aos pecados do infiel —, de quando em quando uma discussão como essa descambava em socos e pontapés e desperdício de energia.

Rodrigo não se envolvia. Tinha outras obsessões. Não lhe saíam do pensamento dois corpos: o de Gomes, o primeiro a que dera cabo na vida, e o de Ximena, que não poderia mais ter, graças à existência de Gomes. Nos dois casos, havia o fato de ser incapaz de lidar com a necessidade absoluta: no primeiro, a necessidade de vingança, de exigir com lâmina ou disparo a restituição da honra, de cumprir o dever que o pai, com razão, lhe impusera, de poder dizer nome e sobrenome, quando perguntado, sem risco de provocar sorriso de escárnio — necessidades do espírito, portanto; no segundo caso, a necessidade de atender às demandas do corpo, de expulsar de si e restituir a Ximena os calores que ela lhe provocava, de inoculá-la com o que o envenenava a ponto de lhe turvar o entendimento. Essas obsessões tornavam-no imprudente. A tal ponto elas lhe ocupavam o pensamento que Rodrigo pouco se importava com os dizeres do povo de que o moinho da vingança é movido por torrente perene, e que Ximena não tardaria — Vitória já estava velha demais — a encontrar e convencer marmanjo a vingar seu pai. Do que dar em troca, Rodrigo bem o sabia, e era essa a parte que temia e que verdadeiramente o enchia de fúria, Ximena dispunha, e riqueza não era. Pior, diziam, era se ela lograsse convencer o coronel de que o crime não poderia ficar impune. Aí então Rodrigo pagaria o preço das horas que permanecia em silêncio, sozinho, na praça, aparentemente admirando o palhaço que caminhava de ponta-cabeça sobre as mãos, para lá e para cá, até que o companheiro o empurrasse e ele fingisse espatifar-se.

Os dois homens da trupe, um deles com uma viola, iniciaram um novo número, cantado. A música atraiu apenas por alguns segundos a atenção dos que estavam mais próximos. Rodrigo continuou absorto, os olhos vagos a percorrer toda a extensão da praça, mas evitando cruzar outros olhares. Ao longo dessa varredura evasiva tantas vezes já executada, dessa vez uma imagem resgatou-o de si próprio: de longe Ximena o observava. Há quanto tempo? Não sabia. Embora seu desejo procurasse a todo instante oferecer-lhe uma resposta, não arriscava dizer se o que havia nos olhos de Ximena — ele não enxergava bem e ainda assim parecia ver — era a chama a que ele se habituara e que rapidamente consumia as suas vestes quando estavam a sós, ou se era ódio. O lalaiá dos artistas crescia na mesma medida da desatenção da plateia. Como estivesse próximo da cantoria, Rodrigo incomodava-se: queria silêncio noturno sob o sol daquela praça apinhada de vozes para escutar o que dizia a boca de Ximena a Sancho, que recém-chegara ao lado da moça. Um dos artistas era dono de boa voz, passarinhava a contento. O outro, aquele que era treinado em modos de cobra e daí hábil em contorcionismos, esse pior que cobra cantava. Como o número exigisse alternância, uma estrofe lançada, outra em resposta, e coro nos refrões, o malogro do desafinado era mais marcante que a eficiência do bom trovador, como é de hábito acontecer em todos os aspectos da vida, não só nos artísticos. O ruim encobre o bom, mesmo em menor quantidade. Isso porque o que é mais valioso é mais frágil e dura menos. Uma imprecação no meio do discurso do padre, que talvez padeça de cólicas intestinais terríveis ou de coceira em local — nos arredores do calcanhar — só alcançável sob pena de mau jeito na coluna, uma imprecaçãozinha qualquer será mais lembrada pelos fiéis, e por mais tempo, do que as belas homilias feitas ao longo de anos. Bem o sabe também quem, em sua própria casa, após décadas de convivência amistosa e até carinhosa com a sogra em vias de demência e o cunhado em elevado grau de vagabundagem, um dia se irrita porque, enquanto cuida do angu da velhota, vê aquele sair para o bar com as botas alheias que pegou sem pedir e ouve da mulher que "eu sempre soube, você nunca gostou da minha família, só pensa em você", e daí para mais. Pior o cheiro, mais ele dura nas narinas. Assim era que a voz estridente e áspera e, ironia das musas, altissonante do artista do corpo impunha-se à do bom cantor, e isso incomodava Rodrigo de tal maneira que dava à sua audição a primazia sobre a visão. Ele não conseguia concentrar-se em Ximena e não chegava a explicações para a conversa que ela mantinha com Sancho. Trocavam galanteios agora que o velho se rediplomara na viuvice? Se ele não precisasse se virar a todo instante para fulminar com os olhos o porco que agonizava no palco improvisado, talvez pudesse saber se sorriam, aqueles dois, o maldito e a rameira, se trocavam pequenos contatos, logo abortados, toques fugazes que só se prestam a dizer ao outro que gostariam de durar mais.

Com os dois a distância, as desconfianças gestadas pelo ciúme e o espetáculo que parecia nunca ter fim disputaram a atenção de Rodrigo — talvez emendassem improvisos na expectativa de aplausos ou moedas. No que dependia de Rodrigo, porém, provável que fossem pagos em pedradas ou aclamados com pauladas. Mais agudo que o tom do péssimo cantante tornou-se o movimento de Sancho, que deixou Ximena para trás e arremeteu — a determinação no passo eliminando qualquer outra possibilidade — em sua direção. Um alívio não mais atentar para o sonido que arranhava os ouvidos; nem tanto se o motivo da distração fosse um colt devorando com passadas largas os metros que os separavam. Contra arma de fogo, mesmo na mão de velho, lâmina nenhuma é afiada o bastante, as pernas sim, afiadas o bastante para cortar o vento em disparada, caso acompanhe a velhice do beligerante a usual tremedeira que leva projétil a fazer curva e convidar para a dança de surpresa parceiro tímido no canto do baile, porém nem o tremor era garantido e nem Sancho era desses que a idade invalida de todo; para trabalho pesado, sim, mas, se do jeito que era o coronel o contratara e se até pouco o velho dava no couro com a índia, era porque alguma vitalidade ainda possuía. E correr? Correr talvez não bastasse, não tinha como saber se perdia a vida fazendo-o, isso ia depender das habilidades de Sancho, mas a honra, essa certamente perdia, e o que mais Rodrigo possuía?, riqueza, nenhuma, por isso, diante da praça repleta de homens que também haviam encontrado razão para ignorar os artistas e mais ainda diante de Ximena, Rodrigo não quis passar por covarde. Deixou que Sancho se aproximasse. Os dois frente a frente, o velho apontando o revólver como se apontasse o dedo para a cara de um desafeto, Rodrigo tenso e imóvel, nenhum deles notando que a música cessara e que agora os artistas de dentes podres eram a plateia.

— Se mije ainda não, que mesmo numa alma sebosa eu não meto bala se tá desprevenido. Mas é hoje, é hoje que nós dois acertamos a conta, é hoje que vai pagar pelo que fez à minha índia. E de troco ainda tem Gomes, que a filha muito da desesperada me implorou, seu cachorro. Vai e volta armado, porque quando aparecer de novo o fogo vai comer solto pra cima de você. E, se não voltar, vai bem longe porque eu busco até onde as pernas aguentarem.

Rodrigo ouviu só parte da ameaça. Mal pensou entender o que se passava, procurou por sobre o ombro do velho a figura de Ximena e reparou que a moça tinha o lábio ferido. Como todos ao redor, ela assistia à cena, que começava a se tornar constrangedora, porque nem o ameaçado se afastava nem o outro atirava.

— Vai logo, cabrunco, que o dedo aqui tá pesando, já já retiro o que disse e lhe sento chumbo.

A voz do velho atraiu outra vez Rodrigo. Sem responder, ele virou-se e começou a se afastar, não como quem fugisse — o andar era lento e enviesado como o de um vadio — nem como quem tivesse discórdia urgente a resolver — mais parecia adiar uma decisão incrustando tempo em cada passo, mas de que jeito, se havia um cano a observá-lo e doido para cuspir-lhe uma bala nas costas? Não apertou o passo, tampouco Sancho considerou a vagareza motivo suficiente para resolver sem duelo a contenda e ir contra seus princípios de gente mais antiga. Rodrigo já quase desaparecia da vista de todos. Que serventia em lutar contra o fluxo natural dos acontecimentos, se a correnteza sempre acabava por arrastar para o lado que desejava quem confiasse no inchaço dos muques para vencer a teimosia do rio? Rodrigo muito o havia tentado, ao adiar a execução de Gomes, e não acabara por ceder ao cansaço? Tivesse obedecido ao pai logo na primeira noite, estaria agora percorrendo aquele mesmo caminho, em busca do mesmo fuzil, mas pelo menos não teria vivido tanto tempo parado a contragosto no estado entre o pensamento e a ação, a dita ansiedade. Daí a decisão, decisão não, porquanto caminhasse sem dar por si, o corpo se abstendo de pensamentos, os membros em seu modo de operação mais efetivo: o que prescinde de comandos, o que se deixa regular por conjunções invisíveis, microscópicas, dadas nas entranhas, entre estruturas ósseas e sensações, entre elementos químicos e vontades, entre medos e partículas minúsculas, entre vísceras e órgãos e tensões, como quando na companhia de Ximena. O mato em poucos dias havia mudado, e Rodrigo teve de procurar por alguns minutos o tronco que escondia em sua inchada barriga verminada a arma. Espanou com as mãos a poeira que a recobria e os insetos que já não estranhavam a gelidez daquele galho estranhamente maciço. Era reconfortante a posse de um instrumento que, ao contrário da enxada, da picareta, da bateia, fazia o trabalho pelo homem, dele não exigia suor algum, um leve movimento de dedo e ele punha-se a executar o serviço para o qual fora concebido. Uma vida inteira acreditando que o que quer que obtivesse por meio de esforços dos braços e de proezas das mãos seria decisivo em seu destino, para então concluir que mais fatais seriam dois instantes isolados, desprezíveis em duração se comparados ao restante da trajetória, dois pontos isolados na linha da vida nos quais desvios circunstanciais o haviam levado a empunhar o instrumento metálico de cabo de madeira prenhe de pequenos projéteis, que determinariam o que ele faria de seus dias, onde envelheceria, se envelheceria, ao lado de quem e com que pecha pregada à testa.

Tomou o caminho de volta. Enquanto andava, Rodrigo não pensava que teria de matar um homem para evitar que esse homem o matasse, e sim que entre ele e Ximena outra vez se interpunha a urgência de um tiro. Que estranho querer era aquele que se alimentava da desgraça? Sentimento que se proliferava em defuntos: verme. E se fosse ele a morrer? Aí Ximena não se continha e sobre seu cadáver rijo galopava e galopava, porque era da natureza daquele desejo amaldiçoado nutrir-se da morte. A cena excitou-o e ele tomou a rigidez como um prenúncio de que o velho o mataria. Aquele estado o desconcentrava, não convinha estar desatento de arma na mão. Entrou no mato, encostou o fuzil a uma árvore, baixou a calça apenas o necessário e começou a aliviar-se pensando em Ximena. Findo o desconforto, retomou a marcha e não tardou a chegar. Encostado a um muro no lado oposto, Sancho o aguardava, Ximena ao seu lado. O povo que prestava atenção ao tablado em que os mambembes prosseguiam com o espetáculo demorou a notar o que estava para acontecer. Ao perceber o fuzil que apontava para tudo que estivesse entre ele e seu alvo, alguém cutucou o ombro do amigo, melhor saíssem depressa dali, mas o amigo, quem diria, ria do causo do cavalo que descomia dinheiro e empurrou sua mão sem lhe dar trela, no que ele insistiu, homem, deixe pra lá essa besteirada que o caldo vai ferver aqui, Rodrigo de fuzil, Sancho de revólver, vam'simbora é pra já, e o amigo muito do contrariado crendo ser engambelação foi conferir com o rabo do olho e não é que o cabra armado vinha mesmo vindo? Escafederam-se. Numa onda a informação espalhou-se, e aqueles de curiosidade mais forte que a prudência se espremeram nas laterais, deixando livre um largo corredor para que os inimigos se matassem com a tranquilidade necessária; os afeitos a uma boa peleja, mas mais ainda à própria pele, esconderam-se nas esquinas e da cabeça só deixaram do nariz para cima à vista das balas que dali a pouco espocariam. Ximena também se afastou e encostou-se a igual distância dos dois homens. Os cantadores recolheram o chapéu sem nenhuma moeda, mas com pedaços de pão endurecido, retalhos de pano, esculturas feitas de osso e punhados de farinha e, sem juntar seus demais pertences, desapareceram.

Os duelistas pararam a uns quarenta passos um do outro. Sancho engatilhou, Rodrigo aconchegou a coronha no ombro, e o fato é que a nenhum dos dois caía bem aquele papel, uma única alma a assombrar cada um deles, e nenhuma delas vítima de briga franca — uma, em tocaia e tiro, a outra, a facadas sem chance de reação. Por isso relutavam. O sentimento que movia Sancho era mais simples, ódio e expiação de culpa, Rodrigo apenas sabia que era melhor defender-se e volta e meia seu olhar se desviava para Ximena, sem saber exatamente o que buscava. Morreria, pensava, morreria porque na verdade nunca quisera matar ninguém. Sancho desencostou-se do muro e deu um passo à frente. Esticou o braço para puxar pela primeira vez o gatilho. Foi então que um burburinho surgido não se sabia de onde quebrou o silêncio solene e o distraiu. Rodrigo se abaixava para fugir do tiro quando reparou no vozerio, dele destacando-se uma espécie de reza. Segundos depois do tiro adiado, irrompeu de uma viela a procissão liderada por Silvério, que caminhava à frente, um braço erguido, exibindo na ponta dos dedos algo invisível e que só podia ser um diamante. Atrás dele, um cortejo de homens com os corpos cobertos de terra, uns carregando pás e picaretas, como se houvessem decidido aderir à turba tão de supetão que não tivesse sido possível deixar de lado as ferramentas. Aquele espetáculo insólito fazia mais jus ao vilarejo que o que se encerrara pouco antes: haviam investido no riso os palhaços, já o auto protagonizado por Silvério dava corpo e voz e movimento à míngua generalizada que corroía as beiradas daquele lugar, o único ainda não visitado por picaretas e explosivos. Por entre os corpos dos garimpeiros que formavam o séquito miserável, Rodrigo esforçava-se para entrever Sancho. O velho mantinha a arma apontada para a multidão, temendo ver surgir de repente da massa humana seu inimigo. As vielas que conduziam à praça eram estreitas e Silvério imprimia à coluna um ritmo vagaroso, sincronizando seus passos um tanto caricatos, de joelhos muito elevados, com as tônicas de sua ladainha incompreensível, por isso o cortejo demorou a passar. Rodrigo conciliava o olhar nas frinchas da turba, pelas quais entrevia Sancho na mesma posição de antes, com a certeza de que aqueles homens haviam se adiantado: melhor esperassem o caixão ser ocupado — por ele, diziam seus pressentimentos — para então carregá-lo rezando pelas ruas. Percebeu, na tensão do semblante de alguns dos que marchavam e em fragmentos de suas conversas — imprecações, ameaças proferidas a meia-voz, comentários maldosos, cumplicidades traiçoeiras —, mais inclinação para o conflito, mais propensão ao crime, mais esporos de violência, como é próprio das multidões, do que na cena protagonizada por ele e Sancho, que já beirava o patético e ameaçava decepcionar quem buscara o melhor local para vê-la.

Sempre acontece, porém, de o prólogo acabar, para satisfação do público ansioso por ver germinar, desenvolver-se e, por que não, morrer, o drama ainda em fase embrionária. Fechando a coluna, vinha claudicando o cambaio Zé do Peixoto, arregimentado pouco antes, ali mesmo na frente do barracão, um pouco pelo brilho fraco da pequena pedra e muito mais pelo tédio. Logo após sua passagem, ecoou o primeiro estampido. Nenhum grito o sucedeu, nenhum suspiro ou ai, errara o alvo Sancho, tinha mais precisão sua faca, mentira, porque antes de acertar órgãos vitais empeneirara bem a pobre índia, e a lasca de telhado arrancada pela bala fez muita gente que assistia temer pelo próprio nariz e escondê-lo melhor detrás das esquinas. Rodrigo demorou alguns segundos para perceber que o desfile de mendigos havia terminado e que o zunido rente à sua orelha era de bala que por pouco não o lambera. O fuzil não estava mais tão firmemente aninhado em seu ombro, remexera-se durante o sono, e antes de puxar o gatilho ele precisou acertá-lo. Nisso houve outro pipoco e dessa vez a ponta da língua da bala tocou-lhe a pele sobre a costela. Ele se contorceu, mas não tombou, a bala lasciva beijara-o e fora penetrar na terra. Aproveitando o estímulo dado pela queimação do ferimento, Rodrigo aprumou-se, fechou um dos olhos sem necessidade, porquanto tremesse demais para mirar, e puxou o gatilho. A bala de verve cômica achou por bem não se dirigir à cabeça ou ao coração, o tombo até faria rir, porém por pouco tempo, e sim ao ventre, para que Sancho, ao abandonar o revólver, levar as mãos espalmadas à barriga e acocorar-se, parecesse sofrer na frente de todos as dores de um intestino desarranjado, de um piriri daqueles, e não o poupou, a bala histriônica, do urro gutural de quem vai aos pés embalado por dolorosas cólicas, à diferença que naquela ocasião o que lhe empapava as pernas não era o de praxe, e sim o sangue, tão viscoso quanto e de odor muito mais tolerável. Quase todo o povo da praça, satisfeito com o que vira, começou a ir embora. Alguns correram para tentar alcançar o cortejo que havia pouco desaparecera, na esperança de prolongar a quebra de mesmices ocorrida naquela tarde. Poucos foram acudir o velho que estrebuchava.

Rodrigo levantou-se atordoado, eram mais acontecimentos num curto espaço de tempo do que podia dar conta. A vontade de alguns era fazê-lo pagar ali mesmo a morte de Sancho, velho companheiro e que nunca fizera mal a ninguém, mas o matador estava armado e dera cabo de dois desafetos nas últimas semanas. Rodrigo procurou Ximena. Ela estava parada, mais perto dele do que antes. Quando os olhares se cruzaram, ela veio em sua direção. Queria agora resolver com mãos nuas o que Sancho não resolvera armado? Teria de matá-la e aí não escapava de ser linchado. Desfecho que não lhe agradava, razão por que se virou e fugiu levando a arma. Por temer emboscada, parou num ponto distante do rio, lavou seu ferimento e, mais de um quarto de hora depois, fez um caminho tortuoso de volta a casa. O pai despertou com a entrada do filho, mas continuou imóvel na cadeira. Isaldina arrancava as folhas mortas das plantas que haviam resistido aos buracos no quintal. Inácio não estava. Em silêncio, para não acordar outra vez o pai, Rodrigo retirou seu retrato da parede e o guardou no bornal, roubou algumas mandiocas de um tacho, ajeitou-as ao lado do cantil e saiu. Pendurou o fuzil no ombro, apenas dois tiros restantes. Iria embora de vez, quem sabe assim o fim da sina. O dia, no entanto, pródigo em surpresas, ainda não se contentara: ao cruzar a cerca, Rodrigo deu de cara com Ximena, que chegava ofegante — pinote ou turbação — e estacou quando o viu. Iria persegui-lo o demônio? Nem decidindo acovardar-se e fugir se livrara daquele laço? Não convinha deter-se, não convinha dizer palavra, escapasse chispa tudo se incendiava de novo, talvez fosse artifício do lugar que se extinguia para levar consigo cada um de seus habitantes para as entranhas da terra, as desavenças e os quereres a brotar do solo, furar a sola das botas e o cascão dos pés e fisgar os querelantes. Não convinha, e por isso, antes de qualquer palavra, Rodrigo empurrou a mulher com violência e começou a se afastar, mas mal dera o primeiro passo ouviu o chamado, "Rodrigo!" — e a voz, ao contrário do que ele supunha, não vinha vestida de ódio, mas sim de súplica, e esse traje prestava-se a arruinar a fortaleza nem bem edificada. Rodrigo parou e por sobre o ombro acreditou que a olhava pela derradeira vez. Ela estava caída, o corpo ensolarado, um braço esticado como se tentasse alcançá-lo e o rosto caprichosamente coberto pela sombra alongada de uma única árvore.

— Me leva mais você — ela pediu, e Rodrigo a ajudou a levantar-se

Nos dias e semanas seguintes, enquanto se afastavam, a vila, roída pelos dentes do garimpo, aproximou-se mais e mais de seu fim, e os dois, crendo-se livres das emanações das ranhuras das rochas ou, o inverso, das aspirações humanas que enfraqueciam os lajedos, nunca deixaram de ceder à desmedida do vício um no outro e às lascívias e sevícias que esse vício lhes impunha em meio aos longos períodos de tédio, desprezo e ódio, e maltrataram-se com furor e fornicaram com empenho e nunca se livraram por completo do germe da ruína, porquanto ele estivesse presente em cada pessoa, pedra e palavra.

NOTA DO AUTOR

Na elaboração deste romance, recorri a muitos outros textos, aos quais presto agora homenagem. A começar pelo Eclesiastes, do qual provém o título do livro. O nó da vingança que envolve Rodrigo, Ximena, seus respectivos pais — Diogo e Gomes — e Sancho foi inspirado no conflito do *Cid*, de Corneille, com uma distorção: o que na peça do século XVII era amor cortês, aqui se torna dependência erótica. Para a construção do cotidiano do garimpo de diamantes, servi-me do romance de Herberto Sales, *Cascalho*. O sofrido passeio da família de Silvério à quermesse é arremedo do existente em *Vidas secas*, de Graciliano Ramos, que também está na origem do nome e, provavelmente, do temperamento de Vitória. A mentira na qual se sustenta a estada de Silvério e sua irmã no sítio do velho — "Vai dizer que é minha mulher" (p. 106) — é inversão da contada por Abraão e Sara na chegada ao Egito, narrada no Gênesis. Os delírios e as dores causados pela inanição em Gomes e Silvério devem muito ao impacto de *Fome*, de Knut Hamsun. A atmosfera de vingança do romance provém em grande medida de *Abril despedaçado*, de Ismail Kadaré, cujo protagonista tem a mesma preocupação que Rodrigo: "Tomara que eu não o fira" (p. 186). A enumeração "quisto, chaga, cancro, úlcera, tumor, ferida ou câncer" (p. 191) provém de *Um copo de cólera*, de Raduan Nassar. O surgimento do diamante no solo do casebre de Silvério (p. 218) emula os versos de Drummond: "Uma flor nasceu na rua! [...] É feia. Mas é uma flor. Furou o asfalto, o tédio, o nojo e o ódio." Esqueço certamente outras fontes importantes, então erijo esse remate como um monumento à referência desconhecida.

Este livro foi composto na tipografia Minion
Pro, em corpo 11,5/15,5, e impresso em
papel off-white no Sistema Cameron da
Divisão Gráfica da Distribuidora Record.